青春阅读　幸得相见

有爱的青春陪伴者

最后啊,
遇到了懂他的人,
终于看见大海和鲜花。

他来时惊涛骇浪

闻人可轻 著

·作者简介·

闻人可轻

| 小 花 阅 读 签 约 作 者 |

爱音乐、爱电影、爱动漫,男神是二次元里的夏目。

认为世界上没有什么事情是甜蜜的提拉米苏解决不了的,如果有,那就两块。

写故事是终生梦想,同时希望可以做一个温暖的虔诚的讲述者。

已上市:《等我嫁给你》《春江水暖》《时光好又暖》《我无法学会与你告别》《再靠近一点点》《弄糖》《愿为西南风》

前言 Qian yan

Ta lai shi jingtaohailang

没想到十月份的长沙会这么冷。

已经需要把秋衣扎进秋裤里，秋裤扎进袜子里了。

跟我北方的朋友说了这个情况后，对方向我发来一个鄙视的表情，然后毫不留情地拆穿了我。

是的，对于冬天都要露脚脖子的人来说，穿秋裤？不存在的！

这话要是被我妈听到了，那肯定免不了又是一顿叨叨，最后说不定还会不欢而散。

毕竟我和我妈长久以来相处的新鲜期只有三天，这可能还是保守估算的。

在我们成长、变老的过程中，大家可能或多或少都会经历同一件事，那就是被妈嫌弃。

她总是在你没回家的时候一遍又一遍地问你，什么时候回去？等你真的回去了，你在她心里就充满了各种槽点，什么熬夜熬到大半夜，睡觉睡到大中午，抱着个手机恨不得头都要伸进去……

但她是爱你的,这不用怀疑。

这个故事,女主也有这样一个妈,不过这个妈比较厉害,她嫌弃的是女主赚钱赚得不够多。

她的口头禅是,你读书读到博士有什么用。

我真的是相当心疼女主了……

那女主是怎么回她妈妈的呢,嗯,翻开书看就知道了。

老实说,写这个故事还是有一定的难度,因为女主是个地质学博士,并且文中不止一次地出现了地质学专业需要的知识。我之前都是学文的(地质学不等于地理学,它属于理科),尽管写之前查了很多资料,不过我估计不严谨的地方还是存在,欢迎指正,并感谢包容。

并不是完美的两个人,或者说一群人,在那个世界里完成着各自的人生。

每个人生活得都很艰难,有些是因为物质,有些是因为情感,每一个人都没有放弃,都曾在桎梏中挣扎。

经历一番风雨之后,天终归是晴了。

我希望每个人都能完满,但笔力有限,写到最后是无奈的,画上句号的时候,有很多东西,似乎还没有表达完。

到了该结束的时候,还是要停下敲键盘的动作,接下来的就交给他们自己吧。

最后说点废话,本故事属于现代架空文,文中出现的所有地名、学校,以及国道、高速等因素,统统只是为了故事需要,若不是明确属于现实的,请不要代入现实。

感谢阅读。

祝,万事遂心。

闻人可轻

目录
contents

001　**引子**

004　**Chapter 01/ 初见**
　　　第一次看到证件照比本人好看的

018　**Chapter 02/ 应江**
　　　东岸的幸福，西岸的不幸

032　**Chapter 03/ 再见**
　　　哦，是你啊

047　**Chapter 04/ 欠钱**
　　　我缺这点钱？

062　**Chapter 05/ 相信**
　　　你想要的我都能做到

073　**Chapter 06/ 偷亲**
　　　嗯，果然很软

086　**Chapter 07/ 见心**
　　　你很好，真的很好

100　**Chapter 08/ 生气**
　　　你觉得你命大，死不了？

114　**Chapter 09/ 选择**
　　　选喜欢我还是选喜欢我？

130　**Chapter 10/ 答案**
　　　紧张我，还说不喜欢我？

目录 contents

141　**Chapter 11/ 心事**
想见你

155　**Chapter 12/ 情绪**
你既然管了我，就要管到底

169　**Chapter 13/ 滚烫**
我见过你，好多年前

183　**Chapter 14/ 约会**
想和你做所有幼稚的事情

195　**Chapter 15/ 崩塌**
那里可能有我的爱人

207　**Chapter 16/ 发烫**
拿命去疼她、爱她

217　**Chapter 17/ 明媚**
吃了我煮的面，就得是我的人了

230　**Chapter 18/ 释怀**
我只是想让您别再欺负我的蠢蛋了

264　**Chapter 19/ 永远**
我买不起钻戒，但是，你能娶我吗？

280　**番 外 / 撒糖日常**

引子
yin zi

Ta lai shi jingtaohailang

十月初。

在去九方山的路上,张化霖教授给《欧若拉》起了个头,野外小组的成员齐齐迎合,这会儿正唱道:"爱是一道光,如此美妙,指引我们……"

"嗡——"

春见裤兜里的手机一振,来了一条信息,发送者司伽,内容只有三个字:分手吧。

后面跟了一条:我们性格不合适。

性格不合适,在春见看来是最简单有效、无可辩驳的分手理由,适用于所有终将破裂的关系。

春见预备动之以情晓之以理地劝劝他,好歹熬过年关应付完七大姑八大姨,开春之后,别说是分手,就算让她分脚,她也分。

对话框刚打开,输入法都没来得及选择,手机又"嗡"的一声振了起来,这次干脆来了电话,屏幕上闪着俩字:春生。

春见接起,语气不重却将不耐烦明明白白地亮出去,单字一个:"说。"

对方迫不及待地哭号："姐,救我,我在咱家旁边的那个'来上网吧'被扣了,这次不要398,不要298,只要……"

春见嫌聒噪,没等他说完,便挂了电话。

《欧若拉》唱到尾声,张教授做了个手势,示意大家原地休息。

春见挨着刘玥坐下,在微信好友列表里找到"来上网吧"的老板,留芳。她发了段语音过去,问留芳,春生这次又欠了多少钱。

留芳懒得多说,甩了个"250块"过来。

春见打开微信转账功能,给她发了251块,并留言:多那一块,帮帮忙,好歹把春生揍到至少一周下不来床,或者直接往死里打也没关系。

留芳回:一块钱还让我做这么多事,你是觉得我傻啊,还是闲啊?还有,你爸昨天在我这里赊了一百注双色球,200块,麻烦你一并给结了。

春见问:中奖了?

留芳回:呵。

"呵"的意思是你想多了。

春见了然,跟着回了个"呵",并告诉她:春来的事我不管,你想上家里搬东西就搬东西,该报警抓人就报警抓人。

然后,她关掉手机,连继续劝说司伽别忙着分手的兴趣都没了。

刘玥递来零食包,春见水土不服已经两天没正经吃东西了,她选了一颗话梅,刚塞进嘴巴,胃里一酸,接着翻江倒海地呕了半天却什么都没呕出来。

张教授正在跟几个男生讲他年轻时独自穿越无人区的光荣事迹,听到那么一个不和谐的声音,凭直觉以为是有人在公然挑衅他的权威,下意识地向春见投去一个不太友善的目光,问:"怎么,加入人类繁衍大军了?"

春见一只手捂着肚子,一只手冲他摆了摆:"不可能,除非人类已经实现无性繁殖。"

张教授哀其不幸怒其不争，脑回路也奇特："你们这些女生啊，别整天嘴上说兔子不吃窝边草，实际上路边草又够不着，嫁不出去怪母校，母校又不是月老。遇到差不多的，就别挑了。"

围在张教授身边的人频频点头，非常赞同他的观点。话头到了这里，春见收回目光，联想到司伽的分手短信，已经过去了十分钟，这个时间长度有点尴尬，她琢磨着是回呢还是不回呢？

俩人在一起两年，一个学校，正经约会愣是不到五次，每一次的时间还不够买杯奶茶，然后心平气和地坐下一起喝完，甚至确定关系的时间内两人连手都没正经牵过。

也的确是委屈人家男生了。

能忍到现在才提分手，司伽绝对算得上是个暖男，所以不能继续耽误和祸害人家。

司伽要分手就分吧。

春见从来都不是个纠结的人，得了结论后，决定过年还是独自去面对自己的七大姑八大姨。

于是，她打开手机，在通讯簿里找到司伽，盯着看了一眼，删了。

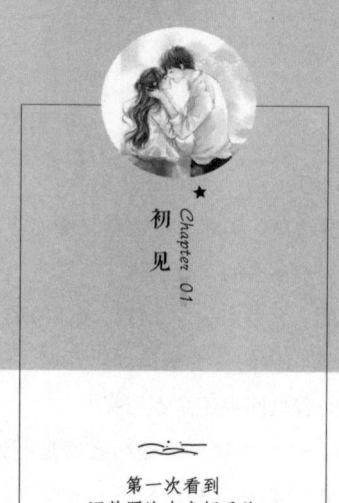

Chapter 01 初见

第一次看到
证件照比本人好看的

"不许动!"

声音是从春见斜后方大概4点钟方向传来的,朗润、清亮、掷地有声。

今天出野外的四个学生中,除了春见,其他三个都是男生。

闻言,习铮将夹在左指间的烟塞进嘴里叼着,丢掉右手中的地质锤,然后和另外两人一样举起双手。

手还没举过头顶,身后那人一阵风似的冲过来一把扯掉习铮嘴角的烟,然后飞起一脚踹过去,习铮一个踉跄差点倒地。猩红的烟嘴辗转到了那人大拇指和食指之间,被用力一捻,"呲"的一声,灭了。

那人的怒气不加掩饰,大声呵斥了起来:"谁允许你们进林区的?'严禁烟火'四个字看不到啊,还是不认识?"

余光瞥过去,春见从他背后将他自上而下打量了一番:红色作训防火帽,红色作训防火服,红色作训防火裤,高帮迷彩军靴,上衣在腰间处被扎进了腰带,宽肩窄腰大长腿一目了然。

身材不错。春见在心里评价。

习铮站定后，嘿嘿一笑，预备讨好："警官……"

那人往后一退，不讲客气："少跟我来这套！"然后抽出腰间的对讲机，对着说了句，"抓到个抽烟的，赶紧过来。"

另外两位同学见势不对，赶紧帮着习铮解围："警官是这样的，我们是建京大学的学生，来九方山实地考察，我们这位同学一时犯浑，下次保证不敢了。"

"下次？"那人将已经熄灭的烟头夹在指间，手背朝外，举起来，"你们知不知道，这样一个小小的烟头，就有可能毁掉你们脚下的整片森林，到时候谁来救火，你，你，你？"然后扭头问春见，"还是你？"

戴着口罩的脸，露出了单薄的眼皮以及锋利的视线，两人对视上，他喉结一滚，否定春见："你就算了。"

什么叫"你就算了"，春见不服气。

习铮一急，招呼大家将证件拿出来，堆在一起递过去："你看，我们真是建大的学生。"言外之意，绝对不是来捣乱的，抽烟只是无心之过。

"哟——"那人将最上面那本学生证翻开，漫不经心地说，"还博士研究生啊！"

春见瞥了一眼，那是她的。

忽然，那人抬头，扫了一眼春见，又低头看了看学生证，来回对比一番后，眼神一改之前，露出几分不加掩饰的轻佻，评价："第一次看到证件照比本人好看的，P了吧？"

"不是，"春见往前走了两小步，回答得客观，"那会儿还小，不到18岁。"

那人嗤笑一声，将春见的学生证举起来在空中左右晃了晃："我管你们是18岁还是28岁，被我抓住，结果都一样，走一趟吧。"

"别啊，我们来林区是得到许可的，不信你问……"习铮左右找了一圈，"张教授人呢？"

正说着，另一道红色身影从十米外的地方走过来，人还没到，就冲这边喊了一嗓子："白路舟，那是建京大学的学生，他们教授跟中队长打过招呼了，你干什么呀。"

白路舟偏头，目光还定在四人身上，不冷不热地反问："建大怎么了，学生就能在林区抽烟？"

来人从白路舟身后斜坡上跳下来，稳稳落地，站直后咧嘴一笑，白的是牙，黑的是脸："我们中队长说了，地质工作辛苦，你们有需要的话随时招呼一声。"又补充，"林区禁火这是规定，下不为例。"

习铮有些不好意思，连连道歉："对不起，是我疏忽了，一定改，一定改。"

白路舟将学生证还给习铮，抬起眼皮白了他一眼："你最好别再被我抓住。"

留下春见的学生证单独还给她，他目光落在春见衣领下露出的一小截儿细白脖颈上，喉咙一紧："18岁？可是看着不像你啊，还是P了吧。"

春见："……"

"行，那咱不耽误你们工作了。林区晚上气温低，你们别待太久，注意安全。"后来的人说完就扯着白路舟离开。

那人一转身就把白路舟脸上的口罩给他扯了："你小子能不见到个母的就发情吗？"

白路舟薄唇一勾，一副不屑的样子："你哪只眼看到老子发情了？就那女的？"

"那女的怎么了？人家眉清目秀，唇红齿白，长得沉……沉鱼……"那人扯不下去了，"关键不是人家姑娘长得怎么样，而是你，你是没看到自己那轻佻的眼神，猥琐的……"对上白路舟的目光，哑然了。

"说，继续说啊。"

那人嘿嘿一笑："好了好了，我也就话赶话赶到这儿了。但你冲他们发的火是不是有点过了？"

白路舟露出个难以置信的眼神，质疑："过了？何止，你和稀泥和上瘾了？抽烟那小子就是故意的，我从他们进林区就跟着了，一路上那么多提示牌，他瞎啊！"

何止"啧"了一声："你冲动啥嘛。人就是个小年轻，再说我们是以教育为主，又不能真对他们做什么。"

白路舟对何止失望至极："你哪只眼睛看到他年轻了？脸上的褶子比我家老头子都多。这种人就不能姑息，三年前的事，我忘不了，你能忘？"

何止继续安抚，并转移重点："是是是，他不年轻，他就是一霜打茄子蔫了吧唧，你较什么真儿？"接着开起了玩笑，"说好休假带我飞的，去哪儿？是九西温泉村，还是方北洗脚城？"

白路舟嫌弃："边儿去，烦着呢！"

林地稍微开阔的地方停着一辆深绿色的森林巡逻车，白路舟大步走过去，翻身进了驾驶室，何止紧跟其后，没完没了地追问："烦啥？咱支队斜对面卖干货的那个老板娘又跟过来半夜爬你床了？好事啊！你看你当兵三年，退伍后闺女、媳妇都有了，你爹指不定得乐成什么样呢！"

"滚犊子，你不扯这事儿我中午还能多吃点儿。"白路舟回味了他后面的话，又说，"乐？那你是不知道我们家老头儿的德行。我有闺女这件事要是被他知道，铁定得废一条腿，可能还不止。"

"敢情闹了半天，白辛的事，你家还不知道？"

白路舟抬眼，阳光从云杉空隙照进来，洒在他轮廓英挺的侧脸上。风雨砥砺的三年，磨掉了他身上曾经旗帜鲜明的荒唐和浪荡，但与生俱来的张狂和飞扬却日益剧增并不加掩饰地显露在面上。

白路舟看了一眼前方的路，回了句："不知道。"

"那你怎么打算的啊？"何止问。

"打算回去补个觉先。"反正天塌了有比他更高的人顶着。

没答到点子上，何止眉头一皱，左边缺了一半的眉毛像条没了尾巴的虫子，取而代之的是丑陋却光荣的烧疤，沿着眼眶几乎攀附到耳根。

"我问的是……"

白路舟打断："什么也别问，老子不知道，走一步看一步。"

进入防火期后，白路舟和其他两个分队的战友驻扎在九方山林区已经快一个月，艰苦、枯燥，与世隔绝。

巡逻车还没开进营地就听到里面的吆喝声。

好像有人在表演什么。

何止将头伸出窗外，看得眼睛一亮，不等白路舟将车停稳，他就先跳了下去，跑过去一头扎进人堆里。

白路舟本来也想过去看看大家在搞什么活动，却在下车锁门的时候被人给叫走了。

营地指挥中心。

中队长背着手交代了几句话后，揣着水杯出去了。副中队长这才扭头看了他一眼，还没开口，白路舟就自己跑过去，从桌子上的箱子里掏出一瓶矿泉水，拧开仰头直接往嘴里灌。

"没规矩。"成安白了他一眼，"跟你说个事，过两天六分队和七分队的来学习，你到时候去做个演讲。"

巡逻一夜，大概是疲惫极了，白路舟这会儿只想回宿舍躺下，把剩下半瓶子水往桌子上一摔，简单粗暴地来了句："不干。"

成安没想到他能拒绝得这么干脆，反手就是一巴掌却没拍到实处："干不干不是你说了算，你是分队长你不干你让谁干？"

白路舟也来了脾气："怎么就不是我说了算？执勤、巡逻、出任务那都是职责所在，你让我往东我绝不往西。但这种虚头巴脑往自己脸上贴金的事你给别的分队，我没兴趣！还有事没？没了，我补觉去。"

成安被气得一口老血上不来，梗着脖子让他滚。白路舟却爽得恨不得在他面前跳着回去。

进帐篷前，白路舟不经意地往回来的方向看了一眼，脑海里闪过那个戴着渔夫帽、穿着冲锋衣并且灰头土脸的女人，嘴里不自觉就"喊"了一声。

那学生证上的照片他以前是见过的，大概是十年前，他刚读高一。

在建京一中的优秀毕业生展示栏里，作为当年建京的高考理科状元，那张照片在玻璃橱窗中挂了整整一年。

之所以印象深刻，是因为那张照片颠覆了白路舟以往对于学霸长相的认知，当时的混世魔王白路舟指着那张照片戏谑了一句：这个学霸，长得还行。

命运流转，世界不算大，十年后再见，没想到当年风光一时的学霸长成了这副鬼样子，而那时浪得风生水起的白路舟，现在……

算了，他不想总结自己。

一周后。

南方还是花团锦簇、绿茵不休的季节，九方山却已经率先下了全国的第一场雪。

习铮来敲门，床头闹钟正好开始响，春见的作息非常规律并且严格遵守，睁眼之后她绝对不会在床上多赖一秒钟，无论冬夏。

高山系列的登山鞋，鞋底加了钢板，既防滑又防刺穿，踏在门外粗粝的水泥地上发出强有力的冲击声，由近及远，渐渐模糊，又突然清晰。

叩门声再度响起。

"今天下雪了，你多穿点儿。"

春见伸进冲锋衣的胳膊顿住，回："好。"然后将胳膊从袖子里退出来，弯腰打开行李箱，拣了件深色毛衣给自己套上。

在考虑先洗脸刷牙再穿外套，还是先穿了外套再去洗脸刷牙之间，春见犹豫了两秒钟，最后选择了后者。

薄荷味的牙膏直接挤在刷头塞进嘴里叼着，她拿起牙缸一把将房间门打开，远处寒山沉沉，九方山嘶鸣的风声裹着鹅毛大雪翻卷而来，吹飞了春见绑得不太紧的头发。

春见冻得"嘶"了一声，回头又给自己加了件衣服。

天还没彻底亮，提供他们住宿的民宅院子里烧了一堆柴火，几个同学围着取暖，张教授坐在其中，话头正说到那年在青海探矿。

"可比这儿冷多了，"张化霖端着茶杯，抿了一口，"那雪一下，我们被困在山里足足一个月出不来。"

有同学好奇："那你们吃什么啊？"

"压缩饼干、罐头通通吃完，粮尽弹绝到差点就要啃树皮了。最困难的还是我们当中有人病了没法医治。哎，你们现在条件好了，以前的地质人，苦得很，有点成就的，那一字一行都是用脚走出来的。有些人啊，一辈子都在路上，甚至可能最后都没走回来。"

半生风雪与荣光，以前经历过的山川河流，现在都变成了脚下厚厚的茧子，悲壮却无人知晓。

春见听得心里一阵发紧，跟着蹲下去，伸出手在火堆边取暖。

手掌很薄，火光中，能看到手背上清晰分布的血管。

张教授的话题突然结束，他环顾一圈，问道："今天还有小组出野外吗？"

春见举手："计划是今天去四方池火山口采样。"

"习铮那队？"张教授问。

春见点头。

"换个时间吧，这雪下成这样，不安全。"

"时间不能换。"习铮踩着雪过来，鼻梁上架着的那副黑框眼镜，说话时会小幅度上下浮动,"雪停之后,化雪降温,雪层上冻就要等更长时间了。"

张教授看了一眼春见,还是摇头:"你要考虑你们队的女生……"

话还没说完,春见就表明了态度:"不用考虑我。"声音很软,但足够坚定。

她不觉得自己作为女生有什么特殊性是需要被照顾和考虑的。

橘红色的火光照在春见脸上,松散的头发垂在光洁饱满的额前,眉头染着寒气,睫毛很长,影子落在流畅的鼻梁上,抿着嘴,从上往下看,给人一种距离感。

习铮好像也习惯了春见的态度,理所当然地认可,没再多说什么,趁着吃早饭的时间召集小组成员开会制订当天的计划和分工。

春见以前从来没见过下成这样的雪,简直可以用"铺天盖地"来形容。四人上山,彼此之间的距离保持在五米以内,饶是这样,一个小时后,春见能到的也只有队友被白雪倾覆了的身体。

雪层深度到了小腿的位置,口罩捂着鼻子也没能阻挡冷空气的袭击,呼吸间全是冰碴子。

距离四方池还剩百米不到的时候,春见蹲下,拿出地质记录簿取景画地质图。

厚重的手套这时不仅起不到保暖的作用,还加重了肢体动作的笨拙,她索性将手套取下。猎猎寒风触及手上皮肤的那一瞬间,她感觉自己的手被冻僵了。

她吸了吸鼻子,咬牙将笔从背包里拿出来,手却僵得根本没法下笔。

走在前面的习铮回头看了她一眼,提醒:"不要脱手套。"

这时已经晚了,北风从她身后呼啸而来,掀起地上一层厚厚的雪,夹着她的手套飞滚到了远处。

她想去追却被习铮一把抓住胳膊,并将自己的手套取下递给她:"追什么追,地形都不清楚,不要命了?先戴我的。"

春见推开:"不用,你等下还要采样,再说戴了手套我没法儿画图。"

习铮拗不过她,只好放弃。

春见选好位置,对准四方池即将要采样的地方,两手呈"八"字对扣,形成取景框。写下图名,标好方位,按照1:10000的比例尺在正确的位置上勾画图例,突出地质概念。

画图需要点时间,春见让习铮和另外两位同学先上去。

地质记录簿放在腿上,不一会儿就被落雪覆盖浸湿,春见只好起身换位置。

另外三人来到目的地,拨开厚厚的雪层,千年前,由于火山运动而形成的玄武岩匍匐在四方池周边,习铮掏出地质锤熟练地开始取样。

凿下三块分别为重矿物、玻片和放射性样品,由另外一名同学负责记录采样位置,给样品编号。

习铮拿起喷漆在刚才采样的地方喷了数字,然后将地质锤放在喷码边做比例尺,另一位同学负责拍摄照片。

这边的工作结束后,负责给样品编号的同学抬头问习铮:"哎,春见呢,怎么还没上来?"

习铮将罗盘和地质锤放进背包,然后朝山下喊了一嗓子:"春见,你好了吗?"

春见应声:"还没。"

她收回视线,目光扫过自己的右脚。一脚踩空后,嵌入雪层下面的石缝中,随着充血脚踝变得肿大。不过可能是因为气温太低,春见并没有感觉到多少疼痛,就着那样的姿势继续完成自己的信手地质剖面图。

在完成最后一笔线条勾勒前,不远处发出了不大但足够响亮的山体石块滑落声。

春见抬头看了一眼,见坍塌幅度不大便又低头继续勾画。

而后,习铮冲她喊道:"春见,我们这里的路塌了,得换道下山,你原路返回,我们在山脚会合,没问题吧?"

听到声音,春见往手心里哈了一口热气,脑子里尽是剖面图横横竖竖颜色深浅的线条,没往别处想,回了一声:"没问题。"

习铮那一嗓子喊完,山中除了落雪再没别的声音之后,春见才回过神来,自己的脚还卡在石缝中呢!

呼救不太现实,等人经过更是相当于等死。天寒地冻的,脚踝充血部分要是不及时处理,肌理估计会冻坏死。于是,她再没多想,掏出地质锤就开始自救。

来自岩石和金属撞击发出的声音很快就沿着九方山四方池周边传播开去。

林间巡逻即将收尾的白路舟凝神听了一会儿,抽出对讲机,问:"谁在林子里?做什么?"

对讲机在信号不太好的山中"刺刺啦啦"地响了一会儿,有人回道:"在你斜上方2点钟的方向,发现可疑人物。"

白路舟收了对讲机,不知道为什么,脑海里出现了前几天在林区遇到的那几个建大学生的影子。"死不悔改""不知好歹"之类的词跳进他脑中,让他不由得心生怒火,转身拔腿就往声源地跑。

而"可疑人物"对这一切还浑然不觉,正埋头将锤子挥得惊天动地。

"谁?谁在那边?"

一声呵斥传来,夹着春见小腿的石缝崩开,她试着抬脚,除了有些僵硬似乎还能走。

接着一股冷冽的芳香从裂开的石缝中幽幽传来,她伸手探了一把,又将手指凑在鼻子下面闻了闻。

裹挟在生冷寒气中的是一股芳香，是来自远古生物腐朽成泥的味道。

似乎有了某种无法立马宣之于口的发现，春见初步断定这脚下的岩石很有可能存在油叶岩，喜悦之情溢于言表。她没理会那声质问，立马又低头继续敲打起来。

白路舟三步并作两步跨下来的时候，正看到春见拿着喷漆在脚下石壁上喷码。当下，他冲过去一把夺过春见手上的喷漆，正准备飞起一脚时，春见抬起了头。

见是个女的，他忍了，但斥责少不了："怎么又是你？"扫了一眼夺过来的喷漆问，"这次又是要做什么？"

"做标记。"春见看来人装扮眼熟，放下戒备。

白路舟低头看了看喷漆，隔着手套用拇指捻着瓶身，掀起眼皮："标记？哦，你画个圈是不是打算日后来占山为王啊？"扫了一眼春见脚边的罗盘，"还测上风水了？你是打算在这里建宫殿还是修陵墓？"

"不是。"春见捡起罗盘介绍，"这不是风水罗盘，是我们地质勘测用来测量山体倾角和……"

白路舟不耐烦，粗暴打断："我管你是用来做什么的，谁允许你在林区敲敲打打，引起雪崩怎么办？"

春见眉头一皱，立马给了眼前人一个"文盲"的定义，但对方毕竟是军人，只好给他解释："引起雪崩的前提是山坡拥有大量积雪，而九方山只是地处纬度较高，却没有常年积雪，这不会引起雪……"

"就算引不起雪崩，你在这里敲打什么敲打，你万一——"他"万一"了半天"万一"不出个所以然，只好不讲理，"你敲打什么敲打，谁允许了？"

真是秀才遇上兵。

春见反问："我们来九方山勘测，是经过了相关部门同意的，包括你们中队长，你不是也知道吗？"

言外之意，该允许的都允许了。

白路舟被对方给噎得暂时落了下风，正搜肠刮肚想回敬的词，便注意到春见露在外面肿着的脚踝。

骨骼纤细，皮肤白得亮眼，所以出血发紫变肿的地方就显得有些狰狞，但触感一定不错。

"能耐啊，大雪天的露脚脖子，你搁山里走秀呢？"白路舟强行转移自己的注意力，"你知不知道现在山中气温零下二十多度，你不想要你的腿了？"

"不是不想要了，"春见吸了口气，"我的脚刚被卡到石缝中，不这样出不来。"

闻声，白路舟猛然抬头，撞上春见正在凝视他的眼睛，大、明亮、湿漉漉的，很勾人。

他耳根发烫，干咳了一声："真够可以的，你同学呢？不管你？还是说你是一个人上山的？你以为你是谁啊，这么虎气，嫌命长了？"

春见接不上话，但毕竟对方也算是好心。她简单说了一下前因后果，然后瞥见他右臂的袖章上"森林武警"的字样，便问："武警叔叔，我能让你送一下吗？"

"什么？叔叔？"白路舟被雷得不轻，掩盖在军棉帽和口罩下面的脸一抽，"你当你五岁啊，还'叔叔'！"

本来啊，春见不觉得自己叫错了，因为书上都是那么写的，有事找警察叔叔、解放军叔叔，于是心里还挺义正词严地想不叫叔叔叫什么？

白路舟小心翼翼地将春见脚踝处的裤子放下来，指背无意划过那里的皮肤，心道，果然很滑。

肖想完了，他又把自己的护膝取下给她戴上才站起来。

起身过程中，春见扫到了他露在外面的半张脸，大概能看到一半高挺的鼻梁，山根连接的眉骨很高，睫毛被霜雪染白，茶色瞳孔嵌在干净眼球里像碧水当中一尾灵活的鱼。

"看什么看?"白路舟将自己的手套脱下来,拍了一下春见的脑袋,然后抓过她手塞进自己的手套,"手都冻成冰锤子了。你是蠢蛋吗?手套都不戴,大雪天的,你在这里秀智商呢?"

白路舟的掌心宽厚、温热、干燥,指腹处有粗粝的茧子,接触起来很有质感,让人觉得真实、可靠。

当然了,春见想,也有可能是他那身制服给人的错觉。

春见摇头:"戴了,被风吹走了。"

"哦,那还是蠢嘛!"说着,他蹲下,"上来吧?"

"你要背我?"

"你叔叔都叫了,我能撂下你不管?"

春见摆手:"不用。其实我还能走,就是可能会慢一点,需要你给我探个地形。"

白路舟催促:"你少废话,赶紧的,我还等着回去补觉。"回头又瞥见她那被风吹散的头发,于心不忍又起身将自己的帽子取了扣在她头上,嘟囔,"算替我闺女积德了。"

温暖铺天盖地蔓延到全身,那是一种她从没体会过的被呵护的陌生感觉,春见只觉得自己胃部有过一阵轻微痉挛。

之后,她回神,对方露出了完整的一张脸。

没给她细看的机会,白路舟用手将她头顶上的帽子使劲往下一压遮住了眼睛:"老子长得是很帅,但你没必要看得这么起劲儿,你再怎么看,老子也不可能看得上你。"

春见:"……"

他弯腰抓起春见的背包,还没捡起来就大骂一声:"我去,你这包里装石头了吧,这么重?"

春见点头,指着脚边的石壁:"刚采集的样品,我自己背吧。"

白路舟推开她的手:"你得了吧,你背着石头,我背着你,重量不还在我身上吗？"

他不再给春见废话的机会，将她的背包挂在胸前，然后蹲下将她背起，却在起身的时候，扯着脖子后悔："你是女的吗？怎么这么重？"

春见无地自容。

西伯利亚寒流带来的强盛冷空气擦过林区云杉高大的树身，将纷飞的雪尽数吹向四面八方，而眼前的，打着旋落到春见的脸上，融化后滴在了白路舟干净的后脑勺上。

呼吸间，寒风灌进鼻腔，形同刀割，春见不自觉就被白路舟后脑下露在外面的脖子吸引，本能驱使，将脸埋进去。

让人上瘾的温暖，并且带着男人身上浓郁的荷尔蒙和淡淡的烟草味。

冰凉的鼻尖、软绵的嘴唇，带着缓慢呼吸的触碰，白路舟浑身一颤，差点崴倒："你疯了吗？这什么地方你勾引我？"

春见摇头，牙齿打战："我……我……冷。"

"冷，你……"算了，不生气，他又道，"我警告你啊，别以为在这荒郊野岭里，你就能对我做什么，我们组织是很有原则的。报恩就算了啊，而且就算你想报恩，你的以身相许我也没兴趣，我喜欢的是那种肤白貌美大长腿，你这种的，我看不上。所以你不许乱来，听到没？"

春见只觉得冷，其他感官都跟退化了一样，心里觉得好笑，但笑不出来，只好"嗯嗯"两声代表听到了。

之后风声呼啸，飞雪肆虐，走过的路、留下的脚印很快便被掩盖，了无痕迹。

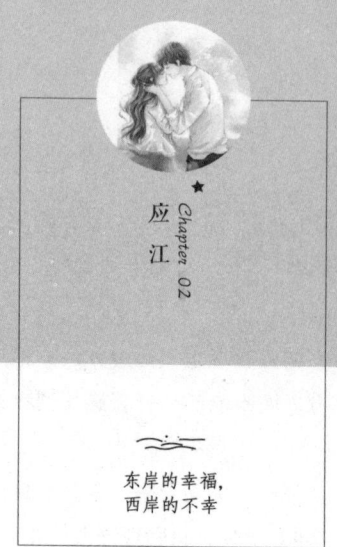

Chapter 02 应江

东岸的幸福，
西岸的不幸

第二年四月底。

白路舟向成安提交了退伍申请。

有点突然，成安盯着申请表看了半天没缓过劲儿来："不是，你又怎么了，怎么想一出是一出啊？"

白路舟往他办公桌上一坐，点起一根烟抽了一口，解了瘾又给掐灭："队长，这事儿我考虑很久了，你给批了吧。"

成安一听这话，顿时火冒三丈："什么你就考虑很久了，你跟谁考虑了？你家老爷子当年把你往这儿扔的时候，除了我，谁愿意带你啊？哦，我这费心巴脑地把你给改造得像个人样了，你说走就走，谁同意了？我不批！"

成安边说边把桌子拍得"啪啪"响。白路舟见成安是真有情绪了，一直以来他真是没少给成安惹事。白路舟现在哪怕有一点做人的样子，不夸张地说成安的功劳很大。他有不得不离开的理由，但他说不出那些矫情的话，欠过身体往成安肩膀上一拍，嬉皮笑脸地说："咳，人生何处不相逢嘛，将来你去建京，只要报上我白路舟的名字……"

"边儿去！"成安挥手推开他，转椅转了个面，"想清楚就滚吧。"

白路舟嗓子一哽，千言万语都化作了沉默，立正之后，冲着他的背影敬了一个标准的军礼，然后转身退出了那间办公室。

成安盯着计算机屏幕上的那份"退伍申请"看了许久，最终还是落笔批准。关掉"退伍申请"文档时，他顺便关掉了另一份"军衔升级报告表"，计算机弹出是否保存的提示，前者他钩了"是"，后者钩了"否"。

何止从宿舍出来，看到迎面走来的白路舟，远远地跟他喊道："路舟，作训服我都给收拾好了，到时候交还组织，你看还有什么遗漏的没？"

白路舟心里难受着，只摇头，没搭腔。

何止好心凑上去提供消息："那干货店的老板娘说要给你送行，约你下午去见人一面，你是见还是不见？"

"不见。"

何止不明白："咋还不见了，枉费人家对你一片深情。"

没等白路舟回答，何止又说："哦，对了，我在你冬天那套作训服里掏了块石头出来，你看你是要还是不要？"

白路舟被他彻底给闹烦了，出口一点也不客气："毛病吧你，一块石头你跟我说什么？"

"不是，"何止觉得冤枉，"我是觉得那石头还挺好看，红艳艳、光溜溜的……"

白路舟扬手打断他："你觉得好看就自个儿留着，或者扔了都行，随便你。"什么节骨眼，还这么没眼力见儿，不知道安慰人就算了，居然还稀罕上了一块破石头。

何止被奚落一通，没想明白，嘀咕着："不就是退个伍嘛，跟谁不退一样。"说着又将那块石头拿出来放在眼下瞧了瞧，越瞧越喜欢，自言自语，"他不要，我要，赶明儿拿去磨个坠子，铁定好看，到时候眼气死他。"

　　白路舟一脚踏进宿舍，光线明灭的四方简陋空间，当初来时有多嫌弃，现在离开就有多不舍。

　　三年，于整个人生而言，不过是短暂到不值一提的时光，可对白路舟来说，却有着太多太多的意义。

　　那意义如同被藤蔓攀附的老墙，随着日子变长，老墙还是那堵老墙，可外观已经不一样了。

　　手机在桌子上固执地振了三次才将他从繁杂的思绪中拽回来，手机屏幕上闪烁的名字，像是来自很久以前的呼唤，尽管所隔时间不算短，可那呼唤对他而言依旧有效。

　　"嗯……"里面不知道说了什么，白路舟嘴角一扬，露出一排整齐洁白的牙齿，然后懒洋洋地回了句，"想我？多想？"

　　建京，应江区。

　　应江穿城而过，流到应江区这一块，河道变得宽阔起来，早些年有人在河边摆摊，后来渐渐形成规模。近两年城市规划越来越规范，河道两边的摊贩被驱赶过很长一段时间，但收效甚微。最后政府索性将河道整改，在两边修建简易统一的铺面，让他们合法营业。

　　从那以后，应江区的这段河道便成了建京小商品交易集散中心。

　　东岸卖日常杂货，西岸是菜场小吃。

　　东岸晚上灯火流窜，西岸早上人声鼎沸。

　　"来，借过一下。"王草枝拖着买菜用的折叠拉杆车挤进熙熙攘攘的买菜大军，停在人比较少的一个摊子前，张望了一眼，指着西红柿问老板，"多少钱一斤啊？"

　　老板低着头往蔬菜上洒水，不看她，指了一边的价目表："都在上面写着呢。"

王草枝挑了一个西红柿在手上掂了掂："你这也太贵了，便宜点？"

"便宜不了，现在什么都涨价，成本那么高，给你便宜我吃啥？"

王草枝鸡蛋里挑骨头："你看你这西红柿明显就是农药过量，上面蜡层那么厚，你卖这个价钱，到天黑也卖不出去的，不如便宜点？"

老板一听这话就不乐意了，洒水壶往边上一扔："谁农药过量，谁有蜡层了？我这是纯天然无公害有机蔬菜！爱买就买，不爱买就走，别在这里捣乱你听到没？"

王草枝被挤对了却不再还口，拖着拉杆车跳到下一个摊子，拣了一把上海青，问："昨天才一块九毛八，今天怎么就两块了？"

这个摊子的老板是个女人，正在跟隔壁摊主唠家常，听到问话，也不扭头，就那么背着王草枝摆了摆手："油价涨了呗。"

王草枝挑挑拣拣，翻翻看看："你这青菜连个虫洞都没有，肯定打过农药了。"

女老板扭头，嘴角还沾着瓜子皮，眉头一皱："想吃没打农药的？那您别来这儿啊，去超市！那儿卖的菜才比较符合您的身份。"

王草枝脸微微一红，挂上笑："便宜点呗！"

女老板一把将王草枝手上的上海青抓回去："想吃新鲜的你就现在买，两块。一块九毛八，你等下午再来，我把摊子上的菜叶子给你留着。"

"那行，"王草枝笑，"我下午再来。"说完拖着拉杆车就走了。

女老板拧巴得脸都扭抽了，没好气地将手上的菜扔回摊子上，回头继续跟人拉家常。

叹息声、嘲笑声混杂在锣鼓喧天的讨价还价声中，破坏了应江平静的清晨，将周边四邻闹得不得清净。

春见在计算机上打下最后一行字，前后浏览了两遍，检查了错别字和语句之后点击保存，打开邮箱将初稿发送给编辑。

这时客厅响起了敲门声。

她晃了晃脑袋，关掉了书桌上的台灯，伸了个懒腰，起身将窗户打开。

一股腥风从不远处的菜市场刮过来，将吊在木窗上方的折鹤兰吹得左右摇摆。初升的太阳照在那盆摇晃的折鹤兰上，影子打在书桌尽头，停在一张照片上。

照片拍于两年前，春见刚去"小溪流"特殊儿童服务中心当业余志愿老师。

敲门声还在继续。

"春生！"春见朝另一个房间喊，"开门去。"

没人应。

邮件提示发送成功，春见戳了戳编辑的QQ，留言"五月份稿子已发送，收到请回复"，接着关掉计算机，准备去洗澡补觉，走到客厅又多走了几步，过去将门打开。

来人留着干练的短发，一身运动装，肩上挎着一台单反相机，满脸不悦，劈头盖脸地质问："怎么回事啊，敲个门，半天才开，对面楼都听到了，你故意的吧？"

春见将脑后的长发绾起来，露出纤细修长的脖子，边往卫生间走边问："大早上，找我干什么？"

化颜将手中的萝卜干儿往茶几上一放："我爸自己做的，让我给你们送点。又通宵了？"

"嗯，赶稿。"

化颜撇了撇嘴："我们主编都说了，就你稿子写得勤，偏偏品质又好，他又不能退。让我劝劝你呢，钱是挣不完的，我们杂志也需要给别人提供机会，不能让你霸屏。"

春见就当没听到，转移话题："我今天下午就要进实验室了，大概一周，有时间帮我盯着点春生。"

化颜指了指自己的单反相机:"我没空啊,要出差。春生还玩游戏呢?"

春见刷着牙,含混不清地"嗯"了一声,漱口后:"见到留芳跟她说一声,要是再放春生去她网吧,网费我是不给了,就当她赞助的。"

化颜慌忙摆手:"我才懒得管你和留芳的事儿,我先走了啊。哦,对了,昨天我在小区外面遇到司伽了,他问你过得好不好来着。"

春见明显不太乐意听到那个名字:"这壶开了吗?你提?"

"得,算我多管闲事,"化颜退出房门,"我就觉得你对人家司伽挺不公平的。"

房门"咣当"一声关掉,春见打开花洒,热水从头顶上流下来,熨帖了她一夜的疲惫。

至于公平不公平的,春见自己没办法去衡量,因为这世界上很多事情,乍看起来,都是不公平的,要是每一件都去较真,她忙得过来嘛!

隔壁房门"嘎吱"一声开了,春见定神,想必是春生趁着她洗澡的时候偷偷溜进来的,现在又趁着她吹头发预备再悄悄溜出去。

头发吹到半干,春见关掉吹风,悄悄来到客厅,果然看到正弓着腰要出门的春生。

就在春生刚把大门打开,预备逃之夭夭的时候,春见上前一脚蹬在门框上拦住他的去路:"哪儿去?"

春生被吓了一大跳,手中书包"扑通"一声掉到地上。少年抬头,他高了春见一个头,五官都像极了姐姐春见,年龄上比春见小了八九岁,整个人的气质偏明朗。

他睁着眼睛说瞎话:"看书去。"

春见双手环抱瞟了一眼地上的书包:"哪儿看书去?"

春生直起腰,随便指了个方向:"图书馆。"

她不想立马拆穿:"昨晚在图书馆看了一夜的书吧?你这样废寝忘食不分昼夜刻苦用功,想必成绩应该有所提高了。那我来考考你啊,你们语文课本第二单元柳永有两首词,其中一首叫《望海潮·东南形胜》你就告诉我'烟柳画桥,风帘翠幕,参差十万人家'的前一句是什么?"

"哦,对了,你偏科,语文不是你擅长的。"春见清了清嗓子,表现得十分人性,"那你说说三角形正弦余弦和正切公式吧。"

知道春生答不出来,她马上又说:"哟,这问题太难了,都奥数级别了。算了,要不你背背化学元素周期表?初中知识总不能不会吧?"

春生脸色煞白,捡起书包连连后退:"那我不出去了还不成嘛!"

春见放下脚,"砰"的一声把大门钩上:"你随意啊,我就是觉得好不容易周末放个假,你应该好好在家休息,太用功累着了怎么办?"

春生:"……"你是魔鬼吗?

这边春生刚消停,那边也是在外面潇洒了一夜的春来开门进屋。杂草一样的头发支棱在脑袋上,穿了很多年的灰色夹克外套上全是烟味,双眼通红,脸色极差,一看就是心脏负荷过大的表现。

看到春生,他嘿嘿一笑,上前捧住儿子的脸:"好久没看到我们家老小儿了,怎么比你爹我还忙?"

"明明是你整天在外面打牌不着家,谁比谁忙啊!"春生挣开他,气呼呼地回自己房间。

春来有点瘆春见,不敢看她,预备回房间时被春见叫住:"怎么,我是透明的?"

"不是。"春来笑,讨好似的从口袋里掏出一把零钞递给她,"读书辛苦,拿去买点好吃的。"

春见没接,大概瞟了一眼:"一夜赚了三十块,厉害。"

"你别小看这三十块,我告诉你,我这是在负债五千的基础上赢的,也就是说,其实昨天晚上我手气不错,总共赚了五千零三十块。"

"五千？"春见脑袋一嗡，"你哪儿来的钱做本金？"

正说着，王草枝推门进来，没等春来回答，她先开口数落起春见："有你这么跟你爸说话的吗？钱是我给他的，怎么，要连你妈我一起骂？"

春见无奈："王草枝同志，你的钱是哪儿来的你心里没数？那是我给你们的生活费，你却拿去让他打牌？行啊！既然你这么无所谓，那从下个月开始，你们三个喝西北风去吧。"

觉是补不成了，春见抓起钥匙就准备去学校，忽然想到什么，又扭头说道："哦，对了，下个月太平洋副热带高压北上，可能连西北风都没了。"

春见从来不是一个疾言厉色的人，再难听的话从她嘴里说出来，也能听出几分婉转，但这婉转往往能把人给气出好歹。

王草枝怒火攻心，冲楼道向春见嚷嚷："你读书有什么用，读到博士又有什么用？二十七岁了，连个正经工作都没有。你看看人家留芳，高中毕业就没读了，现在多能赚钱啊。你呢？一个月连几千块的生活费都拿不出来，还好意思叫我们去喝西北风……"

回音在楼道里来回撞击，最终冲破那堵砖墙的桎梏飘到整个小区上空。闻声，听热闹的抿嘴一笑，不怀好意地指指点点。

春见从车棚里取出小绵羊电动车，打了半天打不起火。这时，习铮打来电话，问："还有多久来学校？"

春见缓了口气，将散在额前的头发撩到脑后，看了一眼时间，回："半个小时。"

"那我先搭建模型，还是等你来？"

"你先建模吧。"

"行。对了，"挂电话前，习铮随口提了一下，"上次在九方山发现的油叶岩已经立项了，张教授让我问你有没有兴趣参加。"

春见一顿:"张教授让你问我?"

"对啊,我们已经在组队了,如果不出意外,月底启动。"

"你担任队长?"

"是。"习铮说得轻松,"我跟张教授做项目时间很长,彼此之间默契很深。"

"我知道了,再说吧。"春见挂了电话,眯着眼瞭望一碧如洗的天空,眼尾处的睫毛贴着眼睑在脸颊上投下长长的影子。

身后有人按了车喇叭,意思是她挡道了。

春见将电动车往边上挪,余光扫到那蓝色宝马X6的车身,透过前挡风玻璃,能看到车主明显笑了一下。

下一秒,车主摇下驾驶室的车窗,取下墨镜,露出一张精明能干的脸,探出头问:"去哪儿,带你一脚?"

春见继续打火:"去学校,不顺路。"

"喂,春见,"那人开始笑,"我刚听你妈在夸我,我没听错吧?"

看春见不回,她继续说:"真是三十年河东三十年河西啊。你看咱俩高中毕业那会儿,你是建京高考状元,多风光啊,电视台都来采访。那个时候你妈看到我就说,"学着王草枝的动作和语气,"哎呀,留芳啊,你看看你,只有高中学历,以后可怎么在社会上立足啊。"说着,笑声更大了,"可是没想到,几年时间过去了,你妈居然说,看看人家留芳,现在多能赚钱呀。哈哈哈,笑死我了。"

春见抬头白了她一眼:"笑够了?笑够我走了啊。"

"哎,又不是我说的,你给我眼色干什么啊?别骑你那破电动车了,我带你去学校。"

"说了不顺路。"春见耐着心拒绝。

留芳执着:"不顺路没关系啊,我送你嘛,不是非要顺路才能送的。"

"你够了啊。"春见直起身,耐心耗完。

留芳哈哈一笑，甩了甩新做的多色长卷发："行，那不耽误你了，回头有空带你兜风。"

春见简直没眼看留芳那嘚瑟样儿，不过想起要警告她以后不准放春生去她网吧玩时，她已经将车开出了小区。

"小绵羊"在这个时候终于觉醒，"嗡"的一声打起了火。

春生趴在三楼窗台上，看着春见离开小区走远了，转身飞奔进房间，抓起书包就往外跑。

听到动静，王草枝在厨房喊："生儿啊，你去哪儿呢？中午不在家吃饭了？"

"不吃了。"这话是从二楼传上来的。

建京，南门京陵。

应江流经建京的上游地带，遮天蔽日的巨大橡树整整齐齐地种在宽阔干净的马路边。河道两岸辟了两条小路供人茶余饭后遛弯用，小路边栽种着应季的花，一年四季每天都姹紫嫣红，弯弯的垂柳在河面上迎风飘扬。

繁华，开阔，井然有序是这边的风光。

东岸是玻璃建筑高耸入云，是宏大，是奢靡；西岸是精致住宅流连缱绻，是风雅，是归属。

东岸刚硬冷丽，西岸柔软旖旎。

日落，城市照明系统渐次开启，奔驰在马路上的车，有的是回家，有的是出巢。

灯影扫过一辆宝蓝色的宾利新慕尚，落在车头超大面积的不锈钢竖条格栅上，产生了一道银白色冷冽的金属光泽，在那条道路上一闪而过。

车里。

开车的人一手扶着方向盘，一手扶着蓝牙耳机："说了现在过不去就是过不去，爱等你们就等着，不爱等拉倒。"

"就这样。"

挂了电话后，开车的人略略偏头，对着后排上被绑在儿童安全座椅上的孩子慢慢说道："再揣摩一下剧本，等下见到太上皇，也就是我爹，你爷爷的时候别演崩了。"

小孩儿睁着一双圆溜溜的眼睛，认真地盯着他的嘴唇看，等他说完了才点头。

之后，车里陷入一片宁静。

约莫过了十分钟，车子缓缓驶进一座独栋小院，院墙上的蔷薇开得繁盛，在灯光下看不出原来的颜色。

张阿姨从大厅跑出来，笑着打开大门，不等开车人说话，就露着一口健康的牙齿笑着喊："我家小舟终于回来了。"说到这儿眼眶泛红，想必感情是真的，"一去就是三年，中间一趟都不回来，你也是……"

白路舟停稳车，下车就给了张阿姨一个扎实的拥抱："来，给我看看。哟，真不愧是我家老来俏，这皮肤、这身段，小年轻都比不得。"

"去去去，小没正经。"这话一出，马上就把张阿姨给逗乐了，"就你会说话。赶紧的，大白哥都望眼欲穿了。"

后面那句话白路舟没放在心上，他和白京之间的父子关系就不是那么设定的。

所谓"父善子孝"他也是听过没见过。

要不是只有他家老头儿点头同意，白辛才能上他家户口，否则黑户一个，书都没法读的话，他宁愿待在九方山，一辈子不回来。

至于白京，他会想儿子？

白路舟认为是不存在的。

张阿姨是没料到车后座还有个人，冷不丁见白路舟抱下来个孩子，她吓了一大跳:"这……这孩子……"

白辛聋哑,但看得懂唇语,知道张阿姨在说什么,便抬起头想看白路舟是怎么回答的。

白路舟将白辛往身边一带,揉了揉她的脑袋,坦坦荡荡地回:"我闺女。"

看到他这么说,白辛咧嘴一笑,不管对方接不接受得了,出手就比画:"奶奶好。"

张阿姨看不懂,但还想说什么,没来得及,身后便传来一道沉厚有力的咳嗽声。白路舟回头,没出预料,对视上的依旧是原来那副恨铁不成钢的表情。

白京有钱,但和一般的暴发户不一样。年过半百的他依旧偏瘦,穿着考究,气质尚佳。

"爸。"白路舟象征性地喊了一声。

"张莉,你过来。"还没等白辛开始她的表演,白京就站在门口,厉声喊了一句,气氛骤然冷却。

这剑拔弩张的氛围张阿姨实在是不能更熟悉,左右劝着:"哎呀,有什么事,父子俩坐下来好好说,孩子三年没回来了,你这是干什么呀?"

白路舟拉着白辛正准备上前,却听到了一句带着极度失望语气的话:"三年九方山,你给我带回来的,就是这个?"

那并不算温情的声音穿过两人之间不远的距离,生生把白路舟本就不多的回家热情给浇得一点都不剩了。

知道他家老头儿肯定又伤心了,但白路舟没办法啊,白辛那无辜的小眼神看着他,他只能点头承认:"是,这是您孙女,我这次回来……"

"滚!"白京指着大门的方向怒吼,整个人都是颤抖的。

三年前,白路舟是如何叫他失望的;三年后,白路舟就是如何变本加厉地叫他失望的。所谓江山易改本性难移,白京觉得自己就不该对白路舟心存希冀，当下认定白路舟这辈子就这样了，比烂泥还烂泥的人生应该是彻底扶不上墙了。

而这时，白路舟还火上浇油地来了句："您就是再看不上我，她是您孙女，您也得为她考虑。她到了该上学的年纪还没上户口，您看着办吧。"

那份混账劲儿和当初离开时比，简直有增无减，并且变得彻底刚硬，毫无忌惮。

白京被气得不行，捂着胸口让白路舟滚。

张阿姨一时乱了手脚，安慰白京也不是，哄白路舟也不是。最后只能让白路舟先带着白辛离开，说等白京气消了再回来好好说。

白京是块石头，白路舟就是块生铁，硬碰硬最后只能两败俱伤，没什么好说的。

原本也没打算让白京一开始就接受，今天不过是带白辛过来给白京交个底，亮出他的态度，反正来日方长，论持久战，他是个行家，这么多年都扛过来了，也不在乎这一两天。

再说，当初把他暴揍一顿后，不经过他同意就不管三七二十一地把他扔到九方山这件事，他还没找白京算账呢。

夜色渐沉，白京强压着怒气，盯着那一桌子为白路舟准备的接风饭菜，气得心脏抽痛。

张阿姨倒了一杯水过来，劝："小舟不是那种不靠谱的孩子……"

白京冷笑着打断她："呵！他要是靠谱，三年前我会送他去九方山？还想着他多少能有所悔改，没想到还变本加厉了。我这送他去部队他都能给我弄出个孩子回来，你说他，咳咳……你说……咳咳咳咳……丢人啊！"

"哎呀，好了好了，也许是有不得已的原因，你总要听孩子解释嘛！"

"不得已？你都……咳咳……这把岁数了……咳咳咳咳……还不清

楚男人都是什么德行？"

张阿姨老脸一红："我清楚什么啊我清楚！"

白京大口喘着气："算了算了，你叫他以后别朝我眼跟前走，有多远给我滚多远。眼不见心不烦，我就当没生过这个儿子，让他自己闹去吧。"

"那……那小姑娘？"

白京高声怒吼："随他自己……咳咳……有本事弄得出来，就自己想办法养……咳咳……"

白路舟妈妈去世得早，白路舟基本上是张阿姨带大的。

张莉和白京之间的关系，这么多年了大家都心知肚明，只是没说破而已。他们不愿意结婚，就那么处着，一处就是大半辈子，也相安无事。

张莉对白路舟的好不是一句话能说得明白的，白路舟心里敬重她，也听她的话。

可这到底是隔着一层肚皮，亲也亲得有限度，有些事她不好掺和，也说不上话，最后想想还是算了。

那边白京气到肝胆俱疼，这边白路舟跟没事人一样，将白辛送回去，自己转身就换了辆骚包的法拉利812直奔建京天栖山。

一路飞驰，无数过去的光影在脑海里重新组合，荒唐也好，张狂也罢，时间始终带不走的，是根植于血液深处的，那份天生要强。就像那隐藏在藤蔓深处的老墙，外观再怎么变，墙还是那堵墙。

那条应江，把建京一分为二，东岸偏东，西岸偏西。

流经之处，东岸有东岸的幸福，西岸有西岸的不幸，不管是上游的京陵，还是下游的应江。

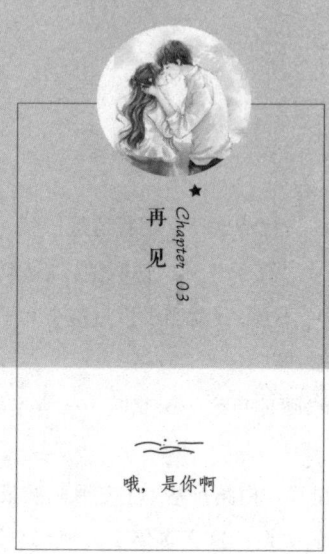

Chapter 03
再见

哦，是你啊

资料不理想，春见在实验室里待了整整一夜。

早上六点，装在做实验穿的白大褂口袋里的手机闹钟响了，这是她多年的起床时间，她抽出来单手关掉。支着脑袋回想了一下整个实验过程，她想不出纰漏出现在哪一步，为什么得出的数据和理想当中的会有偏差。

实验室的玻璃墙被人从外面轻轻敲响，春见回头，看到刘玥提着早餐正冲她挥手。

刘玥和春见是同一个学科的博士同学，导师也是同一个，她的具体年龄春见没问过，但看起来有点显老。

把包子、豆浆递给她，刘玥关心："我听说实验室一夜没关，一猜就知道肯定是你在这里。你拼命三娘啊？"

春见道了声谢，咬了一口包子："数据出了点问题，我要找到原因。如果问题不是出在实验步骤上，那就是出在样品身上，最坏的结果就是要重新采样。"

"上次去九方山，你不是和习铮一组吗？他的资料都没问题，那说明样品是没问题的。"

春见"嗯"了一声:"可能是我的步骤出现差错了吧。"

刘玥又问:"听说九方山那个油叶岩的项目张教授很感兴趣,准备做了,恭喜你啊。"

春见蹙眉:"恭喜什么?"

"你少装。"刘玥笑,"你一直想去的那个研究机构今年招人,你表现这么好,如果再有这个项目加持的话,十拿九稳。"

最后一口包子塞进嘴里,她喝了一口豆浆混着咽下去:"队长是习铮,立项人不是我。而且,我还没决定是不是会加入。"

"什么?"刘玥大惊,"可那是你发现的啊!"

春见不以为意:"习铮参加过工作,在实践上比我有经验,张教授选择他是对项目的负责,这和是谁发现的没有关系。"

"不是吧,这你都能忍?"

春见说:"只是发现了油叶岩的存在,这并不能说明什么。是否具有规模开采价值也不确定。再说,九方山是国家重点原始森林保护区,里面有无数珍稀动植物,就算矿源规模大,能被申请下来开采的概率又有多大?"

这话并没有说服刘玥,刘玥嘟囔了一句:"话虽然是这么说,可我就觉得不公平啊。"

春见伸手从口袋里掏出一块蓝色方解石,对着太阳看了看:"十年前,我是建京的理科高考状元,我朋友连个专科都没考上。拿到成绩那天,她也问我,为什么这么不公平,明明看起来,她更努力。"

刘玥问:"你怎么回的?"

春见说:"我没回。"

刘玥觉得可惜:"你应该跟她说,你努力只是看起来比较努力,而我努力的时候,你并没有看到。"

春见摇头,把石头装回去:"十年后,她开宝马,我骑电动车。"

见刘玥惊讶,春见笑着补充:"时间给了她答案,"顿了一下,继续说,"时间将继续给我们答案。"

话虽然说得很洒脱,但张教授喊春见去趟他办公室的时候,春见还是拔腿就去了。

张教授一句话都没有解释,隔着一张办公桌将项目计划书递给她:"你看看你有没有兴趣参加。"

春见接过去低头翻了几页,发现存在几个小问题,便钩了出来,最后撂下一句话:"我考虑下。"

"春见,"张教授叫住她,"你很优秀,可是习铮年龄大了,你还有很多机会。"

春见扬了扬手中的几页纸:"这份计划书,还存在不少问题,和之前的比起来,粗糙了不少。我个人觉得,有点拿不出手。具体问题,我会找习铮讨论。我的实验数据还存在点问题,没事儿的话,我先走了啊。"

地科系的院办外有一座玄武岩假山,假山后面种着红花美人蕉,宽阔的叶片遮住了清晨的风,在地上投下一片阴影。

春见站在那里缓了一会儿。她有个习惯,心里拧巴的时候喜欢看天,因为天空高远开阔,能容纳的东西太多。

天栖山银白色的弯道上,奔驰在上面的跑车如同旋风将路边的矮丛植物掀飞,留下一道虚晃的影子,而后消失在淡薄的烟霞中。

天还没大亮,盘山公路的入口处已经有两辆车回到了终点。

红色法拉利上靠着的人,白衬衣扎在腰间,能看到腰腹流畅的肌肉线条,偏头的时候,脖子上的动脉血管清晰可见。

白路舟叼着烟眯了眯眼睛,明显等得有些不耐烦:"我说陈随,他们还能不能行了,来回也就千把里路,要跑一年啊?"

陈随个子不高，皮肤有着不健康的苍白，单眼皮，但眼形好看，黑眼圈重，歪着身体，有些疲倦，声音懒懒的："他们的体能跟你比不了，车子你的也是顶配，唯一能出来跟你抗衡一下的姜予是今儿还没来。你耐心点嘛，都等这么久了，不在乎……"

"不等了。"白路舟说着便上车。

"哎，别啊，你就这样走了，我怎么跟唐胤交代啊，咱后续还有节目呢！"

白路舟摇下车窗："你怎么跟他交代，那是你的事。说好为我攒局，结果让我在这里干等，没有这种道理，你们自个儿反思去。"说完不给陈随辩驳的机会，一踩油门，绝尘而去。

陈随做样子追了两步，也没那个体质，见白路舟的车消失在弯道，便回过头，掏出自己的手机坐在车盖上边等剩下的人边玩游戏。

陈随这个人人如其名，随意惯了，生活当中既有作为富二代纨绔该有的奢侈和精致，也有非常接地气的一面。

譬如说他就很喜欢跟风，时下流行的游戏、网络语、流量明星等，他都追。

游戏匹配的其他玩家，段位都比他高，其中一个叫"春天生"的让他印象很深刻。这位一人场就开始带节奏，开了外挂一样，走位不要太风骚，接连双杀、三杀、五杀、大杀特杀，看得陈随眼花缭乱，还没回过神，屏幕上"嘭"的一声，蓝色"胜利"便蹦了出来。

赢得太轻松，陈随心想是遇着高手了，兴致勃勃去加别个好友，却被对方无情拒绝。陈随觉得自己的水平也没太差啊，于是手贱地去翻了对方的历史战绩。

结果被打击到无地自容，那种段位和战绩，已经超过了他这个业余跟风爱好者的认知。他粗略估摸了一下，认为对方差不多应该是个职业选手，至少也是个半职业选手。

也不怪对方会拒绝他的好友申请,这么一想,也就想通了。

而隔着屏幕的另一边,春生下线前骂了一句"垃圾"。

坐在他左手边一直替他望风的同学闻声,问:"一览众山小?"

春生将手机塞进课桌,无精打采地回了句:"独孤求败啊!"

望风的同学凑过来:"我给你推荐的战队,你到底要不要去试试?"

春生摇了摇头:"我姐知道会打死我的。"

"没看出来啊,你平时在学校走路都是横着的,居然还有怕的人。"

春生说:"你不懂,我姐是能360度无死角全方位碾压我的唯一存在,我不是怕她,我那是……"

椅子被人从后面使劲踢了一脚,不算严厉带着点关心的语气:"自习别说话,小心值日生记你们名字。"

"烦人。"春生把椅子往前挪了挪。

同桌压低了声音偷笑:"说了学习委员喜欢你吧。啧,说正事,我让你去是打比赛,又不是玩,再说了,就靠你现在的成绩,上专科都悬。"

春生抬头看了一眼讲台上的班主任,发现她在打瞌睡,就大着胆子问了起来:"靠不靠谱?"

"当然靠谱了,赢一场奖金这么多,"同桌右手五指张开在春生眼前晃了两下,"而且还不算直播当中粉丝打赏的。"

春生眼睛一亮,不敢相信:"这么高?"

"那是当然。我跟你说了,人家背后的金主不差钱。但是,你得先去给人打一场,今天上午就有表演赛,十点钟,京陵'花干'旁边的那家网吧。去不去?"

春生有些犹豫,但犹豫抵不过诱惑,没过两秒就投降:"去。"

白路舟回到住处点了个卯,让白辛自个儿待着,然后带何止一起出去参加另一场聚会。

"我的乖乖！"跟着白路舟一起出去的路上，何止的嘴就没闭过，这儿摸摸，那儿碰碰，"以前我们只是猜测你家应该比较不缺钱，但没想到这么有气派。这车得多少钱啊？"

白路舟笑："喜欢？喜欢送你了。"

何止吓得直摆手："那那……那可不行，我开这车会折寿的。"

"出息！"白路舟随手指了指沿街的一栋商业大楼，"瞧见没，这楼盘是我家老头子开发的。"

何止看得眼睛都直了，啧啧两声："你家老头子，不对，是白叔叔，真是个人才。"

白路舟单手给自己点了一根烟，抽了一口夹在左手："人才什么人才啊，就是个投机商人，什么赚钱做什么，做得一点人情味都不剩了。"

何止感叹："都这么有钱了，还要人情味干什么——"发现白路舟的表情不对，联想到白辛，马上改口，"我的意思是说，白叔叔接受白辛得有个过程。你想，要你是你爹，你爹是你儿子……啊，不对！我的意思是说，你送你儿子走的时候，他还是个'黄花大小子'，回来却带着一个半大闺女，搁你你也要硌硬两天不是？"

白路舟差点笑喷："黄花大小子？你当我是你啊！"

何止心里估算了一下，白路舟三年前是大学毕业就去了九方山，那会他撑死也就二十二岁吧，二十二岁不是黄花小子是什么？

跑车下了城市主干道，拐进一条单行道巷子，走到尽头，是一座独栋小楼。远远看去，斑驳的枚红色漆墙下种着一排白梅，到了这种季节，枝头上只剩下零星几点花朵嵌在绿叶当中，虽不繁盛，却把暮春气氛烘托到极致。

院门顶上，挂着一块米把长的见方木板，板面被虫蛀得坑坑洼洼，正中间用瘦金体刻着俩字"花干"，没刷漆，不近了看还看不到。

进了院子，入眼便是靠着墙根停着的一排各色跑车，无一例外地透露着"俗壕俗壕"的气质。

何止觉得可能是贫穷限制了他的想象,他有点看不懂有钱人的玩法。光从外面看,这院子跟他们乡下的自建房差不多,甚至还不见得比一些豪装农村自建房"壕"。

白路舟来得晚,瞅了半天,院子已经没有停车的地方了,于是跑过去跟隔壁网吧借了个车位停在那边。

进门前,何止跟白路舟瞎嘚瑟:"什么有钱人,我看你们也不过如此嘛!我们在九方山老家聚会的时候,还会跑到县城最高档的KTV唱歌。我跟你说啊,你肯定没见过,有一种KTV里面有那种穿得很……很……就是很暴露的妹子,可有意思了。"

白路舟将车钥匙钩在指间,光笑不说话。

"我说真的,你们这太没意思了,你们这……"

白路舟推开大门,灯光暖黄的大厅里坐着的人齐齐扭头,向他们投来了无数目光。白路舟是怎么个表情何止不知道,反正他的脸是开始烧红了,他要为他刚才的话道歉。

这里面的妹子,不仅穿得暴露,不,不是暴露,是洋气,而且还都美若天仙,是他们县城KTV里那些不能比的。

其中一个主动起身朝他们走来,抹胸紧身小黑裙勾勒出姣好身材,看得何止血脉偾张。她细细的脖子上挂着一条项链,吊坠是颗红色石头,何止觉得跟他口袋里那颗石头的颜色很像。

但那女人不是来找他的,明显不是。因为她直接略过了站在前面的他,走向了白路舟。

琥珀和香草尾调的香水钻进何止的鼻腔,让他一阵眩晕,还没缓过神就听到对方软软开口:"舟哥,你回来了?"

这要是按照何止的路数,既然对方都这么主动了,那亲亲抱抱什么的肯定是必需的啊。

但白路舟居然看都没看那女人一眼，掠过她和何止，径直走到大厅里专门为他留的位置上，长腿交叠，坐在他两边的人立马开始献殷勤。

何止就是在这一秒钟里顿悟——

白路舟去九方山之前肯定不是黄花大小子了，不说阅人无数，至少已经把该玩的都玩过了，否则面对这么一位如花似玉的美女，他怎么就能视若无睹呢？

物以稀为贵，这等美女在白路舟眼里肯定是不稀奇的，不稀罕才不贵。

何止忍不住地想"啧啧"两声。

白路舟坐定后，看到还在发愣的何止，冲身边的人介绍："我战友。"然后喊他，"过来坐啊，发什么呆呢？"

有人笑了。

何止脸一红，十分拘谨，他不好意思在众目睽睽下走过去坐到白路舟身边，于是就近找了个位置坐了下来。

打量了这栋房子的内部结构，要认真说，是真的配不上他想象中有钱人的格调。整个装修风格都是那种暗灰色系，就连灯光都不像他们县城KTV那般富丽堂皇，在他心中有钱人喜欢的东西，那就该是越闪越好。

白路舟左手边的女人叫闻页，抽着烟，头发剪到下巴处外翻着，妆化得很浓，饶有兴致地看着何止："你战友挺有意思的。"

白路舟弹了弹烟灰："怎么，放弃姜予是了？"

闻页翻了个白眼："你能不说他吗？"

"明白了，"白路舟笑，"还没搞到手。"

"你以为谁都跟你一样，凡是看上的强取不行就豪夺？"

"咳咳，"白路舟被烟呛得咳嗽，"我强……"

"呜啦呜啦——"

屋外一声惊天的警报声传来打断了白路舟的话。

接着有人匆匆忙忙冲进来，磕磕巴巴地指着外面说："隔壁网吧那里有人打架,你们停在那边的红色法拉利被剐了。"

闻言,何止猛地扭头去看白路舟,按照他的设想,白路舟肯定是要暴跳如雷然后满目狰狞地冲出去。但实际情况是,白路舟只是抬眼看了一下来传消息的人,接着又无比淡定地低下头跟他边上的女人说话。

何止走过去,正好听到他说了一句:"说话要负责任的啊,有时间琢磨怎么讨姜予是欢心,还不如跟他多学习点法律知识。"话说完了才起身往外走,脸上一点不高兴或者烦躁的表情都没有。

春见接到春生的电话时,实验室里的仪器刚刚重启。

电话打到第三个,一边的习铮都看不下去了:"你倒是接啊,万一有什么要紧事儿呢?"

在实验记录簿上填上数据后,春见随手将第四个电话接起。

不是春生的声音,这声音里带着一股正气,与气质无关,是说惯了官腔的表现。

"你是春生的监护人吗?"对方问。

春见否认得干脆:"不是。"

对方应该是对着别的方向说了句"不是",然后春生的声音就遥遥地传进了春见的耳朵,隐隐约约地喊着:"姐,我惹事了,你来一趟行不?"

惹事了,但语气里听不出悔改。

接着,那人又对春见说:"他剐花了我朋友的车,你们出人来解决一下吧。"

"你打电话找他妈,我不管。"春见说完就挂了电话。

两秒钟后,电话重新响起,是春生的声音,态度软了下来:"姐,你就来一下好不好?不然他们不放人啊。我以后再也不敢了,全都听你的,一定以你为榜样好好学习,天天向上。"

春见不为所动:"这种话,对我来说已经免疫了。"

"不，我发誓，真的，最后一次。而且我也冤啊，打架的事本来也不怪我，是他们先挑起来的，技不如人还不承认，我不过就是实事求是地点评了他们一下，他们就……"

春见觉得自己简直在浪费时间，耐着性子最后一问："春生，今天是周一吧，这种时候你不在学校，逃课你还有理了？"

"姐，我知道错了，以后再也不了，真的！你来一下吧，别让妈知道，算我求你了行不？"

春见扭头看了一眼墙上的钟："行，等着，我一定到。"

说完这句话后，春见在实验室里又待了一个完整实验的时间。习铮扶了扶眼镜，笑着说："其实，我可以帮你盯着实验的。你这么较真干什么，怎么说那也是你弟弟。"

春见把实验用到的样品仔细收起来放好，脱掉外面的大褂："自己闯的祸就要自己承担后果，即便没有承担后果的能力，也要承担相应惩罚，哪怕只是来自心理上的折磨。"把大褂挂好，回头补充，"这叫帮他长记性。"

习铮帮她把样品放到柜子里："我以前怎么没发现，你还有魔鬼的一面。"

春见突然盯着他："你最好别让自己有机会去发现。"

她边说边将实验台上修改过的九方山油叶岩项目计划书递给习铮："你的计划书透露着一股子急功近利的味道。"垂眼，顿了一下，"这个项目，你真想做的话，就认真去做。"

习铮一愣，手有些僵硬，甚至不敢去看春见的目光。他自认为拿到这个项目立项人的资格，背地里并没有耍什么手段，可要摊到明面上来看的话，也着实不怎么光彩。

之后，春见将数据来来回回检查了好几遍才打算出发，这时，距离那通求救电话已经过去了四个多小时。

白路舟最后一次低头看腕上的表是二十分钟之前，那个时候天边还有夕阳的余光。

而现在，"花干"门口已经亮起了灯。光从他斜上方打下来，落在他宽厚的肩膀上，胸前的肌肉随着呼吸上下起伏。

眼神从平静无波到锐利逼人。

这说明，他没有耐心了。

立在他边上的男人，一身和现场气氛不搭调的纯黑色装扮，衬衣西装裤穿得一丝不苟，金边眼镜架在鼻梁上，目光冷彻，面上看不出情绪，开口腔调正气："我认为这种情况，你完全可以通过法律途径来获取你的正当权益。"

言外之意，是在提醒白路舟他在浪费时间，但认识多年，又曾经一起荒唐过年少，姜予是不好表达得太过直接。

白路舟听出来了，回头对一众狐朋狗友表示："你们先走吧，该干吗干吗去。"

白公子发话了，本来就是闹眼子的觉得没热闹看就走了。不过还是有一小部分坚持要留下来替白公子主持公道没走的。

春生被一帮人高马大的人堵在墙角大气不敢出一口，心里对春见又期待又失望，好歹姐弟一场，难道就真的不顾他的死活了吗？

气氛就在这样的尴尬等待中慢慢变得煎熬起来。

这件事白路舟原本是没放在心上的，但那位"监护人"的态度让他好奇了，好奇心这种东西很玄妙，越是得不到满足，就越是抓耳挠腮地想知道。

当他再一次低头看时间时，一辆小绵羊电动车缓缓从巷子深处开过来。

车灯很足，光打过来的时候，白路舟下意识地眯起了眼睛。

等对方熄了火，他才把眼睛睁开。

对方没下车，两条笔直的长腿点着地，抬头扫了一眼围观群众，拣着重点喊了一声："春生？"

声音有点耳熟，白路舟一时没想起在哪儿听过。

春生满心欢喜地回应："姐，我在这儿！我暂时没事儿！"

春见下车，边走边问："你刮了哪辆车？"

毕竟院子里停的那些，随便一辆她都感觉自己赔不起。

春生站起来，脸上挂了点彩，不过不严重，他指着网吧门口的法拉利："那辆。"

春见顺着他手指的方向望过去，立刻打开手机查了那辆车的报价，也不知道查得准还是不准，但不管准不准，她都确定自己赔不起。

"请问，你们谁是车主？"春见问。

何止揉了揉白路舟："人家问你话呢！你缩着不出去干吗呢？"

他不是缩着不出去，而是从春见出现的那一刻开始，他突然觉得跟一个女人对峙有失体面，之前的等待已然成了笑话，他不想继续掉价下去。

计上心来，他把何止往前一推："他，他是车主。"

众人一愣，没弄懂白公子这拨是什么意思，但白公子高兴就好，白公子说的都对，于是大家在何止一脸蒙的情况下纷纷附和："对对对，他就是车主。"

春见迎着暖黄的光朝何止走过来，她中等偏上的个头、轮廓单薄。她取下头盔，长发披散在肩头，一张脸看起来十分年轻，五官鲜明，鼻翼右侧有颗褐色的小痣很有特点。

真的有点面熟。白路舟心里一跳。

头发被风吹得糊在脸上，她直直看向何止，目光沉静，却有种不容忽视的正义和神圣。

明明她才是理亏方，不知道为什么，白路舟总觉得是自己做了什么对不起她的事。

看着她慢慢走近，何止更是腿一软差点就给她跪了。

"你叫什么名字？"春见站定后仰着头，目光掠过何止问白路舟。

白路舟眉头一皱，总觉得在哪儿见过这女人，可他就是想不起来。

他反手指了指自己："你问我？"

春见点头："对。"

白路舟回过神来，指着何止说："他是车主，你问我干什么？虽然我长得是比较帅……"

春见没眼瞅他："第一，你前面这位先生和那辆车的气质明显不一致；第二，车钥匙在你手上，眼不瞎的都看得出来；第三，按照人际关系中心论的说法来分析，你的站位居C位，围着你的人脚尖方向也是偏向于你。所以我猜测，你才是这个剐车事件的受害者。"

"你也知道我是受害者？"白路舟瞬间开始秀智商，"知道我是受害者，还问我叫什么名字，你搞得像人口普查一样，来头很大吗？"

"那么，你是车主了。"确认之后，春见问，"你叫什么名字？"

"小爷是建京白路舟！"也不知道是叫对方的气势给糊弄住了，还是心底就想告诉她，白路舟很大爷地说出自己的名号，但说了之后又有点不甘心，"你这么想知道我的名字，莫非是对我有所企图？你一个女孩子……"害不害臊。

"不是，"春见打断他，"我问你名字是想告诉你，那车我赔不起。"

什么？

赔不起还这么嚣张？

白路舟脸上有点挂不住了："赔不起你还问我名字？逗我玩儿呢？"

春见摇头，非常真诚地说："白先生，我问你名字，只是想给你个建议。车被剐了你生气是应该的，但修车的钱超出了我能赔偿的范围，我不是个喜欢逗能的人，做不到的事绝不往身上揽。所以为减轻你心理上的不适，我认为你不如把他打一顿，打到你解气为止，如果打完还不解气的话，你可以报警。"

春生："？"是亲姐？

白路舟："？"这什么路数，怎么接？

众人："？"走位比白公子还风骚，精彩了精彩了！

把话交代清楚了的春见，趁着大家都没缓过神，一步跨上"小绵羊"，插钥匙，打火……

"小绵羊""嗡嗡"的启动声把白路舟给嗡醒了，他眼疾手快一步跨过去抓住她的胳膊："你以为你忽悠两句就能把事情给忽悠过去？超出你赔偿范围你就不赔偿了？天底下哪有这样的道理……等下，我们是不是在哪儿见过？"掌心里握着的胳膊触感很软，顺着胳膊往上看，修长白皙的脖子皮肤细腻，触感一定不错。

触感不错，指背划过的地方，很滑。

那地方充血发紫肿着，零下二十度，她裸着脚踝。

脑子里一个激灵，他想起来了，然后脱口而出："你是小五！"

何止震惊："我的个乖乖，白路舟你行啊，你这大房二房不够还小三四五上了？"

白路舟"啧"了一声，警告何止别胡说。

他回头用关键词提醒春见："九方山，你叫我武警叔叔，我问你是不是五岁。记得吗？"

光线太暗，春见从口袋里掏出近视镜，凑近了，盯着对方仔细看。白路舟被她那直白的眼神盯得生出几分燥热。

春见想起来了。

他眼中的茶色瞳孔依旧灵动，只是染白的睫毛已经化雪。脱掉了那身红色的防火服，他就不是九方山上让人觉得安全可靠的武警叔叔，他是建京白路舟。

认清楚了人，春见倒是很平淡："哦，是你啊。"

白路舟脸上的笑容渐渐凝固僵化,这过于冷淡和疏离,就好像热脸贴上冷屁股。

撇开好歹他还救过她的救命之恩不说,她的态度让他觉得自己太上赶着了,众目睽睽之下,卖相实在难看。

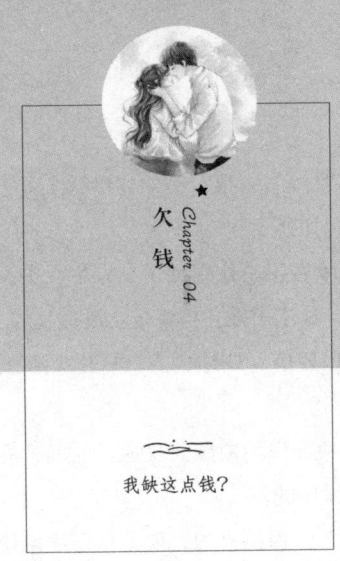

Chapter 04 欠钱

我缺这点钱?

　　四周看热闹的人削尖了脑袋争先恐后地钻到最前面,向来都只听说白路舟为人十分荒唐,得罪他的下场不仅悲催而且凄惨,但传说的始终不如亲眼见来得刺激。

　　"呵——"白路舟冷笑,"建议不错,但我觉得太麻烦。"他不太高兴的目光落在春见身上,估计是想来真的了,招手把姜予叫了过去,冲春见说,"如果你不想私了,那我们走法律程序也不是不可以。"

　　人群轰然炸开,看吧看吧,说什么来着。

　　春见一副不受威胁的样子,耸肩:"我无所谓,你高兴怎么来就怎么来。"

　　唏嘘声又偏向了春见,两人之间的气氛马上就不对了,仿佛一颗不定时炸弹,谁也不知道现场什么时候会彻底失控。

　　"姐!"春生扒开人群跑过来,拽住春见,央求,"你不能无所谓啊。这次我是真知道错了,我保证以后再也不了,我都听你的还不成嘛,这次你一定要帮我呀。"

春见看他:"你要我怎么帮?不如你给我个方案?或者,我给你个建议,你去认个有钱的姐姐。"

"不是的。"眼瞅着拦不住春见了,春生没头没脑地说,"要不你求求他?他那么有钱,你求了他,他肯定会放过我的。"

这理由让春见难以置信:"求他?"然后扭头随意问了下白路舟,"求你,你会不追究了吗?"

语气过于随意,根本没给白路舟反应的时间,春见就收回了目光,对春生说:"看吧,没用的。"

什么叫"没用的"?白路舟想,要是你态度诚恳点,没准我就不追究了呢!

"白……白先生,"春生一手抓着春见不让她走,一手抓住白路舟袖子,急得额头直冒汗,他求道,"您能不能不让我赔那么多,我姐她还没工作,她一时拿不出那么多钱。"

白路舟觉得奇怪,正常情况下,一个高中生又不是没爹没妈,怎么会把所有希望都压到一个还在读书的姐姐身上?

顺着春生抓着他的手看过去,灯光打在春见身上,她的目光穿透深夜来临前薄薄的烟雾落在白路舟的视线里,但她的眼神里,什么都没有,慌乱、惶恐、不安,没有,统统都不存在。

继续追究或者放弃追究不过一句话的事情,问题出在不管他作何选择都像是在唱独角戏,对方不给他捧哏。

就好像这明明是一场激烈的对手戏,却不知道从什么时候开始舞台变成了他一个人的,他自导自演了这一出戏,而对方连赏脸看一眼的心思都没有。

尴意横生——

"春见是吧?"姜予是,白路舟酒肉朋友里少见的走正经社会精英路线的人,非常合时宜地向春见指出,"你弟弟未满十八岁且没有收入来源，所以不具备完全民事行为能力。那么由他造成的相关法律后果，他的监护人有义务并且必须替他承担。我知道你不是他的监护人，但既然他在事发之后第一时间联系的人是你，我大胆猜测一下，除了是因为他对他其他社会关系感到惧怕之外，还因为，他的其他社会关系没有能力解决这件事，我说得对吗？"

见春见没吭声，姜予是继续："如果你不想替你弟弟承担，我们会去寻找他的监护人，到时候……"

到时候，王草枝会指着春见的鼻子骂，骂她读那么多书有什么用，会哭天喊地地把家里闹得鸡犬不宁，会在折腾一圈后又回过头去找她，让她无论如何拿个主意……

"行了，"春见不想去想更多王草枝可能的表现，不是妥协，只是图个耳根清净，"我赔。分期可以吗？"

姜予是用刻板又正气的腔调回："赔偿方式可以由你和受害方互相商定，但前提是我们要对此次受害方的损失做一个大概的估计。"

春见有些不耐烦："估损你们来吧。"问白路舟，"你同意吗，我分期给你？"

事已至此，白路舟只想快点结束，屁大点儿钱，闹成这样，简直没脸了，于是草率答应："行吧，你愿意分期就分期吧。"

春见打开手机通讯簿，冲白路舟："电话。"

"什么？"白路舟都准备走了，她又来这么一出，没听明白是真的。

春见重复："你的电话号码。"

活了二十多年，白路舟觉得真是长见识了，见过嚣张不讲理的，还没有见过这种嚣张还觉得她挺有理的。他存了心想扳回一局，于是开起了玩笑："你要我电话号码做什么？我就说嘛，屁大点儿钱，你还要分期，是不是存了心想多见我几次？你这女人，套路挺深啊！"

春见没配合他开出的玩笑，收回手机："不给算了。"

"给给给。"白路舟隐约觉得自己的气场被对方"秒"了，夺过手机输入一串数字，将手机递还给春见，在她要接手的一刻又缩回来，强调，"但是有一点，没事儿别打给我，短信也不许给我发，不能骚扰我知道吗？"

"不会。"春见接过手机，扭头对春生说，"要是再有下次，别给我打电话了，打了我也不会来。"

春生连连点头："姐，我一定听你的，那我先回学校了啊。"

春见应付完春生，回头见白路舟一群人已经转身，冲他喊："我先给你个首付吧。"

这一场闹剧，白路舟想要的无非是个说法，一个能保住他在圈子里脸面的说法，至于钱，他根本不在乎。

但出于某种心理作祟，他没拒绝："行啊，你给吧。"

"你等我一下。"

说完，春见骑着她的"小绵羊"一溜烟就出了巷子。

被甩在原地的众人："……"

何止不理解："路舟，你就这样放她走了？你不怕她诓你？"

闹了一下午，正经事一点没做，白路舟摇了摇头，是真不在意："随便她吧。走，带你进去开开眼。"

被白路舟带着穿过"花干"大厅，后院居然别有洞天——巨大的泳池、精致的花园、明亮的别墅、优雅的音乐，还有无数张他从未见过的漂亮脸蛋……

她们簇拥在一起，说笑的模样仿佛打开了何止的新世界。

白路舟把他丢在那里让他自己去适应，然后和姜予是一起穿过人群径直走进别墅。

进门前，姜予是一针见血地指出："你对你那位债务人有意思。"

"你想多了，我是当了三年兵，不是当了三年和尚。"

言外之意，他还没有饥渴到是个女人就会让他有想法的地步，他还是有下限的。

早上在天栖山分别的那群人已经等在那里，陈随看到白路舟进来，起身挥手："小舟舟，这边。"

白路舟走过去，坐在正中的位置，长腿交叠，扫了一眼："唐胤呢？还在天栖山没回来？"

"不是，"陈随说，"HOLD俱乐部要签新人，他亲自把关，可能要晚点来。"

白路舟无所谓地回："行吧。"

陈随咂着嘴，上下打量白路舟："我怎么觉得你从九方山回来，像变了一个人一样。"

白路舟挑眉："哪儿变了？"

陈随说："这要搁在往常，好不容易从大山里回来，肯定是要先去浪一圈的呀。时下最火的流量小姐姐不要去深度了解一下？哪个夜场花样最多也得安排上吧！更不说，你瞅瞅你身上的衣服，还是三年前的款式，省吃俭用什么时候变成你的风格了？"

白路舟有苦说不出，他要是不搞个项目做出点成绩，白京肯定是不会那么轻易松口让白辛上他家户口的。今年九月份之前，他必须要让白辛有学可上。

心里虽然苦，他嘴上可不能示弱。

"你以为谁都跟你一样，"白路舟起身给自己倒上杯红酒，"我在九方山脱了一层皮，还不能有点长进了？"

"长进？"后来的姜予是挨着陈随坐下，表示怀疑，"长进到从部队带回来一个闺女。三年前你是为了什么被送去九方山，你是忘了，还是压根不清楚？"

"就是，就是。"陈随习惯性地附和姜予是，"要不怎么说你是我们建京四少之首呢，毕竟在人类繁衍方面的贡献，你从未让人失望过。不过说真的，你玩就玩吧，还不注意安全，一次就算了，你还接二连三，以后可得注意！"

白路舟一口红酒差点噎死自己："什么乱七八糟的玩意儿！我在你们心里就这形象？"

陈随说："不不不，你可别误会，你一直是我们踮着脚都赶不上的典范！哎，话说回来，改天把你闺女带出来给我们大伙瞧瞧呗。毕竟当爹这种事，除了在你这儿，我们也没地儿学了。"

白路舟预备撕烂这货嘴的时候，别墅大厅外传来了一阵紧促的脚步声，循着那声音望过去，来人推开别墅大门，人还没出现，话就传来了："抱歉，我来晚了。"

接着，一道干练的身影带着让人喘不过气的速度卷了过来，脸上挂着非常标准的露齿笑，灿烂、亲和，却很假，跟流水线上批量生产出来的似的。

白路舟最受不了唐胤这一点，跟个笑面虎一样，于是他一来，就数落他："以前至少还能踩个点，现在好了，干脆迟到，几个意思啊，看不上我了？"

唐胤脱掉西装外套，敷衍着来了一句："看你这话说得。俱乐部要签新人，白天留意到有个选手还不错，结果打完表演赛就下线了，联系了半天联系不上，费了点儿事。"

似乎并不是很习惯应付这种场面，他很努力地找话题："我刚才开车过来的时候，在巷子外面，你们猜我看到了什么？"

别人不接话，白路舟"嗯"了一声，示意他继续说。

"一女的，在一辆快要报废的电动车前面挂了个'低价出售'的牌子。"

陈随不明所以："这有什么怪的。"

唐胤解释："关键是她的那个'低价'。一辆杂牌，还是快要报废的电动车,她出这个数,"摊开三根手指,"我围观了一下,那女人巧舌如簧、伶牙俐齿、毫无底线,最终还忽悠着卖了出去。你们看,我还录了个小视频。"

一切准备都是冲着这群人的喜好来的。

白路舟凑过去看热闹,视频点开的那一瞬间,他有点蒙。

没来得及发表言论,他裤子口袋里的手机一振,接着来了一个归属地是建京的陌生号码。

接起,对方开门见山一句话:"我在'花干'门口,给你送首付。"

白路舟从"花干"出来,春见正在打电话——

"当初申请使用实验室,我们说的是一周,为什么要提前结束?"

"……"

"你们工作不容易,我理解。可我的资料还差几组怎么办?你中间给了别的系,我再申请又得等。"

"……"

"这样吧,你再给我三个晚上,我不占用白天的时间。"

看到白路舟,她将手机换到左手上,右手伸到背后,裤子后面的口袋里塞着一沓钱,她麻利地抽出来递给他,电话没断她继续说:"好,我现在赶回学校。"

她边说边走,却在下一秒被白路舟抓住肩膀。

白路舟拿拇指捻着还带有她体温的现金问:"卖电动车赚的?"

春见挂了电话,抬眼看他,不解:"嗯?"

"这么轴?我缺这点儿钱?你用得着这么急?"说话的时候,他抓着她胳膊的手松了些力气。

太细了,他怕给她折断。

春见还是没理解过来:"分期要先付首付,这是行规。再说,我还钱,你有什么不高兴的？"

一句话把白路舟给问住了，为了掩盖内心闪过的一丝慌乱只好强行狡辩："你那辆破电动车，值这么多钱？你坑蒙拐骗了吧？我告诉你，我白路舟做人清清白白，来路不正的钱，我是不会要的。"

春见急着回学校，没时间跟他耗："一个商品的价值是个客观东西，它的价格却未必，所以它能卖多少钱，不是看它值多少钱，而是看我想卖多少钱。还有事吗？没了，我走了啊！"

"你……"无可辩驳。

忽然想起什么一样，春见说："那就定以后每月的今天为还款日，到时候我打电话给你。"

"不用了，"白路舟拉着脸，"不用再联系我，我很忙。你直接把钱拿到这里给'花干'的老板。还有事吗？没事就这样吧。"

不就是比谁更拽吗？败了两次阵已经是极限，他绝对不可能允许自己被一个女人牵着鼻子走，书读得多了不起吗？

春见感到有些莫名其妙，但心里牵挂着那些实验资料，没再多逗留。

白路舟返回"花干"的过程中，鬼使神差地回头看了眼，心里也不知道在期待什么，但身后早就空无一人。

心头莫名蹿上来了一股邪火，被出门找他的何止撞上了，不等何止开口，他就先来了一出："玩儿爽了？"

何止一腔兴奋给噎在嗓子里，眼见着笑容慢慢褪去，白路舟马上就意识到了自己的浑蛋。

何止不是他在建京纨绔圈里结交的狐朋狗友，何止是和自己患难与共的战友，是一起经历过生死坎坷的人。他们之间不存在利益关系，所以没有谁依附谁，谁要上赶着谁的说法，他没有资格给何止脸色看。

不过显然，何止没那么多心思，他高中没毕业就去了部队，一直待在相对单纯的社会关系中，退伍后跟着白路舟来建京也无非是全心全意地信任白路舟。

信任他并关心他，何止试探地问："那女的，没给你钱是不是？我就觉得她在诓你，你瞧她说话那一套一套的。"

白路舟捏着那沓现金在何止眼前晃了晃，表示钱已经拿到了："有人欺负你？"

"怎么会，那些美女听说我是你的朋友对我都客气得很。她们还向我要你的电话号码来着。"

白路舟心里一慌："你给了？"

"那怎么可能，要给也是给我的。"

白路舟笑："你倒不傻。"

"那是。"何止很骄傲。

心情不佳，情绪不高，白路舟没在"花干"多留，敲定了准备接手的项目后就打算离开。临走，陈随给他安排了一个最近很火的流量小花，被他给拒绝了。

陈随脸上有点挂不住："我都跟人家姑娘说好了，你这会儿装什么清高？以前还玩得少了？而且也没让你做什么啊，有项目投资就给姑娘牵个线，最多了。"

"你拉皮条呢？"白路舟头疼，"我喜欢聪明的。"

"你这就很矛盾了，"陈随说，"混那个圈子的女人，谁不聪明啊，不聪明能上位？"

白路舟拿出车钥匙，作势要走，瞎编乱造："我说的那种聪明，不是指心机和城府。是看起来不显山不露水，遇事不慌张……"

姜予是少见地抢话："条理清晰到能够举一反三、思维缜密到可以滴水不漏、能言善语到让人百口莫辩，总结起来就是有文化。白公子，你是在说你的那位债务人吗？"

越想越觉得分析得对，姜予是肯定："她的确很聪明。"

能被姜予是夸奖聪明的人确实不多，但白路舟还是要脸的，承认喜欢春见那种类型的？不可能！

跨进车门，他给姜予是留了个题目："'暗渡'那个项目，你帮我找个人跟着一块去勘测下路线的可行性。"

姜予是问："你准备什么时候启动？"

"尽快。"白路舟探出头，"对了，你顺便帮我找个环境好一点的托儿所，反正就是能够接纳四到五岁特殊儿童的那种。"

在白路舟心里，姜予是是他们圈子里最靠谱的人，让他帮忙办的事情不出意外他都能在最短时间里高效完成。不等对方同意，白路舟趁着大部队还没从"花干"出来，带着何止先一步溜了。

隔天中午。

京陵"小溪流"特殊儿童服务中心来了一个新的小朋友。

这里的老师多半是流动志愿者，固定的没几个，还都是上了年纪在家里无所事事的退休老教师。

办公室最里面两张桌子拼在一起，上面摆放了砧板、锅具和贴了名字的碗筷，一边的小冰箱里放着大家早上从家里带来的菜，中午就在这里随便热一下，一伙人就在一起解决中饭。

金老师退休前在建京一小当语文老师，退休后来"小溪流"已经好几年了，吃午饭的时候，她最喜欢聊当年："我教过的学生中，她是最让人省心的。"

另一位老师扒了一口饭，眼睛越过窗户，看到操场上带着一个小朋友正朝她们这边来的人，边嚼边问："当年她可是建京高考状元，怎么没去北京读书？建大虽然也不错，不过对她来说有点可惜了。"

金老师摇头叹息："唉，她那个家庭，说了都让人生气。我还记得当年小升初的时候,她妈为了几千块钱愣是让她去了应江区中学。高中时又是,建京一中不过就是免学费,她妈就毫不犹豫地让她去建京一中。这大学,我猜啊,八九不离十,只怕也是跟钱有关。"

今天的豌豆有些硬,金老师牙不好,夹起来丢进垃圾桶:"不过,这孩子就像蒲草一样,太强韧了,你给她再差的环境,她都能长得超出你想象。"

微波炉"叮"的一声,有人的饭热好了。与此同时,办公室门被推开,来人领着一个新面孔:"金老师,刚来的小朋友,需要登记。"

金老师放下碗筷:"春见,你吃了吗?"

大家都是各带各的午饭,金老师那么问也就是客气一下,春见识趣:"我回学校吃。"

金老师翻了翻春见的打卡记录:"你这个月来的次数不多啊。"

"这个月事情有点多。"春见随即介绍道,"这个小朋友叫白辛,聋哑,但看得懂唇语,并且会很多拼音,带她来的人叫何止。她年龄是,"弯腰问白辛,"你是四岁,还是五岁?"

白辛摇头,手语:"四岁五岁都行,我爸说了年龄不重要。"

春见一愣,腹诽,这家长是有多不靠谱,才会这么教自己的孩子。她抬头对上金老师的目光:"四岁吧,是属于暂时托管,钱已经交了,但家长比较忙,你给安排一个班。"

金老师点头:"行。哦,对了,这孩子寄宿还是?"

白辛拍了拍春见,手语:"我回家住。"又拍了拍春见,"我要看电视。"再次拍了拍春见,"《回家的诱惑》第48集。"

春见无语:"你才多大,看这个,合适吗?"

看着白辛那一脸期待的样儿,她有点想找那位家长谈谈了。

春见离开"小溪流"前,带白辛去了活动室,指着里面的玩具告诉白辛,这里没有电视看,不过有很多好玩的。白辛很听话,选了一个小木马。后来听金老师回馈，那天下午白辛在小木马上坐了半天，动都没动一下。

两天后，春见的实验结束。去张化霖办公室交数据前，她接到金老师的电话，说白辛已经两天没去"小溪流"了，要她抽个时间去做个家访。

春见回了个同意后，抬手敲了敲张教授的办公室门。

开门的是同样来交资料的刘玥，带着一脸焦急："你怎么才来？哦，张教授被法学系新来的姜教授叫走了。"

春见忽略后半段话："什么叫才来？"

刘玥替她抱不平："习铮刚才来定九方山油叶岩项目的小组成员，等了你半天，没等到他们就……"

春见听懂了："已经定完了？"

"对啊，"刘玥气呼呼地说，"就这样把你排除在外，明显就是不想让你跟他争那个研究所的名额，谁不知道他啊。"

春见没多在意："我都不气，你气什么？有项目傍身的确有优势，但研究所选人也不只是看那个。"

"你俩在成绩上旗鼓相当，可他有工作经验，再有项目加持，你还有什么戏？你就可劲儿心大吧。我看张教授就是偏心，一碗水都端不平，就你傻，不知道为自己争取。"

春见把刚整理完的资料放在张教授桌子上，又来回确认了一遍："一般情况下，能够把对手置于死地的技能，都是要留在最后才会亮出来。再说，习铮他是我同学，不是什么对手，不至于。我现在要回家了，你走吗？"

刘玥摇了摇头："你先走吧，我还有两个问题要等张教授回来。"

"那行，你帮我提醒他看我的资料，要是没问题，我就录入计算机着手开始写论文了。"

刘玥点头答应:"写论文期间,你还会回学校吗?"

想到自己还欠了白路舟一堆债,春见摇了摇头:"之前地理频道约我一起做纪录片,我当时还想着油叶岩的项目就没答复,现在正好可以考虑。"

刘玥松了一口气,冲她挥了挥手:"那有事情手机联系。"

从办公室出来,春见翻开金老师发来的消息,上面有白辛家的地址,在应江,但住址很奇怪。

是属于地图上找不到且没有公交车直达的那一类,但又的的确确是在市区范围内。

春见知道那个地方,在她很小的时候那里有个毛巾厂,王草枝在里面当过工人。

后来市政建设,和毛巾厂同属性的污染大户全部被迁走改造,但那片建筑留了下来,一度想效仿北京的798搞艺术街区,不过和建京本地文化有冲突,一直没提上日程,就那么荒着了。之后偶尔再听说,也是要拆了盖住宅小区或者商业大楼。

前不着村,后不着店,又没有完善的生活基础设施,正常人一般是不会住那种地方。不过照白辛接受的教育表现来看,春见又觉得一切皆有可能。

走到停车棚才想起来,自己的"小绵羊"已经卖了,公交车不直达,打车又太贵,春见伸手在裤子口袋里摸了半天只掏了十块现金出来。

正为难着,一辆黑色丰田朝她开来,摇下车窗,是司伽:"去哪儿?"

很久没看到他了,上次见面还是从九方山回来,他研究生毕业来学校参加毕业典礼打了个招呼,避免尴尬,连话都没多说。

"家访。"春见说。

司伽打开车门:"我送你。"

春见没拒绝。她和司伽的相处模式向来如此，如同缓缓流淌的溪水，舒服，却激不起浪花。

司伽是读在职研究生时认识春见的。当年有地理纪录片找他们公司赞助，为了评估风险，他看了他们以往的作品，春见的名字出现在那个节目的脚本制作里。后来在学校又遇到了两次，司伽就主动追了春见。

现在想想，春见觉得那段关系确立得过于草率，她当时可能只是迷惑于司伽俊朗的外表和温文尔雅的气质，但实际上从未真的心动过。

关于心动，春见的切身感受停留在小时候，有一次站在商场橱窗外，看到了一件裙子非常想要，那是她唯一一次开口问王草枝要东西，却没得到。到了现在，裙子是什么样子她已经忘了，但那种很想拥有它的欲望像烙印一样刻在心里，鲜明且清晰。

后来春见琢磨，真的喜欢一个人大概也莫过于此，对他有想要得到的欲望。

但她对司伽，没有。

"我要出国了，"司伽把她送到了目的地，"以后好好照顾自己。"

春见下车，司伽在她身后大声喊："春见！"

春见回头，司伽沉默着望了她许久，最后却只说了"再见"。

司伽是个很重仪式感的人，当面说出这句"再见"是有意义的，意味着这段关系在他眼中才算真的结束了。

转身，春见一脚踏进那片废旧工厂。

暮色四合的院中，白桦树长得遮天蔽日，院中水泥地皮久经风霜变得坑洼不平。

有节奏感很强的摇滚音乐从后面传来，她喊了一声"白辛"，马上想到白辛听不到便就此作罢。

音乐声却越来越近，春见下意识地往后退，忽然，一道娇小的影子风似的从她前面的厂房里飞出来,轮滑鞋摩擦着水泥地面,接着,那小小的身影围着春见转了一圈又一圈始终不肯停下来。

直到另一个身影冲过来一把将白辛抱住,悬空之后,摩擦声和摇滚音乐一同停下。

"你?"

俩人同时发问。

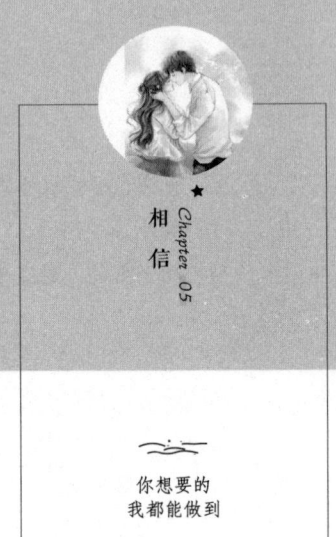

Chapter 05 相信

你想要的
我都能做到

这和春见想象的不一样。

老旧、蒙尘、灰暗……这类词语不适合出现在白路舟身上，他连眉眼寸光都充斥着嚣张，所以当他站在被岁月模糊了的砖墙边上，看起来就跟不小心打破了次元壁似的，显得格格不入。

不过，这会儿，白路舟没工夫揣测春见的心理活动。

他嘴角叼着一根没点的烟，一只胳膊夹着白辛，空着的那只手上还拎着沾满机油的抹布，烟灰色的衬衣，袖子挽在肘间，手臂肌肉扎实纹理匀称。

看春见不说话，他眉梢闪过一丝戏谑："我说你是看上我了吧，你还不承认。都跟踪到我家门口了，总不能说是路过吧？"

这荒不拉几的地方，一天总共也看不到几个人，说是路过的确牵强了些，但他能联想到"跟踪"，春见也是觉得他很人才了。

还没等春见回答，白辛就挣扎着从白路舟胳膊里跳出来，指着春见手语："她是老师。"

"老师？"白路舟取下嘴角的烟夹到耳后，弯着眼看春见，"你真是十八般武艺样样精通，无所不能啊！"

"也不是无所不能，"春见切入正题，"我来是想问下，白辛这两天怎么没有去'小溪流'？"

白路舟看着白辛跑远，目光随着她流转，随口回了句："她不爱去，说那地方不好玩，玩具都很幼稚，而且没有电视可以看。"

"电视？"不说电视还好，说了电视，春见就想问，"你给一个四五岁的孩子看《回家的诱惑》，不觉得不合适？"

"不合适？"白路舟觉得有意思了，走近她，问得暧昧，"那电视剧十八禁了？"

春见一噎："那倒也不是。"

白路舟觉得自己挺有理："不是就行了呗。"

他最烦的就是女人叽叽歪歪、刨根问底的那一套，要是搁在以前，他可能都没有耐心回答那后面的俩问题，一句话就给顶回去了——我怎么教育我闺女，那是我的事，和你有什么关系。

没关系，所以春见也不打算问了，直接亮出结束语："打扰了，再见。"

白路舟一愣，明显跟不上趟。这女人屡屡出现，又次次不按套路走，白路舟叫她给弄得心火缭绕。

他扔掉手上油腻的抹布，大步上前堵住她的去路："你跑了大半个城是专门来给我找不痛快的？完事后拍拍屁股就走，你怎么这么闹心呢？"

春见说："来之前不知道你是白辛的家长。"

"合着你的意思是，如果知道了，你就不来了？"

"还是要来的。"

白路舟叫她弄得没脾气了，舌尖顶了顶后牙槽："你故意气我是吧？你怎么这么会气人呢？"

春见："……"我做什么了？

"不说话？"

"说什么？"春见问。

白路舟掰着指头给她算："说说你都是怎么忘恩负义的，九方山那会儿，是谁啊，钻进我脖子里取暖，你多重你知道吗？还有你那包石头……我当初怎么不知道你就是个白眼狼。前两天在'花干'你居然还装作不认识我，当众让我下不来台，你的良心呢？现在又跑过来质疑我的教育方式，你凭什么啊？"

春见回得很客观："那会儿是你说不要我报恩的。前两天我没装，我近视。现在也不是在质疑你的教育方式，就是觉得白辛还那么小，看《回家的诱惑》不合适，当然了要是你觉得合适那就合适，毕竟她是你女儿不是我的。我只是客观地插一句，'小溪流'是专业的特殊儿童教育机构，对白辛的教育会有帮助。"

白路舟撤退一步，摆了摆手："算了，我跟你这种没良心的说不清。白辛的事你也不用操心，你哪儿来的回哪儿去。"

春见刚转身，他又来了句："你去哪儿？"

春见转述他的话："哪儿来的回哪儿去。"

白路舟指了指天："你没看到马上要下雨了？这地方鸟不拉屎的，你怎么回？你万一路上出个什么事，我跟人说得清吗？"

春见算是想明白了，她跟白路舟之间道理讲不通，不讲道理她又讲不过他，也不知道究竟是谁气谁。

她干脆什么都不说，一声不吭地朝大马路走去，才走没几步就被人一把拽着领子给拎了回去。

像之前用胳膊夹白辛一样，春见的肩膀被他那只结实的臂膀嵌固着不能动弹。隔着衬衣布料，春见的脸贴在他胸前偾张的肌肉处，能闻到来自成熟男性身上浓郁的荷尔蒙气息，脸一红，没来由地心跳加快。

就这么别扭地一路走进厂房,白路舟还没松开她。

门外一声惊雷劈下,春见一个激灵抖了一下,白路舟戏谑:"我以为学霸都是天不怕地不怕呢!你说你要是这么走出去,这会儿是不是该哭了?"说话的时候,放在她肩膀上的手管不住地往下移,有意无意地搔划着她的背。

哭她肯定是不会哭,但怕也是真的怕。

"对嘛。"白路舟见她没推开他,就开始大胆起来,手移到她的腰间,蹭着那里的软肉,开始心猿意马,"就是要这样,偶尔示示弱才可爱,你整天跟个冲天炮一样逮谁炸谁,谁敢靠近你啊!还没谈恋爱吧?"

春见回:"谈了。"

"什么?"白路舟立马松开她,一副很有原则的样子,"谈了你不说。"

"分了。"

"什么?"白路舟又有点想抱住她安慰一下的冲动,"分了你也不说。"

"刚分。"再说,跟你有什么好说的。

白路舟想抽自己两耳光,心想,让你嘴欠的!

安慰人不是他的强项,但此情此景他又不能无动于衷,那样会显得他很"直男癌",只好清了清嗓子:"那什么,天涯何处无芳草……你可别跟我说你就贪恋那一枝啊。我不会安慰人,你别再把我堵到死胡同,我这个人耐心有限得很。你先待着,等雨小了我送你回去。"

与此同时,张教授和姜予是从建大门外的茶楼出来,一场暮春初夏的惊雨就着夜色泼天而下,模糊了路上来往的车灯。姜予是离开后,张教授打开手机邮箱,在习铮发来的九方山油叶岩项目计划书上看了好几遍,都没有看到春见的名字。

他抬起头,眼角岁月深刻的皱纹随着眼皮上下翻动而跳跃,那不起波澜的眼神里有着他的不理解和无可奈何。

等车的过程中,他犹豫了很久,还是给春见打了个电话。

在那间一半停满豪车,一半堆满儿童游乐设施的废旧工厂里,白辛荡着秋千,从三米高的地方俯冲下来,笑着却没有声音,看得春见心脏一揪,在白辛荡到最高处的时候本能伸出双手做出接她的动作。

白路舟在一边擦车,看得好笑,挤对的话还没说出口,手机一振,姜予是来了电话。

而另一边,春见已经率先"喂"了一声。

隔着电话,能听到张教授那边的风声、雨声和车声,还有他那略显苍老的疲惫声:"我刚和法学院新来的姜教授见了一面,他有个朋友做户外运动,想找个人帮忙勘测下路线,你有兴趣吗?"

春见问得直接:"价钱呢?"

另一边,白路舟对着电话说了句:"价钱不是问题。"

春见瞥了他一眼,往边上挪了一步:"要是比地理频道那边给得多,我肯定去。"

白路舟说:"那行,你把我的电话号码给'他',让'他'自己来问我。"

春见对张教授说:"不如,你把他的电话号码给我,我自己问。"

这边刚挂了电话,张教授那边的短信就来了。春见选中信息上的号码,想都没想直接按了呼叫,拨出去的那一刻,陌生号码自动变成了备注为"法拉利"的一串数字。春见一惊,来不及挂掉,白路舟那边手机也是一振,接着"春五岁"就跃然屏幕上。

俩人抬头,目光相撞,脑海里十万个为什么夹着"孽缘深重"四个字,闪闪而过。

白路舟当场否决,打电话给姜予是:

"不行,我不要,我跟她磁场不合,你再找。"

"什么?找不到,她就是最优秀的?那我不要最优秀的,我要次优秀的。"

"什么，次优秀的没时间，那第三优秀的呢？"

"前五都没时间？那……"他不好再退而求第六了，会显得没下限，"至少找个男的吧，我倒不是说歧视女同胞，就是……"

一边的春见开了口："白路舟，你相信我，行吗？"

白路舟猝不及防地回头，20世纪末建的工厂，有着高阔的顶梁和宽敞的大门。春见站在门口，身后是泼天大雨，黑色的夜，暖黄的灯光下，她身形单薄，话语却带着让人不容置疑的坚定。

白路舟挂掉电话，骂了句糙话。

接着，他冲荡秋千的白辛做了个动作，白辛便就着秋千的惯性起身一跃，飞跳到他身上，而后麻利地溜到地上站好。

白路舟弯腰在一边的沙发上捡了一件外套丢给白辛让她自己穿，然后面对着春见说："明天，来这里找我。"

厂外惊雷一声，伴着刺目的闪电在春见身后炸开，一阵风从门外吹来，掀起了春见脑后的头发，她目光钉在白路舟身上，一句话都没说，却像是已经说了很多。

白路舟随便在茶几上拣了一把车钥匙，按下遥控，厂房里感应到的车子发出"啾"的一声。

"上车。"

雨是在快到家之前停的，一路上车内沉寂无声，白路舟有白路舟的狂，春见有春见的傲。

他不想用春见是因为他把那个项目看得很重，那关乎白京是否能够松口接纳白辛，他不想赌。

春见想争取是因为她欠着白路舟的钱，没有什么比亲自给他打工抵债来得更合适，她不想错过。

车子停在小区外面的那排白桦树下，春见没有立即下车，树叶上的雨汇聚起来抵不过重力滴在挡风玻璃上。

春见解开安全带："白路舟，你想要的我都做得到，所以，别不开心好不好？"

她不知道白路舟为什么不愿意用她，所以她只能告诉他，他可以对她放心。但显然，白路舟可能并没有听进去。

他没响应，在春见下车之后，一刻都没多留，发动车子扬尘而去。

春见抬手看了眼时间，已经快到晚上十点了，她没告诉王草枝今天回来，想必王草枝也不会给她留晚饭。

小区楼下的店铺关了近半，还在开张的有留芳的"来上网吧"和一间正在开总结会的理发店。挨着理发店的小诊所已经关了灯、上了锁，旁边的粉面馆正在收桌椅。

春见走过去。

老板问了句："春见，回来了？"

春见点头。

老板侧过身往小区望了一眼，回头笑着问："还没吃吧？"

春见尴尬一笑。

"正好，我这儿还剩一点排骨没卖出去，面没了，给你下个米粉？"

春见拉出一张椅子："谢谢化叔。"

"嗨，你跟我客气什么。化叔也是看着你从小长到大的，就跟自家孩子一样。再说，你和化颜那关系，还用得着说这些？"

正说着，有人拎了一袋水果从后面走来，"啪"的一声将袋子放到春见面前的桌子上，大大咧咧地喘着气："老爹，给我也下一碗，饿死我了。"

春见给她倒了一杯水，伸手从袋子里摸出一根香蕉，剥了皮塞嘴里："你这打哪儿回来啊？"

化颜扬了扬手上的单反相机:"黄土高原。我跟你说,我这一周折腾死了。"边说边喝水,"那风,那叫一个大,你看看我的脸,都掉了一层皮了。"

春见的眼睛定在化颜的单反相机上:"给我看看,你又拍了什么?"

化颜赶紧把相机抱紧:"不行,我要拿去参赛的。给你看了,你又灵感一现,洋洋洒洒几万字什么的,我是无所谓,但是我们主编估计得哭瞎,这一个月的版面都给你,我们杂志还办不办了?"

"小气劲儿!"春见将最后一口香蕉塞进嘴,"我刚接到《有幸》旅游杂志约稿,不是给你们写。文字部分我来,摄影落款是你,得了稿费咱俩对半分。"

化叔叔端着排骨粉过来:"两份不够了,你俩吃一碗吧。"

化颜和春见都不讲究,扯了两双筷子就面对面吃了起来。

化颜说:"我不是在乎那个。你看看你,黑眼圈成什么样了。你天天熬夜你受得了吗?你们家就你一个活人?家人不是他们那样当的,家人是什么?是……"

"是同舟共济。"春见没抬头,继续吃着粉,"在这艘船上,现在只有我划船技术还好,难道我要因为他们几个使不上力而选择不管,那最后我们不是要一起被水淹死吗?"

"可……"

化颜无法接话。

春见起身,掏出口袋里最后那十块钱放在桌子上,然后进了小区。

春见在楼下坐了很久,眼睛盯着三楼的窗口出神,渐渐地,不自知地湿了眼眶。不知道什么时候,三楼那个窗户突然亮了,灯光顺着窗户玻璃照出来,洒在她的脸上。

她动了动眼皮,握在手中的手机振了一下,摊开,是一条消息。

信息来自白路舟，只有一个字：好。

　　春见脑海里，白路舟那张脸突然变得清晰，张扬的眉峰，认真起来锐利的眼神，还有嘴角勾着时不可一世的表情，她突然觉得这个二世子也没么不顺眼了。

　　夜已凉，她起身上楼，开门正好撞见王草枝，穿着很多年前买的睡衣端着杯子在喝水。

　　看春见进门，王草枝昂着下巴示意她看桌上的一张红条子："我今天下午交了物业费，用的是你抽屉里的那张卡。"

　　春见心下叹息："旅游杂志那边上个月的稿费发了？多少？"

　　王草枝撇了撇嘴："没多少，交了一年的物业费，又给你爸买了两件夏天的衣服，给生儿取了三千的生活费，就没了。"

　　"三千？"春见眉头一皱，"他每周都回家，你一次性给他那么多干什么？"

　　"干什么？你那钱不就是给家里用的吗？我怎么用你还管上了？他正长身体，不得吃好点儿？你是姐姐，这也要计较？哦，对了，网费该交了，你还有钱吧？"

　　"没了。"

　　"没了？"王草枝将水杯往桌子上一放，明显不满意，"你天天晚上搁那儿'啪啪啪'敲了不停，就这点儿？你读个博士……"

　　"王草枝，"春见耐心到了尽头，打断她，像是用尽了浑身力气，冷冷道，"我读博士也好，博士后也罢，老实说，跟你、跟春来、跟这个家一毛钱关系都没有。幼儿园你嫌贵，所以别人家孩子在接受学前教育的时候，我在陪你摆摊。小学，你给我伪造贫困证明，当然也不是伪造是真穷，所以六年你一分钱都没花吧？从初中开始，你不仅没有花钱，还能从我学校拿钱回去。大学，我想去北京读书，你让了吗？十九岁开始，这个家就是我在养了吧？所以，你们有什么资格挑剔？我告诉你，从今天开始,除非我想给,否则你一分都别想从我这里拿到。"

这是她长这么大第一次说这些话,尽管不算客气,从她的语气中却让人听不出愤怒,只有无限的哀默心死。

所以王草枝一个"你"字出口后,愣是卡得不知道怎么接。

"我怎么了?"今晚这个家注定住不了了,春见回身抓着门把背对着王草枝,声音里透着冰,"我没良心是吗?我白眼狼是吗?我不孝顺不该这么对你说话是吗?是,我没良心,我白眼狼,我不孝顺,然后呢?你就会不认我了?不,你不会,因为不认我的后果,就是打明天开始,你们三个就真要去喝风了。"

在王草枝抄起水杯砸向春见的那一刻,春见侧身一躲,然后摔门出去。

楼道里的声控灯应声亮了,春见一抬头和刚刚从网吧回来的留芳撞了个正着。

留芳冲她竖起大拇指,然后把门打开做了个"请"的姿势。

春见也不跟她客气,抬脚进去,扫了一眼:"你爸妈呢?"

留芳给她倒了一杯水:"我爸住他们职工宿舍了。我妈那个人你还不知道?"

春见当然知道,留芳的爸妈在这个小区的奇葩组合中也是榜上有名的。从她们很小的时候开始,邻里之间就盛传留芳妈给留芳爸戴绿帽子,这事要是搁在别人身上,婚都不知道离多少回了,但留芳爸偏不,死也拖着留芳妈一块死。

这小区但凡有安静的一天那就意味着留芳妈爸中至少有一个不在家,否则就会鸡飞狗跳。

想想都头疼。

留芳摇头:"哎,你说为什么呀?有钱的家庭,家人感情不和;家人感情和睦的,成员不齐;成员齐的,没有钱。"

春见没接腔。

留芳很快总结:"真是应了我们斯泰的那句话——'幸福的家庭都是相似的,不幸的家庭各有各的不幸。'"

春见困意来袭,借了留芳的沙发,倒头就不清楚了,含糊着回了一句:"什么你们斯泰,人家承认了吗?"

留芳后来又说了什么,春见没印象了。

第二天,留芳起床的时候,春见已经走了,茶几上留着一张银行卡和字条。

字条上写着:帮我给我妈,密码她知道。

那时,太阳还没升起,薄薄的烟雾从远方铺陈而来,笼罩在这座城市的上空,将醒未醒的人,看不到五点钟建京的天空。

Chapter 06 偷亲

嗯，果然很软

　　春见有点看不太懂眼前的画风，还以为自己是走错地方了。
　　工厂大门外空旷的路边，挨着厂区围墙停了一溜儿的豪车，不知道的还以为这是什么高档小区的停车库。
　　天还没大亮，烟灰色的砖墙上起了粉，被风一吹扑簌簌地往下落，沿着墙根堆了厚厚一层。
　　春见往里看了一眼，具体的什么也没看清，就听到了人群的哄闹嬉笑声，她不打算进去，靠在墙上眯起了眼睛。
　　耳边传来轻微的"咔嚓"声，她睁眼，正好看到低头点烟的姜予是，金丝边框眼镜架在鼻梁上，头发整整齐齐地梳在脑后，脸部轮廓流畅凌厉，不苟言笑。
　　春见想到一个词：禁欲。
　　姜予是点着烟后，吸了一口，才对上春见的眼睛："不进去？"
　　春见摇头。
　　姜予是上前跟她站成一排，不过没靠墙，他衣服贵。

"是挺闹的。"他说这话有点无意识向春见靠近的意思。

春见给了他一个面子,说了句:"谢谢。"补充了一句,"向白路舟推荐我的事。"

姜予是轻笑一下,掐灭烟:"和我没关系,我并没有推荐任何人,张教授选你,是因为你足够优秀……"

"优秀"两个字刚出口,一道轻快的影子从里面飞奔出来定在俩人面前,身上是典型的现代都市轻熟装扮,红唇烈焰,眉峰夸张地往上飞。她瞥了春见一眼,露出大半眼白,咋呼:"谁啊?谁?姜予是她是谁?"

姜予是似乎并不想搭理来者,一句话没说,转身就往厂里走。

面前的女人盯着春见又问:"你是谁啊?谁邀请你来的?"上下打量了一番春见,没能从她身上看出什么不得了的地方,"你凭什么啊?"

"凭我。"

白路舟从灰色院墙里阔步走出,一身休闲运动装显得人精神又高大,一双长腿更是引人注意。他眉眼锋利,五官映在初晨的烟霞里帅得很张扬。

白路舟带着不耐烦,上前抓住春见的手腕往院子里带:"来了也不进去,都等你半天了。"回头又扫了一眼那女人,"闻页,你就不能消停点儿?"

"什么嘛,"闻页拉着脸,"刚才姜予是那座冰山夸她优秀来着,他那种眼睛长头顶上的什么时候夸过人了。"

"没夸过你,就不能夸别人了?"白路舟瞟了一眼春见,"再说,春五岁是优秀啊!是不是?"

"也没多优秀。"春见拆台,"等我干什么?"

几次接触下来,白路舟发现春见其实很简单,一个"轴"字便能总结完。

跟她较劲那就是把自己往死了气,不值当。白路舟很心疼自己,不跟她杠:"当然是合影了,我项目启动不得合影留念吗?"

后来,春见才知道他所说的合影留念是个什么概念。明明才暮春,建京早上的气温还很低,那些女人就把该露的不该露的全都露了个遍,不嫌冷不说,穿得全都像要去走红毯拿金马奖一样。

春见站在最边角不起眼的地方露了个脸。

事后,春见从何止那儿听说,当天去参加合影的至少有一半都是混娱乐圈的,照片被精修一番后,被他们用带"V"的微博账号发布出去,一时间,白路舟的"暗渡"户外还没正式上线,就被众人所知。

这一拨营销卖的是白路舟的那张脸,别的一分钱没出。

白京在新闻上看到白路舟这一番作为后,又是一番嗤之以鼻,觉得他铁定搞不成器。

其实,抱有同样想法的人不止白京一个。

但是,白路舟自己有打算,懒得解释,也不屑让人理解。

做户外投资成效快,又符合白路舟爱玩的性格,闻页牵头后,他没做过多考虑就同意了。

起州岩林在之前就已经吸引了众多攀岩爱好者的注意,但因为开线难度大并且地理环境复杂,至今还没有被开发出来。

通常,寻找到合适的岩壁进行路线开发都是攀岩爱好者自发的无报酬行为,不会有专门的投资者或公司去花钱做这件事。因为路线一旦开发出来,那就是对攀岩爱好者公开免费使用的,无法获得任何回报。

所以,像白路舟这样俱乐部雏形都还没影,就花钱开发路线的行为,一经曝出立马就在网上引起了不小的争议。

有争议必然会有话题,有话题事件肯定会有热度,有热度自然会吸引户外爱好者的目光。

所以,不等白路舟他们这边正式开始勘察,就有一大批攀岩经验丰富的人从各地赶到起州表示要出一份力。

经验丰富的攀岩者,是开发岩壁路线不可或缺的构成部分。

白路舟知道凭他在建京的影响力，俱乐部一旦成立，一开始肯定不会缺客户。但他想做这件事，不仅是为了向白京证明自己，更是他三年九方山锤炼之后形成的处世观念，他想把它做好做到极致，他不想要那种撑场面的注水会员，他要的是实打实的客户。

　　他深知想要做好一个行业，就要由这个行业最专业的人来告诉他怎么做。

　　他一个门外汉，不知道谁是最专业的，所以他想办法把专业的人吸引过来找他。

　　而在此之前，花费再多的金钱都是值得的。

　　在开线前要对岩壁的形态还有岩石的质量进行勘测，这个需要春见去做。但岩壁陡峭，在没开发清理出来之前，岩壁上除了自然裂缝并没有人工挂片，攀登存在危险性，并且难度相当大。

　　尽管白路舟在之前已经安排人登顶，设置好了保护站，架好了顶绳，但回头目光落在瘦小的春见身上时，心里还是有点发怵，怪自己一时心软答应用她。她一个看上去就弱不禁风的女人，让她高危作业，也是十足让人担惊受怕。

　　对选中岩壁进行岩石质量勘测，包括了岩石种类甄别、岩石风化程度、岩层和山坡方向的关系等。春见准备先判定岩石种类，虽然一眼就能看出这里是花岗岩，但每一段花岗岩的粗细程度只能近距离观察才能得出结论。

　　几个经验丰富的攀岩爱好者将岩壁划分出了区域后，春见准备开始工作，选了要用到的地质工具塞进背包，一抬头，白路舟叉着腰站在她面前。

　　春见知道他不相信自己，给他定心："我的专业水平足够了。"

　　白路舟觉得自己一腔爱心被践踏了，没好气道："我担心的是那个吗，我担心的是你。"

"我，你就更不用担心了。我知道，你觉得我是个女的，担心会耽误你们的工作进度。关于性别，我只是选择不了。"

得，白路舟觉得自己还是闭嘴为好。

他闭着嘴站在阴影里，看着春见套好安全绳，顺着顶绳用力往上爬。

栉风沐雨过的岩壁立在丛林茂密的山中，被太阳反射出了刺眼的光。春见单薄的身体挂在上面如同大地上一只不起眼的蚂蚁，好像风一吹就会从上面掉下来。

为了采样又不破坏岩壁，春见在岩壁上保持一个高难度动作保持了很久，久到光影从她身上偏移了好几个度。

锤子敲打岩石的声音在空旷的山中传开，一下一下，好像砸在白路舟的心上。他眯了眯眼，突然很想让春见从上面下来。下来，就再也不让她上去。

夕阳偏西沉入山线处，春见完成了最后一个区域的勘测，从岩壁上滑下来，白路舟等在那里。

她取下安全帽，头发散乱，苍白的脸上沾满了被汗浸湿的头发，黑色的眼睛却依然熠熠发光。

她把外套扎在腰间，灰色 T 恤的领口处湿了一片，颜色变深，和细白的脖子形成了鲜明的对比。她指了指采集的样品准备解释："岩壁是花岗岩，从上往下……"

"回去再说，"白路舟打断她，目光扫过她的脸，"急什么。"

春见愣了一下，还没做出反应，白路舟将打开的矿泉水递给她。他舔了舔嘴唇，一开口就让春见差点呛水："之前是我不对，我不应该觉得你不行。"

春见倒没继续这个让白路舟尴尬的话题，含糊着应了声，接过瓶子仰头大口喝水。她抬手的时候，白路舟看到她纤细的胳膊上密密麻麻地用黑色中性笔写了很多数位。

"这是什么？"白路舟指着问。

春见缓了口气，瞥了一眼："各个区域的岩层和山坡之间的角度，还有岩石风化程度的初步估算。上去的时候忘记带纸了。"

白路舟看她的目光都不一样了，嘴角毫不掩饰地挂着笑："你怎么这么行啊！"

"我是很行啊，"春见脸不红心不跳地接受夸赞，"是你不相信我的。"

白路舟难得服软："那我从现在开始巴结春博士还来得及吗？"

春见被他逗笑："有空我帮你问问看。"

难得相处和谐，两人又说了几句话才准备往回走，但这时春见双腿在高度紧张作业结束后出现了短暂的瘫软，还没缓过来，一点力都使不上。

白路舟走着走着发现身边没人，回头一看："怎么，走不了？"

也没给春见回答的机会，他又折身回去，蹲下："上来吧。"

"不用，就是血流不畅，休息下就好。"

"你休息个鬼啊休息，我能在这里等到你休息好了再回去？我的时间多宝贵你不知道？废话少说，又不是没背过。"然后回头看了一眼春见脚下的一包石头……

历史真是惊人的相似，还能不能再相似点！

白路舟嘀咕了一句，然后将春见背起来，胸前挂上了那包石头。

"你看起来瘦不拉几的，怎么这么重啊，肉都长在哪儿了啊？"

春见无奈："你觉得重，或许是因为你前面背了石头？"

"你怎么这么没趣？"白路舟开着玩笑，"你应该跟其他女人一样，说你的肉都长在胸上。"

"你眼又不瞎。"

白路舟："……"

很好，天又聊死了。

从岩林下来途经一户人家，白路舟停车下去，过了一会儿出来手上多了一只拔了毛的老母鸡。

　　来这里几天了，餐餐顿顿都是老干妈配康师傅，就算改善伙食最多也是加根火腿肠，何止都要把自己吃吐了。

　　这下看到老母鸡就开始流口水，仿佛透过那老母鸡死不瞑目的眼能看到一锅香气扑鼻的人间美味。最好在炖的时候丢个茶包进去，没有茶包的话，就在鸡汤快煮好的时候倒一杯浓茶。

　　茶他有，走的时候从白路舟那里随手顺了一罐武夷山大红袍。

　　嗯，说到这大红袍，何止其实是没有概念的，顺的时候也没多想，觉得不就是在开水里滚一下的东西能有多贵，最多二百块了。

　　那天他拿出来准备滚一杯的时候，被一个攀岩达人惊讶地夺过去，瞅了半天，啧啧赞叹：兄弟深藏不露啊，炫富炫得这么低调奢华有内涵。

　　何止虚荣心上来吹嘘说茶是别人送的，又问那人很值钱吗。

　　那人给他报了个价，差点把何止给吓尿了，庆幸自己手笨还没来得及拆，否则一杯滚下去，一辆小奥拓都给滚没了，不敢喝不敢喝。

　　回到山上租住的民宅，白路舟亲自操刀下厨房。何止躲在一边眼巴巴地看着他把老母鸡清理干净，然后就着不知道从哪儿倒腾来的香菇、小枣、枸杞、姜片放到锅里熬煮。

　　从白路舟煮鸡汤时含情带笑的眼神中，何止就断定那鸡汤熬出来肯定不会差。

　　于是，他就在那儿看啊看，从天亮看到天黑，期间有人叫他去吃饭他都没去。一直到那鸡汤香气四溢，眼见着就要起锅，他才擦了擦口水跑过去。

　　但不承想，白路舟端起锅就走，根本没给他扑过去的机会。

　　何止一想：这不对啊，整个团队里除了白辛就数他最得宠啊，白辛哪喝得了那么多，那他要端去送谁？

他贴着墙根跟过去,发现白路舟在一个门口停下,似乎有些犹豫。

就在这时,白辛牵着两只比她还高的阿拉斯加从房后的山上下来,身上沾满了泥土和青草,脸上也是五花六道的。

这要是搁在以前,白辛肯定少不了一顿骂,但何止没想到的是,白路舟这次不仅没骂她,还笑嘻嘻地走过去,将手中的鸡汤递给她。比画了什么,何止看不懂,总之,白辛接过鸡汤,白路舟做样子敲了敲门,就把白辛给放了进去。

春见这会儿正把胳膊上的数位往本子上誊,听到敲门声,便说了个"进"。

一转眼,就看到浑身脏兮兮的白辛端着个锅进来了。

白辛把砂锅往桌上一放,比画着:"我爸给你炖的。"马上反应过来,接着比画,"不,不是我爸,是我,我给你炖的。"

这信息传达得让站在门口偷窥的白路舟想一头撞死。

春见弯了弯眼睛,将锅接过去,看了一眼炖得还有模有样的鸡汤,没拆穿。她尝了一口,对着门口的方向说:"好喝。"

闻声,白路舟觉得自己的心尖都暖了。那是一种没有体验过的成就感,和读书时破天荒取得了好成绩不一样,和白京少之又少的赞同也不一样,和领养白辛后第一次见她叫"爸爸"更不一样。

那是什么呢?

没等他想明白,身后一记重拳落在他肩膀上。

打他的人带着极大不满,质问:"为什么不给我喝鸡汤?"

白路舟是真被打疼了,揉着肩膀眉头拧着:"你有毛病啊?看把你给惯得,还喝鸡汤?有面汤给你喝就不错了。"说完硬扯着何止离开。

何止不甘心,拼命挣扎:"我不吃泡面,我要喝鸡汤。"

"鸡汤是给博士喝的。你想喝,也考个博士去。"

"白路舟你欺负我,别以为我看不出来你在重色轻友。"

"行,我重色轻友。那今天晚上的泡面,你的火腿肠就免了。"

何止哀号:"不是吧,白路舟你丧心病狂……"

白路舟大步溜走,心情不错。

第一处岩壁的鉴定结果出来,从春见给出的报告来看,岩壁从下到上风化程度逐次加重,还有些区域的岩体被节理裂隙分割成碎石状,碎石用手就可以折断,这属于强风化了。

"在你们划分的登山区域内,山坡的方向和岩层倾向一致,而山坡的倾角是大于岩层倾角的,"春见看了眼一脸蒙的白路舟,用他能听懂的方式总结,"也就是说,这个地方很容易发生山体滑坡。"

白路舟问:"那也就是说,这块岩壁用不了了?"

春见客观定论:"至少从地质方面考虑的话,存在安全隐患。"

其中一个攀岩达人接话:"这也是起州这么多年没有人来开线的原因之一,开线前期准备要充分,过程又十分辛苦,开弓没有回头箭,所以尽管这里岩场丰富,但也是因为太丰富了,没人耗得起。"

这就相当于是在碰运气了,谁也不知道下一个岩壁是不是能用,如果不能用,就要接着勘测,直到把起州这边全筛完。理想的情况是起州这边能找到一个可以开线的岩壁,但万一直到最后也没有找到呢?

如果要去勘测,前期准备工作是肯定不能少,这对其他人来说耗的可能是金钱和精力,但对白路舟来说耗的是时间。

他现在没有那么多时间去耗。

小会结束。

春见整理完资料,目光落在背着她抽烟的白路舟身上。

修长有力的手指夹着的烟渐渐燃到尽头,白路舟回过神,扭头对上了春见的目光,勾唇一笑:"你怎么还没走?"

春见望着他，认真地问："白路舟，你相信我吗？"

白路舟低头将烟掐灭："你指的是哪一种相信？"

"毫无保留的那一种。"

"说实话？"

"那就是不相信。但是你可以相信我，"春见说，"我不是很了解岩壁开线的过程，但我知道你是在赶时间。不如你放弃之前的计划，给我三天时间，我用地质工作的方式帮你选出岩石质量过关的岩壁，同时，让攀岩经验丰富的人判断岩壁是适合单线还是多线。这样……"

"你觉得，没有安全措施在前，我会让你去？"

"搭建保护站和架顶绳，很浪费时间。"

"时间是很重要，但是春见，生命更重要。"

"我说了，你可以相信我。"

"我说了，我不会拿任何人的生命开玩笑，这事儿没有商量的余地。"

"如果我向你证明呢？没有你的保护站和顶绳，我也能用我的方式完成地质那部分工作的。"

白路舟扭头，认真而坚定："那样，我就不会用你了。你侥幸活下来的命，我拿在手里嫌烫。"

当天晚上起州开始下雨。

这个季节的雨一下，短时间内就有可能停不下来。

攀岩达人们也都不是无所事事的人，眼瞅着这边的岩壁开发多半是要延后，有几个人当天晚上就找到白路舟表示要先走，等雨停了有时间再过来。

而白路舟心里也清楚，他要抓住的就是这股热度，等热度一降下来，那些户外达人内心的新鲜劲和亢奋期就过了，到时候别说吸引他们了，就是花钱也未必能请到。

这种突发状况不在他的计划里，强行挽留也不是他的行事风格。

但白路舟是谁？十六岁在建京最豪华的酒店请全班同学给他过生日最后一起疯进派出所、十七岁单枪匹马街战建京高校混混界老大还大获全胜，照片被挂在网上花钱都撤不下来……总而言之，从小就不是省油的灯、不是安分的主儿。

做生意他是不如白京，但要说浪，整个建京他称"第二"没人敢自居"第一"。

这不是什么光荣历史，没有拿出来显摆的意思，可那是白路舟人设的一部分，尽管现在收敛了不少，但他要是想浪，随时都能浪起来。

所以，在那些户外达人表达了要走的意思后，他明面上说理解，并赞助了数目可观的路费，但一转身，电话就打到了陈随那里。

春见有个习惯，每逢下雨天就会失眠。

当天夜里，她睡不着，趴在灯下给白路舟想方案。到了后半夜，院子里来来往往的车流声不断，还有窸窸窣窣的嬉笑声。起先她还没在意，到了后来，一声软媚的"舟哥"在她门口响起，接着"嘭"的一声像是有手砸在了她的门上之后，她觉得事情有点不对了。

作为虽然谈过恋爱但恋爱值为负的学院派钢铁直女，春见对门外暧昧的声音不甚了解。

不了解，所以她站起来开了门。

开门的后果就是白路舟后背失去支撑，被面前的女人推着一个趔趄歪倒在春见的脚边。

春见低头，看到了白路舟脸上的口红印，以及他身上那个还在扭动的、不安分的女人，终于用她学院派的思维想明白了。

她不着调地问："我……给你们让房间？"

白路舟一骨碌爬起来，脱口而出："不是你想的那样。"

春见没明白:"我想什么样了?"

"我和她,我们没干什么。"

"和我没关系吧?"

当然,和春见是没关系,白路舟蒙了,所以他是哪门子不对劲了要给她解释。

最关键的不是他解释不解释,而是解释后,那个人无动于衷且还莫名其妙,让他看起来很像傻瓜。

白路舟最后是生着气从她房间离开的。春见并不明白他有什么气好生的。

一夜惊雨过后,第二天一大早,那帮户外达人东西还没开始收拾,就被楼下姹紫嫣红的景象给整蒙了。

一楼堂屋里麻将和其他娱乐设备都准备齐全,白路舟由一群美女陪着,伸手向要走的达人们打招呼:"早啊。"

其中一个揉了揉眼睛,指着某位小明星不敢相信:"这……她,她不是那谁吗?"

白路舟答得坦荡:"对,反正下雨没事干,山里空气好,这些都是我朋友,过来玩几天。"

达人们心里犯痒:"这些美女都会在这里玩?"

白路舟佯装淡定地抽烟:"嗯,都在。"

"咳——"达人代表悔不当初,左顾右盼找借口,"这雨下得可真大,也不知道出去的路好不好走。"

白路舟勾唇,台阶给他摆上:"不管路好不好走,下这么大的雨上路肯定不安全。不如等雨小了再作打算,正好,人多一起玩热闹。"

有台阶那肯定是要顺着下的,达人们纷纷点头再同意不过。

白路舟的目的达到,把场子交给陈随,自己起身离开。他路过春见的房间时,偏头从没关紧的门缝里看到她趴在桌子上好像睡着了,头顶的灯还没关。

"喊!"

喊完后,他开始一连串吐槽——

"浪费电。"

"这么睡也不怕感冒。"

"感冒了还不是要我送去医院?"

"真是个麻烦精。"

"当初就不该用她。"

"事儿不事儿!"

声音由近及远又突然回来,他蹑手蹑脚地走过去,弯腰将人抱起来,放到床上,盖好被子站在床边没有马上离开。

他居高临下地看下去,睡着的春见十分乖巧,眉头微微皱着,睫毛浓长像把小扇子,流畅的鼻梁下面嘴唇颜色很淡,唇形标准,看起来很软。

他的心头一烫,忍了,但没忍住,俯下身……

嗯,果然很软。

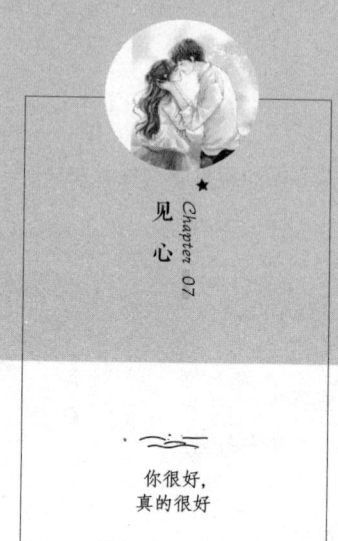

Chapter 07
见心

你很好，
真的很好

"喝！今天要是有谁没有喝到点，就不许从这个门出去。"

关上门，屋子最里面，酒瓶擦着墙码了一排，黑白红黄种类齐全。

白路舟坐在人群中间摆手："不行，我酒精过敏，"目光给了陈随，"你带着大家高兴。"

陈随眉飞色舞地刚准备应下，就被跟着一起过来的姜予是抢了话："怎么，陈随好欺负？"

白路舟一愣，陈随也跟着一愣。

可能发现自己这句话说得有点唐突，姜予是改了话头："我带他们高兴也是一样的。"

不过显然，他们三个认为的"一样"，并不能说服其他人也跟着认为"一样"，有人跳出来反对："白大少你拉倒吧，我又不是第一天认识你。再说男人不能说不行，大家说是不是啊！"

众人附和："就是啊，白哥要是不想喝也没关系，只要在座的美女没意见，我们也没啥好说的。美女们，你们说呢？"

离白路舟最近的女人靠过来，抛着媚眼，手不老实地玩着他胸前的扣子："舟哥肯定要喝的呀，舟哥以前什么样谁不知道啊。你哪有什么是不行，不会的。"

这话说得很有技巧性，具体例子一个没举，却把白路舟曾经"五毒"俱全的荒唐年少时光给挂了出来。

再推辞就会显得看不起当下围坐在他四周的人，于是酒精穿肠过，烂成一摊泥的过往走马灯一样地在他脑海里反复重现。

也是如同现在一样的雨季，攀附在院墙上的蔷薇已经开到荼蘼，接替绽放的花还在等着天晴。

他从学校毕业回来，车开到大门口，喇叭都要按烂了也没人出来给他开门。他走下去，一脚踹到墙边花池上，踹烂了砖砌的规则四边形，然后带着年轻的盛怒捡了块板砖直接拍到铁门的锁上。

雨顺着他的脊背往下流，铁锁咣当落地，还没等他转身去停车，头顶上一道黝黑的皮鞭便落了下来。

滚烫的伤口被初夏凉雨冲刷着，他扭头对视上白京的眼睛，从那双眼睛里，他看见了白京惯有的失望和愤怒。

接着，再没给他半点思考的时间，皮鞭就又抽打到了他的身上，他能清晰地感受到皮肉灼热的撕裂，还有伤口正在往外冒血的沸腾感。

白京一句话都没说，抽打得越来越狠。他平日荒唐事做得太多，这顿劈头盖脸的鞭子，他根本不知道白京的盛怒来自哪里。

……

酒精灼烧着胃部，脑海里关于过去的回忆停在九方山一眼望不到尽头的黢黑山林里。

大门被人从外面推开，一道细细的亮光洒进来，周围的哄闹声不绝于耳，而门口站着的人安静得如同一尊雕塑。

那尊雕塑缓缓开口："白路舟，你别喝了行吗？"

春见的声音不大，但他就是听到了。所有人都在叫他喝，而她却说别喝了，是不是关心不重要，重要的是那话落到了他的心上。

昨夜刚到达的不明就里的人八卦："谁啊，舟哥，新欢？"

白路舟摇晃着起身："闭上你们的嘴。"

"哟，舟哥什么时候变得这么听话了。"

八卦的人紧追着不放。

白路舟摇摇晃晃地朝春见走过去，靠近了，将她轻轻往后推了一把，然后"咣当"一声关上了大门，喧嚣闭于身后。

他喝红了眼，茶色的瞳孔更显妖冶，像在水中扑腾的鱼。他伸手摸了根烟夹在指间往嘴里送，瞟了春见一眼，问："怎么，关心我？"

春见有点没法儿接话，背在身后的手中捏着她想了一夜才想出来的方案，但瞧他这迷醉的模样想必说了也是白搭，只好顺着他的话头："酒的化学成分主要是乙醇，而大量乙醇渗于血液的话会……"

"会醉。"白路舟拇指一滑"咔嚓"擦燃火机点着了烟，猛吸了一口，朝她背后扬了扬下巴，"拿出来给我看看。"

春见装傻："什么？"

白路舟笑："装什么装啊，你是那种会关心别人的人？"

觉得刀插得还不够深，他又接着来了一下："既然不是，那就别浪费时间了，我忙着呢！"

话都说到了这份上，再装那就是矫情了，于是春见将图纸递给他："我查了一下，起州地处南北交界位于巴山余脉，山体大概是东西走向，岩石多为火山运动形成的岩浆岩，根据……算了，说你能听懂。起州地界上的花岗岩，根据当地气候特征还有成岩环境不难推断，它们的风化程度应该是差不多的……"

白路舟听得头疼："你能总结一句话吗？"

"一句话就是说，南边岩林剩下的花岗岩岩壁你都可以放弃了，没有必要浪费时间勘测。但是，"春见没给白路舟失望的时间，"巴山是属于非常典型的构造山，石灰岩分布广泛……"春见扫了一眼已经快要失去耐心的白路舟，一句话总结，"如果要开发岩壁的话，我建议选择北边的石灰岩。"

"所以，你前面说那么多有的没的，又是为了什么？"

"说服你。"

"你说服我也没有必要扯一堆我听不懂的啊！"

"因为你不相信我，所以我要给出足够的论据。"

"我们现在说人话，你觉得南边的岩场不能用，理由呢？"

春见无奈，耐着心再次解释："因为无法测定岩石的放射性同位素，所以我不能说出南边花岗岩形成的绝对时间，但根据地质构造来推断，它早于北边石灰岩形成几千年是少不了的。在同样的气候、外力等作用下，南边的岩石肯定整体要比北边的风化严重，而……"

"好，我懂了。"

春见点头："那行，我走了。"

经过他时，春见的发梢被风吹到了他的脸上，也就是在那一瞬间，白路舟脑子突然反应过来，反手抓住她的肩膀："哪儿去？"

"北边岩场离这里不远，我先去勘测一下地形，等天晴之后，你们直接上手。"

"不行。"

"什么不行？"

"如果没有搭建保护站，我是不会让你去的，何况，现在还下着雨。"

春见说："我只去低难度区域，不会上岩壁，如果你不放心，我让白辛跟着我一起，怎么样？"

"你急什么？"

"我有什么好急的。如果非要说个原因的话，我是觉得白辛上学的时间的确该抓紧了。"

"和你有什么关系？"

"和我没有关系。"

"那你急什么？"

问题再次抛给春见，她一个恍惚，对视上白路舟快要压到她眼跟前的目光，她慌了。

但慌了又不是乱了，一个答案而已，还不是信手拈来，她道："因为我想早点做完这份工作，然后早点离开。"

她的表情、声音都平静如常，白路舟没得到想得到的蛛丝马迹，顿时有点儿莫名恼火。

酒劲上来，头有点晕，他双手撑在墙上把春见围在臂弯里，低头看她，语气中带着点儿不讲道理："我知道你牛，但现在是我在雇你，所以我不让你做的事你就不能去做。"

春见倔强地回望着他，两人目光相撞，一个狂得肆无忌惮，一个傲得不动声色。

他沿着来时的路走回去，紧接着有人过来关门，渐渐关闭的门缝里她看到他扫过来的目光，像根刺一样扎进心里。

那目光带着不屑和嘲讽，似乎依旧在延续不久前的那个示威。

白路舟置身在熟悉的声色犬马中，却越来越不耐烦这种嘈杂的环境和不断试探着爬过来的莺莺燕燕，他满脑袋都是透过门缝看到的那道倔强清瘦的身影。

烦躁地撸了一把头发，他发现自己遇到春见后变得越来越幼稚，他闹的所有情绪，最后都只有自己一个人默默消化。所以他恼怒，却不知道自己恼怒的是春见的不配合不领情，还是他在她身上开始花心思这件事。

春见显然不知道他还有这么丰富多彩的内心活动，回到房间后就开始着手准备去北边岩场的事。

半掩着的门被轻轻敲响，春见在往背包里装东西没抬头，说了个"进"。

姜予是推开门却没进去，靠在门框上说话："看来当初张教授选你没选错，你的确很敬业。"

春见把背包拉链拉上，面无表情："不过是最基本的地质勘测而已，就算是个本科生，也未必完成不了你们所谓的路线分析。"

姜予是听出她话里的话了："你觉得，你在浪费时间？"

"如果我和白路舟之间没有债务关系存在的话，是，这是在浪费我的时间。"春见回得毫不客气。

姜予是总结："你在生气，气白路舟花天酒地、不务正业还要拖着你。"

白路舟所有朋友里，春见唯一比较看得上的就是姜予是，除开二人同校师生的关系，还在于这个人够聪明，说话做事从不拖泥带水。

姜予是说："其实，他没有看起来的那么不靠谱。"

私心里，他虽然很欣赏春见，但白路舟是他多年发小，白路舟什么样子什么心性他比谁都清楚，当然也不容其他人去随意点评白路舟。

春见将背包放在桌子上，准备去外面找遛狗的白辛："靠不靠谱和我也没关系。"

闻页见姜予是出去半天没回来，就揣着酒瓶子出去找，路过春见房间时，看到二人一副相谈甚欢的场面心里当下就不是滋味了。

一开始她就认定春见的清高不过是手段，对白路舟绝对有所图。

闻页不是爱管闲事的人，春见和白路舟怎样她无所谓，但现在看到春见和姜予是双进双出，嫉妒立马使她失去理智。

她不能跑过去正面和春见开撕，因为姜予是不喜欢。所以她将目光转向了春见的房间，想要一个人不痛快，方法总比困难多。

白辛一手攥着春见的食指,一手牵着两条狗,仰着头看春见,觉得她好像不是很高兴,就用小手指钩钩她的手心。

见春见低头问询的目光,白辛松开她,将狗绳挂到手腕上,双手比画:"你不高兴?"

"没有不高兴。"春见说。

感觉到春见的敷衍,白辛又问:"因为我爸爸跟别的阿姨在一起玩,所以你不高兴,你喜欢我爸爸。"

小孩子怎么说话那么直接!

春见拨开碎石路两边的低矮灌木丛,胡乱解释着:"不是。我不喜欢你爸爸。"怕给小朋友带来不好的感受,于是换了说法,"呃,也不是不喜欢,但不是你说的那种喜欢。"

白辛停住不走了,春见回头问:"怎么了?"

白辛继续比画:"我知道了,你不想给我当后妈是不是?因为电视剧里后妈都活不到剧终,所以你才不喜欢爸爸的。"她故作深沉地叹息,"唉,都怪我。"

春见哭笑不得:"都说让你少看点电视剧了。跟你没有关系,大人的喜欢很复杂的。"

白辛手语:"你觉得我爸不够帅?"

"呃,够帅。"

"怕他没有钱?"

"不是。"

"我爸没给别人炖过鸡汤。"

"什么?"春见没反应过来。

"我爸没亲过别人。"

"也没亲过我啊,"春见反应过来,惊讶,"你爸亲过我?"

白辛大眼睛骨碌碌地转了两下,接着点头如捣蒜,撒谎:"嗯嗯,趁你睡着的时候。"

春见心下一惊差点崴了脚,惊讶着强装淡定:"什……什么时候?"

白辛嘿嘿一笑,手忙脚乱地比画说她要去林子里遛狗,先一步溜了。春见这才反应过来,觉得白辛十有八九是在骗自己。

白辛果然是白路舟带大的,画风都是复制粘贴般地像。

到达北边岩场,她取下背包准备收集岩石样品,在包里摸了半天也没摸到地质锤,却摸出了一瓶啤酒。

酒瓶完好没开封,封腰上的标签被撕了一道,留出的白纸上有不经意蹭上的紫红色指甲油。

这明显的痕迹想要猜到是谁并不难,也不难分析出对方这么做的用意,只是春见并不在意,她现在只想完成自己的工作,然后离开。

她的未来还是一片迷茫,王草枝随时会打电话来问她要钱,春生可能下一秒就会再出状况,春来永远是她心头上一团浇不灭的火。

至于白路舟,她不想给自己的人生惹上新的麻烦,仅此而已。

抬头看了眼不远处和狗狗嬉闹的白辛,她将酒瓶搁在地上,转身回去取工具。

来回不过二十分钟,等她再次回到原地的时候,白辛和那两条狗已经不知所终。白辛听不到,她就唤狗的名字,但响应她的只有两边石壁的回音。

春见心里越来越慌。

何止说过,白路舟为了白辛,放弃了军人生涯里一次非常荣耀的升级。即便不扯这些,他现在所做的一切都是为了白辛,春见就算再瞧不上他,但在他对白辛这件事上,她是服气的。

可现在,她把他的白辛弄丢了,他会剁了自己吧。

不敢想。

她强迫自己冷静下来,掏出罗盘,顺着白辛遛狗的方向找去,石子路上留不住脚印，这加大了寻找的难度，还好他们一路走过去折断了不少灌木。

天开始变暗，春见喊得嗓子都疼了，已经到了林子深处，到处都是高大的落叶乔木，地上遍地是松软的枯枝腐叶，即便是有走过的痕迹，也都被新的落叶遮得难以辨认。

白辛不是任性的孩子，春见有理由相信她不会乱跑，但她毕竟不是个健全的孩子……

想到这里，春见心里溢满了悔恨、懊恼，忍不住捏拳冲自己脑袋狠狠捶了一下。

醉得一塌糊涂的白路舟刚回房间休息就被院子里的狗叫声给吵得不得安宁，推开窗子，冲白辛吼道："能不能消停点！"

白辛看懂了他的唇语，朝他瘪了瘪嘴，然后赶紧趁他还没闭眼比画问他春见阿姨有没有回来。

白路舟心里烦着，说着醉话："谁管她……等下，你们去哪儿了？"

白辛给他指了个方向。

白路舟脑子不算清醒都能马上飙出火来："我去，她是强驴吗！"边骂边随手抓了件外套就奔下楼，问白辛，"你们去多久了，怎么你一个人回来的？"

白辛比画："天黑之前去的。我遛完小红和小黑出来没找到春见阿姨，我就回来啦。"

从他的那个角度望过去，北边岩壁像是被斧头劈开的一样，竖在张牙舞爪的树林像是在对谁示威。此时，黝黑的夜如同一张密不透风的塑料布，将他困在其中，难以呼吸。

他几乎是不带半点温柔地拖着白辛往回走，边走边数落她："你怎么能把那个蠢蛋一个人丢在那里，我跟你交代过不要擅自行动。这会儿她要是出事了，你看我怎么揍你。"

白辛表示很冤枉啊，再说了，到底谁才是你女儿。

枯枝被踩断的脆响从身后传来，春见没敢扭头，本能地咽了咽口水，全神贯注地注意身后的动静准备随机应变，但没等她准备好，两条半人高的阿拉斯加"刺溜"一下蹿过来，围住她，边摇尾巴边往她腿上蹭。

春见松了一口气，一转身就对上了白路舟那双要吃人的眼睛，接着头顶一黑，一件外套盖住她的头。

从小到大，春见都明白一个道理，如果做错了事，就要做件更有价值的事情去弥补。比如现在，为了稳住白路舟，在他开口责难她之前，春见马上报出自己的勘察结果："有好消息，这边的石灰岩岩壁据我初步观察……"

"你观察个鬼啊观察，"白路舟根本不吃她那套，原本的几分醉意被之前的惊吓惶恐以及夜风吹散，心落下来的同时火也冒了上来，"你这么厉害还能把自己观察到林子里出不去了？"

"没有啊，我是来找白辛的。"

白路舟气不打一处来，指了指一边正在逗狗的白辛："我闺女早就回去了，你以为她跟你一样蠢？九方山那么大，放她一个人进去，我都不带担心的，早上出去，晚上回来，跟玩儿一样。"

春见的脸有点黑，偏偏这个时候白辛还十分没有眼色地附和了白路舟，比画着："对啊，我从小就是在山里长大的，我不会迷路。"

"你们俩的意思是，我一个搞地质的把自己困在这小树林出不去了？"春见被他们的想法给震到了。

白路舟不说话，眼神在她身上上下游走一遍："不是我俩非要这么想。你瞅瞅你现在的样子，浑身上下哪一点能证明你可以走出去。"

"首先……"

"你赶紧打住啊,我酒都没醒就跑过来找你,不是要听你在那儿给我讲道理的。"

白辛给春见提示:"他是要让你服软。"

这就不巧了,春见的人生词典里刚好没有"服软"这两个字。

白路舟就不明白了:"我说你怎么这么强啊,你属驴的?我这么大一帅哥大晚上跑到树林里来找你,你说两句好听的话怎么了?掉你肉了?"

春见也委屈:"我要说啊,是你不让的。"

"我跟你之间除了工作就不能说点别的?就没有一点私人情谊在里面?"

白辛看不下去了,回头牵着自己的两条狗走到了前面。

来时走得急出了一身汗,现在缓下来又被风这么一吹,白路舟清醒了不少。看着面前冷得缩成一团的春见,也不忍心再骂她了,将她手上拿着的衣服夺过去,没有章法地又给她往身上套,还嘴硬地斥责:"你能不能听话点儿?"

套完衣服,他又撩起自己的外套衣摆给她擦头发:"我知道你觉得我是在浪费你时间。你以为我不急?但急有什么用?像你这样不管不顾冒雨赶工,出了事怎么办?"

春见的头被他揉着,脸几乎被摁着贴在他胸前,那呼之欲出的雄性荷尔蒙夹杂着已经散得差不多的酒气让春见有些脸红。

他停下动作,手还抱着春见的头,拇指不自觉地捻着她耳后的皮肤,触感让他上瘾,他硬生生把视线从她身上挪开,转到前面蹦跳着追着阿拉斯加跑的白辛身上:"那个孩子的父亲,曾经给我上过课。"

春见惊讶,蓦地抬头:"白辛不是你的?"

白路舟白了她一眼,松开她:"你不挺聪明的嘛,这都看不出来?我今年才多大啊,怎么可能有这么大的闺女?也就白京那老头儿,才会不分青红皂白给我贴那种标签。我跟你说,我这个人很有原则的。"

春见走在他身边,侧目看了他一眼,心里满是不敢说出口的嘀咕。

"她是我战友的孩子。"白路舟解释。

那年白路舟被白京打了个半死之后丢去了九方山,三个月的新兵训练结束,他的元气也恢复得差不多了,一同恢复的还有他日天日地的性子,谁管都不服,屡屡犯错,禁闭室就跟他家开的一样,他三天两头往里钻。当时部队里谁都不愿意跟这混世魔王走近,愿意搭理他的只有三人:一个是成安,一个是跟他同时进部队的何止,一个是白辛的亲生父亲、他当时的班长。

九方山林区发生特大火灾那天原本是该白路舟出任务的,但他前一天被关了禁闭,替他去的是班长。

五个小时的逆行施救保住了九方山林区,甚至保住了那几个纵火嫌疑人的生命。

班长却没能回来。

春见想起了他们第一次见面时,白路舟对习铮在林区抽烟时那强硬的态度,当时还觉得他有些太过严厉了,现在想想非常能理解。

她试探着小心翼翼地问:"你觉得班长是替你死的?"

白路舟嗤笑,笑得很苦:"有时候真想不通,这世界上怎么会有那么巧合的事。白辛那天晚上发着高烧,她妈找了班长一夜。我不知道那天班长其实是请了假要回去带闺女看病的。"

春见脱口而出:"所以白辛不是天生聋哑,是那天烧坏的?然后就被她家人遗弃了?"

白路舟没回答,算是默认了。

"你知道生命有多脆弱吗?老天爷想收回去的时候,就是眨眼的工夫,你甚至都还没闹明白究竟做错了什么,就再也没有机会明白了。春见,我相信你的业务能力,可我手上已经有条人命了,承担不起第二条,所以即便你告诉我万无一失,我也不敢让你去冒险。"

他沉默下来,春见也再无言语。

他高大精悍,靠近时身上有炽热奔腾的温度,他的背影在黝黑的夜里,却有种不同于白日的张扬。

那是落寞。

春见想安慰,嘴唇动了动却无从开口,最后思来想去组织半天,吭哧吭哧道:"每一次刮风下雨,都是看起来很寻常的自然现象,但过了千年万年,你就会发现,大自然的千沟万壑其实都是由它们成就的,"她顿了顿,"科学不相信偶然和巧合,所有摆在你面前的事物,都是日积月累的结果。

"所以,那不是你的错。

"何况,你把白辛养得这么好。我从没见过有哪一个身体残疾的孩子像她一样活得开朗自信,充满活力。就算是正常的孩子,也未必能像她这样。"

白路舟笑:"你是在安慰我吗?"

"不算是吧,佐证我的观点而已。"

白路舟:"……"对她就不能抱有期望,"你果然一点都不可爱,你这样的会孤独终老,知道吗?"

"'孤独终老'这个词,在社会学上其实是个伪命题……"

"行了行了,"白路舟头疼,"你脑袋瓜里除了这些还有点别的吗?你前男友是怎么忍受你的?"

春见犹豫了好一会儿才说:"他就是忍受不了,才变成前男友的吧。"

"一个女人怎么能做到像你这样不解风情的?"白路舟用胳膊轻轻搡了她一下,"我问你,你是不是那种蠢到认为只要上了床,女人就会怀孕的人?"

此时已经快走出林区,光线强了点,春见侧目,充满怀疑地反问:"难道不是吗？"

　　白路舟冲口而出的笑还没冲出来，春见就又开始让他脑仁疼的学术剖析："成熟的两性关系里，'上床'这个词难道代表的不是发生关系吗？既然会发生关系，那么女方会怀孕的可能性也不是没有啊。"

　　"你……"

　　"我怎么了？"春见反应过来，"你不会以为我是那种生物白痴吧？拜托，你把我们工科女生想成什么样了？"

　　白路舟："……"让你嘴贱。

　　"但是，白路舟，"春见忽然停下来，认真地望着他，"我会听你的话。"

　　她的眼睛里闪烁着前所未有的信任，高大的树木落进她眼睛里，白路舟诧异的表情也落进她眼睛里。

　　春见重新开始往前走，说："除了想早点完成这份工作，然后早点离开，我也真的想帮你。"

　　白路舟咧嘴一笑，不正经："承认喜欢我啦？"

　　春见："……"是什么让他有如此强烈的错觉？

　　春见："你当我什么都没说过。"

　　"那不行，说出去的话就像泼出去的水，覆水难收啊工科生。再说了，承认喜欢我又不是什么丢人的事，不是跟你吹，本少爷在去九方山之前，那可号称是亿万少女的梦想、国民老公来着。哎，不信你上网搜搜啊。你是不是平时都不上网的？哎，你以前真的没听说过我吗？"

　　……

　　碎石路被踩得沙沙响，三人俩狗，在细细的雨中越走越远。

　　走到路的尽头，黑夜以沉默包容的姿态将一切揽入怀中。

　　春见耳边一暖，白路舟俯首跟她说了句："你很好，真的很好。"

Chapter 08 生气

你觉得你命大，
死不了？

一周后，雨过天晴，气温骤然升高。

正午太阳从岩壁上空直直照下来，山脚处的两棵梧桐树中间，围坐着一群正在吃午饭的人。

锡纸被揭开的声音拉扯着何止的神经，他循声望过去，眼睁睁地看着白路舟将一瓶冰镇过的香蕉牛奶绕过他递给了春见。

何止低头看了一眼自己手上已经温热的矿泉水，欲言又止，抬头瞄到春博士那边明显和自己不是一个档次的午餐，眼睛都要看直了。

春见一口饭鼓在嘴里不敢下咽。

何止喉间咕噜一声，凑过去问："那什么，虾好吃吗？油焖小鲍鱼熟了吗？辣炒花蛤入味不？"那些都是白路舟让人从市里买了趁新鲜送来，何止眼馋了一上午的。

"你要吃吗？"春见很自觉地将菜递过去。

何止眉开眼笑，准备下筷子："你请我吃，那我就不客气了。"

白路舟一巴掌拍过来："你长能耐了？要吃自己买去！"

"同样都是工作人员,我为什么只能吃个辣椒炒肉?肉还炒老了!"何止控诉得可委屈了。

白路舟的解释是:"同样都是人,你只完成了九年义务教育,人家学无止境。九年义务教育的你只配吃辣椒炒肉。"

何止不服气了:"我还读了两年高中呢!"

"所以你还能多喝一瓶矿泉水。"

一边观战的陈随听得脸都要抽了:"白路舟的人设里什么时候多出了个'老母鸡'属性,我怎么不知道?"

姜予是还是那副一本正经的样子,低头专心挑着碗里的葱姜蒜,挑完递给陈随:"这是对优秀者的嘉奖,如果是我,我也会这么做。"

"我看不是吧,白路舟那护犊子的行为根本就是……"

姜予是打断他:"你知道你为什么长不高吗?"

陈随摇头。

姜予是说:"因为你喜欢咸吃萝卜淡操心。"

陈随急了,恨不得把碗摔姜予是脸上,但是又怂,只敢虚张声势地嚷嚷:"我替你操心的时候,你怎么不说我是淡操心了?"

"我和别人一样吗?"

"哪里不一样了?"

姜予是起身朝白路舟走,丢给他一句:"你自己想。"一扭头差点撞上一直站在身后的闻页。

闻页好像不太高兴,问他:"你要走了?"

姜予是别开头:"嗯。"

"那我坐你车和你一起回。"

姜予是对她没有耐心:"这个项目你也是投资人,前期策划都是白路舟在做,现在开始施工了,你还要当甩手掌柜?"

"不是啊,我和你一起回去了,自己再开车过来嘛!"

但姜予是没心情跟她玩游戏，拒绝得干脆："陈随那个人霸道，不喜欢有人跟他抢占空间。"为了真实起见，还故意回头向陈随求证，"是不是啊？"

"背锅侠"陈随觉得莫名其妙，怎么看个热闹看着看着战火就蔓延到自己身上了呢。他愣愣地点头，不着调地"嗯嗯啊啊"了两声算是正面响应。

闻页只好不了了之。

一旁的白路舟在和两个户外攀岩选手讨论岩壁的区域划分。

"保护站已经建好了，春博士什么时候可以开工？"一人问。

白路舟回头看了一眼春见："等太阳偏过去再说。"

而这时，闻页指着春见尖声责问姜予是："是不是她？你开口闭口都是她怎么怎么优秀。就算她很优秀，但问题是你要个那么优秀的人回去干什么？两个人在灯下比背书谁背得快吗？"

春见有点想笑，还没笑出来呢，胳膊被白路舟轻轻捅了一下："你缺心眼儿？"

"除了比背书，还可以组织'二人辩论赛'、玩'一起来找茬'，其实也没那么无聊。"春见漫不经心地打了个哈欠，"我想睡会儿。"

"所以说闻页也是瞎担心，你这种没趣的女人我们姜予是是看不上的，"白路舟将车钥匙递给她，"去车里睡。"

"不用了，我随便找个树荫靠一下。"

白路舟眼睛移过去，从她说话时一张一合的嘴唇到下巴，顺着纤细的脖子到呼吸带动的微微起伏的胸线。他嗓子有点干，开始瞎编乱造："你就那么想让别人看到你的睡姿？"

"我睡姿怎么了？"

白路舟移开目光，总觉得喉咙烧得慌："你流口水、磨牙并且还打呼噜。"

自己睡觉啥样，春见还是有个自知的，没直接拆穿："你怎么知道？"

能承认其实是不想让别人看到她睡着的样子吗？

当然不能！

"你偷窥过我？"春见浅笑。

白路舟"呵"了一声，强装淡定："瞎说什么呢！我为什么要偷窥你，我疯了吗？"

春见不依不饶："没疯，那是为什么？"

白路舟脸色丰富，搜肠刮肚地找句子。春见盯着他那变化莫测的脸看了一会儿，突然又不想追究了，伸手从他掌心里摸过钥匙："那我去车里睡。"

山风从谷底吹过来，缓解了片刻的闷热，白路舟回味着春见指尖滑过自己掌心的触感，轻得像片羽毛，却挠得人心痒难耐。

无意识的撩拨最要命，白路舟觉得自己就跟中毒了一样，脑袋晕乎乎的，但有一件事他是确定的——春见在勾引他。

姜予是将他的表情看在眼里，走过去抽了一根烟递给他："我和陈随走了啊。"

白路舟这才回过神："你有工作你走呗，陈随跟着我不行吗？"

姜予是吐了口烟："不行，他得跟着我。"怕他误会，又强行解释，"他这种年纪了，需要认真学点儿东西，"发现自己错伤了友军，立马改口，"我的意思不是说跟着你学不到东西，而是……"

白路舟黑着脸："行了行了，你带着他赶紧滚吧。"眼不见心不烦。

"那我们建京见。"

姜予是拍拍他的肩，转身大步朝陈随走去，说了几句什么之后，陈随意思着挣扎了两下，最后还是乖乖跟着姜予是走了。

闻页站在那里看他们走远了才不甘心地回头，撞上白路舟的目光，然后朝他走过去。

白路舟看她过来便把手中的烟给掐了，脸上挂了笑："姜教授呢，不是你那么追的。"

闻页没给他好脸色："你们为什么都喜欢春见？"

白路舟否认得极为果断："我可没说我喜欢春见啊，姜予是更不可能。"

"别骗我了，嘴巴可以说谎，但眼睛不会。你根本不知道你看春见时的眼神是什么样的。"

白路舟觉得自己规劝不成反惹了一身臊实在冤枉，只好搪塞她："最多也只是因为她和你们不一样，和咱这个圈子里的人都不一样，因为她太轴了，但是能力又很强，所以轴就变得很可爱了，而且……"

"看吧，"闻页打断他，"一提起她就滔滔不绝，还说不喜欢。"

"你这就有点不讲道理了，你问问题我总要全面回答吧？"

闻页不服："不就是会看个石头吗，跟谁不会一样。下午我也上岩壁，我就不信她能做的事情，我做不了。"

白路舟不想跟不讲道理的人杠，对着林子吹了声口哨，不一会儿工夫，白辛牵着两条狗从里面飞奔出来。

白路舟指着岩壁难度低的攀登路线问白辛："闺女，想不想攀岩？"

白辛眼睛一亮，连连点头。

白路舟弯腰将她抱起来扛在肩上往低难度区域走。

春见一觉醒来，发现太阳已经偏西了，车内温度被人调在非常舒适的档位，身上盖着一件外套，不用想也知道是白路舟的。

闻页站在车外，她开门下去后直接跟闻页面对面碰上了。

在不一样的圈子里长大，注定了很多东西都不一样，但性格上谁也不服谁。闻页的眼睛里是赤裸裸的挑衅，而春见回给她的是坦然，不带任何情绪的坦然。

闻页将手中绳索递给她，问："敢不敢跟我比一场？"

春见将绳子接过去，并扫了一眼她的指甲："不想。"

"我问的是敢不敢，不是你想不想。"

春见说："可那个问题于我而言，只有想不想，没有敢不敢。"

"你……"

"你要是吃姜教授的醋，只怕是找错对象了。还有，一周前，你趁我去找白辛的时候，把我勘测地形要用的东西换成了一瓶啤酒。我不追究，是因为看在你也是这个项目的负责人的份上。我的脾气并没有看起来的那么好，所以你不要一而再再而三地试探我的底线。否则，你就会发现，我根本没有底线这种东西。"

春见与闻页擦肩而过时，能看到闻页抓着绳索的手绷得很紧，而她右手食指上的指甲油明显掉了一块。

颜色，是紫红色。

岩壁下方围了一圈人，春见还没走近，就看到在低难度区域上白辛正往上攀，到了区域分界线后，非常干脆地转身，然后顺着顶绳往下滑，一路滑进白路舟的怀里。

白路舟揉了揉白辛的脑袋，解开她身上的安全装备，就让她一边儿玩去了。

接着，他将手中的摄像装备递给项目公关，交代："剪辑好了，直接用官方账号发出去。"

"这么迫不及待开始宣传？"春见边给自己穿安全装备边问，"万一这个岩壁也不能用呢？"

白路舟向上望了一眼："是你挑选出来的，我相信你。"

春见笑了一下，指了指后背："帮我锁一下。"

白路舟接手得很自然,"咔"的一声扣上安全扣,越过她的肩膀,头与她齐平:"要不,我跟你一起上去?"

那动作从远处看,就像他从后面抱着春见一样。

耳边一热,春见扭头,两人之间咫尺之距,对方温热的鼻息喷洒在她面上,她下意识地后退,装作不在意地反问:"你上去干什么?"

白路舟看她的反应觉得有趣:"作为老板,了解一下开线过程的艰辛,不应该吗?"

没等春见回复,闻页就跳了过来,一副准备就绪的样子:"我去吧。"

白路舟一句"别胡闹"还没出口,闻页已经率先春见一步开始登山了。

"你别管她,她从小就疯疯癫癫的。做你自己的事,注意安全,我就在下面。"白路舟将她的装备又检查了一遍。

春见点了点头,往前走了两步突然想起来什么一样又转过身,将身上的手机掏出来塞进了白路舟的裤子口袋。

细软的指腹隔着布料滑到了白路舟结实有力的大腿,迅速撤离。

突如其来的一下子,让白路舟后背过电似的麻了一把,当下心里就闪过了无数个"我去,她真的勾引我"以及"她肯定喜欢我喜欢惨了"的弹幕。

不等他质问,春见已经进入工作状态,并且几步之后就超过了闻页。

这块岩场的条件非常好,如果岩石质量过关的话,可以开发很多段路线,并且攀登难度级别都非常齐全。

春见一边往上爬一边在纸上做着记录,时不时还要用到工具测量,必要时会采集样品。

闻页毕竟是娇生惯养长大,起初的好胜心到了岩壁三分之一的位置时已经被筋疲力尽取代。

简单攀爬区域结束后,春见回头看了一眼在她下方的闻页,她将笔记本插进腰间,好心劝:"你还是下去吧。"

闻页喘了口气，倔强让她生出新的力气："我是不会认输的。你以为我看不出来你的心机？你就是要表现得比我们要强，然后让男人们觉得你很不一样，并且以此来博取他们的目光。我告诉你，偶像剧中有钱男人都喜欢灰姑娘的桥段在现实生活中根本就不存在，他们喜欢的是和自己段位相当、相貌出众的女人。像你这样的，根本就不在他们考虑的范围内。我今天就是要证明，你可以的我也可以；而我有的，你永远都有不了。"

陷入爱情当中的人是眼瞎的，是没有道理可讲的，春见懒得跟她争。

闻页也许针对的并不是春见这个人，而是春见的这个社会角色。她家庭环境优渥、相貌出众，虽说是任性了点儿，但并不是个绣花枕头，也是经历过高考考上了重点大学的人。白路舟那种人她镇不住就不去想，但姜予是她不认为自己配不上。

今天，闻页就是来给自己正名的。

到了难度级别较高的区域，虽然有顶绳的帮助不用她们花太多的力气，但高度摆在那儿，春见都有点眩晕，更不用说是闻页了。

做好记录准备继续往上的时候，春见听到一声干呕，接着闻页"哇"的一声哭了出来。

正名仪式到此结束。

春见往下喊："闻页，你怎么了？"

闻页颤着音："我我……我头晕。"

"你还能自己下去吗？"

"不行，我动不了了，一动就想吐，而且我现在感觉自己在飘。"

春见抽出腰间的对讲机，对岩壁下面的人说："白路舟，你能听到我说话吗？"

"刺刺啦啦"一阵噪音过后，白路舟的声音传来："五岁，怎么了？"

"你能安排个人上来……"

话没说完，闻页那边已经失控了，她的双腿软得完全失去了力量，身体挂在顶绳上，只凭本能用一双手死死地抓住顶绳不让自己往下坠。

　　春见一边用双腿蹬着岩壁一边往下降，边下边问："你的装备都还是好的吧？你看下你的铁锁门是不是闭合的？"

　　但是闻页现在哪里还分得清什么铁锁钢锁，她脑子只有一个念头，那就是自己要完了，手和顶绳之间的摩擦已经让她撑到了极限，她哭着喊："我不知道，我撑不住了。"

　　春见腰间的对讲机一直在传递信号，而下方的闻页哭得让她心烦，下降过程中一个不小心对讲机滑落直接坠到石壁下面，上下的联系完全断了。

　　直觉上面是出事了，白路舟套上安全装备就往岩壁奔去，抓住顶绳之后，三步并作两步往上攀爬，并且还不放弃继续与春见喊话。

　　直到春见的对讲机从他身边急速坠落，砸在他脚下凸出来的岩石上，他才意识到真是坏事了。

　　几个在画路线的攀岩达人见状，还以为白路舟在挑战什么，一个两个都纷纷追在他身后上了岩壁。

　　春见下降到闻页身边，检查了她的装备，发现她整个人的力量都依附在铁锁上，而铁锁承重太久现在已经出现了裂痕。更要命的是，她的安全带穿戴错误，用来承重的腰带已经快要拉开，一旦拉开，她整个人在极度疲软的状态下肯定会直线下坠。

　　"你别慌。"春见咬了咬牙开始想办法。

　　但是闻页根本控制不住自己的情绪，越哭越凶。

　　"别哭，我想想办法。"越说闻页哭得越厉害，春见少有地发了火，"你有病啊，还没死呢，哭什么哭？"

　　闻页被骂得噎住，哭声暂停。

　　春见尽可能地保持语气平静："这样，你的安全带已经承受不住了。

我把我的给你穿上,在这个过程中,你务必保持冷静,并且把身体的力量尽可能地全部转移到顶绳上,手磨破了没关系,命保住才是最重要的,听到了吗?"

闻页哽咽着点了点头。

春见松了一口气,将自己的主绳缠到腰间,然后另一端和顶绳绷紧,解下安全带后,这成了她唯一的保护工具,一条绳子。

她找到一处相对好站的岩壁,双腿使劲绷紧,将自己和绳索之间形成了一个稳定的三角形。

即便这样,在给闻页穿安全带的时候,她的手不可抑制地也在颤抖。

这时,隐隐约约地,她听到有人在叫她。

但她不敢分心。

闻页惊恐的情绪绷到了极限,之前过分用力抓着绳子磨破的双手一直在流血,顺着绳子流到春见的手背上,闻页看到后情绪再度失控。

哭声让春见心神不宁,由于身体晃动加大了春见那边的不稳定,她预测只要在一分钟内没弄好,她们就有可能抱团坠崖。

为了强行镇定,她咬住嘴唇内壁,疼可以让她清醒,也能让她专心,所以她用了蛮力。

汗珠顺着额头往下流,混着嘴角溢出的血一起流下来。

就在闻页颤抖着抓不住要松开顶绳的关键时刻,春见成功地将安全带穿到了对方身上,并完成了所有锁扣的闭合。

"好了。"春见舒了口气,"你现在抓住保护器,不要看下面,慢慢往下降,应该有人已经上来了。"

话音刚落,白路舟已经出现在了春见的视线里,距离她不到十米,他冲她们喊:"春见,你听到了吗?"

春见嗓子梆硬,回了句:"我听到了,我还好。"

但实际上,她的力气也差不多用完了。闻页下降时摇晃得厉害,春见觉得自己随时会被她摇下去。

她从小到大几乎没怕过什么，除开现在，只有一次。

是很小的时候，建京遭遇洪灾，那时她家还住平房，洪水涨到院子里，春来忙着抢救他的字画，王草枝抱着刚会走路的春生往高处跑。

春见根本跑不出去，因为院子里的水比她身高都要深，她只好从楼梯爬到房顶上，但雨根本没有要停的意思，很快房顶也要被淹了，可是没有一个人回头来找她。

春见第一次经历绝望的时候，没有人来救她，她是被逼到绝境之后，自救的。

她不知道那个时候王草枝和春来是不是已经决定要放弃她了，但她自己不想放弃自己。

就像现在，她在不确定自己是否能够等到救援到来的情况下，只能自己想办法。

用主绳缠住腰已经不够用了，她开始往手腕上绑，万一她手臂的力气用光后，手腕还能撑一会儿。

不到最后，谁都不想死。

白路舟等到后面的人攀上来，把闻页移交给他们之后，拼命继续往上爬。

他能看到春见绷着力气抓住顶绳的样子，她看上去不动声色，但是他明明看到她颤抖的双手和溢出来的血。他心尖像是被匕首划了一刀，让心疼变得十分清晰。

顶绳晃动得厉害，没有办法靠得太近，他向她伸出手："你还有力气吗？"

春见点头。

他盯着她，目光温柔至极："别怕，你踩着岩壁过来，来我这里，我就在这里，我会接住你。"

春见鼻头一酸，嗓子哽着。

他那结实有力的双手，掌心干燥，指腹上有茧子，摸起来很有质感，春见还记得。

那双手就在她的眼前，越来越近，在指尖与指尖即将触碰的时候，白路舟往前一跃，一把抱住了她，将她紧紧搂在怀里，轻声安抚："没事了，没事了。"

春见双眼一热，眼泪唰地流了出来。

"我在这儿，别怕，没事儿了。"白路舟能感觉到怀里人在轻轻抽噎，他心疼死了。

他凑到她耳边，小声说："抱紧我，我带你下去，不怕啊。"同时腾出一只手搂住春见的腰，将她尽可能地贴向自己。

春见伸手攀住他的脖子，信任地将自己交给他。她的头深埋在白路舟的胸前，那里是浓郁的雄性荷尔蒙气息和健康有力的心跳。

当时兵荒马乱风声聒耳，她在劫后余生的惊悸中，想到了一个词：归属。

下降的过程中，白路舟一句话都没说，用了很大的力气将春见搂在怀里，他的目光中除了心疼之外，还有毫不掩饰的怒气。

所以当他们落地后，他松开春见，第一句话就是："你收拾一下你的东西，回建京吧。"

在场所有人都愣了。

何止冲上来："路舟你干什么呀，春博士都吓成这样了，你还……"

白路舟看了一眼身上除了一根绳子再没任何保护装备的春见："她自己知道为什么。"

春见没给自己解释。

闻页抖着还没恢复的身体插话："白路舟，你有气冲着我来，不要……"

"你闭嘴。"如果白路舟对春见只是生气的话,那对闻页就是愤怒了,所以他冷眼扫过去,目光定在她身上那两条安全带上,"你也给我滚回去。"

他严厉的目光一左一右地在春见和闻页之间来回切换:"救人的方式有那么多种,你偏偏选择了最蠢的。连自己的安全都保证不了,你在那儿充什么胖子?一命换一命?有病吗?还是说你觉得你命大,死不了?"

"还有你,"他瞪回闻页,"想找死的话离我远点,你爱怎么作那是你的事,别最后又找我背锅。"

现场气氛被白路舟这么几嗓子给吼凝固了,没有一个人敢出声。

两条本来卧在一边看热闹的阿拉斯加,见主人训完话了,象征性地"汪"了几声,这才打破了僵局。

白路舟指着下山的路,对春见说:"工资就不给你开了,但我们之前的账也一笔勾销。"

春见没有异议,也没有说一句辩解的话,用还在颤抖的手将腰间和手腕上绑着的绳子解开扔在地上,然后头也不回地下山了。

其他人谁也没有那个胆敢在白路舟气头上劝他,只得眼睁睁地看着春见往山下走。

白辛蹲在两条狗的身边,噘着嘴一脸不高兴。

白路舟见她那翻得黑眼珠子都没了的小白眼,没好气道:"你噘着个嘴干什么?挂油瓶?"

白辛指了指天,比画:"马上要下雨了,暴雨。"

"下暴雨跟你有什么关系?"白路舟黑着脸。

白辛比画:"跟我没有关系,但是跟春见阿姨下山有关系。"

"她下山跟我有什么关系?"虽然脸还是黑着的,但他的语气已经没有前面强硬了。

白辛抿着嘴,眼泪憋着没流:"是你让她下山的。"

成人的世界里利益攀附错综复杂，但孩子的世界里只有对错，并且分得清清楚楚。

　　白路舟别过头，双手插进裤子口袋，想以此来缓解内心深处的不安。指尖碰到金属硬壳，他掏出来一看，是春见的手机。

　　低声骂了句糙话，白路舟叫来何止让他看着白辛，转身钻进车里，一踩油门，飞奔下山。

Chapter 09
选择

选喜欢我还是
选喜欢我？

通往山下的路是山上景区修的，因为不符合标准被推了正在重修。

沿途路边长着藤条植物，放肆生长，到处延伸，被高速经过的车身翻折，断了的部分顺着挡风玻璃滑到车前盖上，最后又颠簸着落到路面，被车轮辗进泥土。

在那条蜿蜒曲折的路上，汽车经过的地方尘土飞扬，汇聚在一起像一条发了狂的巨龙，奔腾着卷向远方。

山风擦着地面吹过来，给挡风玻璃蒙了一层灰，白路舟打开雨刮，前面的路都还没看清，一道惊雷就落在了不远处的山巅。

接着粗大的雨点噼里啪啦地落了下来。

他侧目看了一眼副驾上春见的手机，黢黑的金属外壳发着冷冽的光，好像在嘲笑他。笑他明明担心得要命，却故作狠心地把人赶走，然后又屁颠屁颠地追来。

这算什么？

他开车的速度不算慢，按照春见最快的步行速度来看，现在不可能还没追到，下山的路就这么一条，她在哪儿？

关心则乱，他现在已经没有了章法，只顾扯着喉咙大声喊：

"春见！"

"蠢蛋！"

"春五岁！"

……

他变着法地叫，但雨越下越大，和着不远处的电闪雷鸣，很快就把他的声音给掩盖住了。

挡风玻璃上的水怎么也刮不干净，前方的路在雨中变得模糊，肆意生长的藤蔓纠缠着车轮。

此时的大山像一头野兽，张着巨大的嘴，正等他掉进去。

他无心顾及自己，只想快点找到春见，她害怕这样的下雨天他是知道的。心脏剧烈膨胀着，有酸涩的液体正一点点将那里填满，眼瞅着就要溢出来了，他一脚把油门踩到底，车子在泥泞不堪的路上嘶吼着，呼啸着……

"轰——"

又一个惊雷落下，他本能地扭头留意路边，再一回头，不足五米的前方横着一棵粗大的树，根本没有时间去变换车道，眼前突然一黑……

"嘭——"

剧烈嘶鸣的撞击声终于超过了雨声和风声。

"嗡——"

一瞬间，他的耳朵里面像是有人在拼命拉风箱，嗡鸣个不停。再接着，天旋地转，脑袋里面忽明忽暗，像下雨天走廊上被风刮着要亮不亮的灯。

好一会儿，他才缓过劲来。

身体被禁锢在四周弹出来的安全气囊中间，脖子有些扭到了，其他地方还好。意识恢复，他闻到了一股烧焦的气味，抬头，果然看到了车头冒着烟。

他惊喘着往后一倒，脑海里闪过了无数画面，最后定格在春见下山前扔掉绳索看他的那一眼上。

他那个时候对春见说，要在保证自己安全的前提下才能去救人，可是气盛时的他却没考虑当时的具体情况。也许，春见只是没有选择的余地呢？她那么聪明的人，如果有更好的办法，她难道不会用吗？

就像他现在一样，明明知道在雨中急速行驶很危险，可他有办法吗？

他也没有！

他不可能等到雨停了或者小了再去找她，他必须现在、马上、立刻就要看到她。

彻底缓过劲后，他努力推开车门下车去探车况，一偏头，居然看见春见站在车窗边，幽灵一样地看着他。

雨太大看不清她脸上的表情，只能看到她举着一片巨大的泡桐树叶，却根本什么都挡不住，头发和衣服还是湿得很透彻。

前一刻还担忧得要死，后一秒等人真的出现了，那些想说的担忧、内疚的话全都消失，他又成了气鼓鼓的暴龙。

他一脚踹开车门，晕晕乎乎地下车，抓住她就是一通吼："真够可以的啊！你就那么听话？我叫你下山你就下山，不知道看下天气再走？连白辛都知道要下雨了，你看不出来？你就是故意的，故意让我愧疚，故意让我担心，你怎么这么坏！"

春见："……"

白路舟红着眼继续吼："你说话啊！怎么不说话？你看看你干的好事，"指着那辆基本已经报废的车，"我上手还没开几天，这就跟与新媳妇拜了堂还没洞房一样，现在因为你，已经……你去哪儿？"

春见顺着路大步下山，根本不给白路舟追上来的机会，脑海里只有一个念头：遇到碰瓷的了，要赶紧走，不然就是把她卖了，那车她也赔不起。

　　白路舟在她身后喊："我为了追你都撞树上差点就没命了，你就那样走了？你的良心呢？"

　　他越说，春见走得越快。

　　没办法了，白路舟只好将车钥匙一拔，跟跟跄跄地追上去。

　　巨大的雨幕里，一男一女一前一后都不要命地狂奔，看起来像极了警察抓小偷。

　　白路舟不知道春见跑个什么劲，但他知道自己心里窝着火，那火大得隔着十米都能把春见给烧熟。

　　春见跑着跑着突然感觉肩膀一沉，下一秒，整个身体被人从后面掰转过去，一阵天旋地转之后，"嘭"的一声她被推到了树干上，背后撞得火辣辣地疼。

　　接着，白路舟那双喷着火的眼睛就寻上了她的，隔着呼吸的距离，她甚至都能从他瞳孔看到里面映着的自己。

　　"你跑什么？"白路舟双手握在春见肩膀上，力气大得好像要把她给挤碎。

　　春见抬手抹了一下脸上的雨，很直白地回答："你那车我赔不起。"

　　"我说让你赔了吗？"白路舟哭笑不得。

　　春见觉得这不能怪她，一朝被蛇咬十年怕井绳，有法拉利这个前车之鉴，后面她肯定是要跑的，而且是跑得越快越好。

　　白路舟已经被她气到火都倒回去了，烧得肝疼："你到底有心没有啊，看到我车被撞成那样，就只关心自己赔不赔得起，也不问问我有没有事？"

　　春见的手里还举着那片泡桐树叶，被他这么一问，十分狗腿地把树叶顶到他头顶上："那你有事没有啊？"

　　白路舟抬头瞄了眼屁用都不顶的树叶，一把给扯下来："你说呢？"

　　"按你那车子的性能来看……"

"你少给我扯犊子行不行？"

"那个，"春见指了指头顶，可怜兮兮地博同情，"雷电天气，站在大树下面很容易被劈死的。"

"……"

白路舟无言以对，磨了磨牙，道："行！行！你真行！"他朝她竖了个大拇指，一秒钟都不想再看到那张脸，转身就往回去的路上走。

走了没几步，他又停下来，回头果然看到春见往跟他相反的山下走。

"神了！"白路舟郁结到不行，冲她喊，"你给我站住。"

他火急火燎地冲过去，简直对春见绝望到极点："我都来接你了，你还往山下走？不知道就坡下驴？我这台阶都给你摆上了，你看不出来？"

春见不以为然："不是啊，回山上比继续下山的路程更远。"

"下这么大的雨你怎么下山？下山还要走很长的路才能有车坐。你疯了吗？你万一要是出个什么事，你要我怎么办？"

"好了好了，都听你的，"春见叫雨给淋得眼睛都睁不开了，拧着眉头说，"你别生气了行吗？"

她那副委屈巴拉的样子落到白路舟眼里，瞬间就叫他心软了，但嘴还是很硬："你早这样的话，后面哪还有这些事儿？"说着粗鲁地将春见背上的包取下来自己拎着，"走吧，先找个地方避雨。"

尽管不起什么用，白路舟还是把自己的外套脱了搭在她头上："你属兔子的？跑这么快？"

"我搭了别人的拖拉机……"

白路舟有点不敢相信自己的耳朵："你那是什么神仙牌子的拖拉机跑那么快，我时速120都追不上？"

春见没回话，心说：你就是没追上啊。

继续往山下走，五百米后经过了上次他买鸡的那户人家，白路舟拉着春见上门避雨。

那户人家的男主人叫阿树，年轻时在城里打工，后来折了腿回来没再出去了。老婆是个哑巴，有个儿子在十公里外的镇上读小学，一周回来一次拿生活费。

阿树会说很蹩脚的普通话，他老婆看到白路舟就"啊啊哦哦"地比画起来，不是标准的手语，白路舟和春见都看不懂。

阿树解释："我家婆子说你上次从我们家买了只鸡，说是要炖给媳妇儿补身体，她问这姑娘是不是你媳妇儿？"

白路舟偏头看了一眼春见，嘴角一斜，将她一把搂过去揽住："对，我媳妇儿。"

"排场，长得真排场。"（"排场"是本地的方言，"漂亮"的意思。）

"漂亮是漂亮，就是脾气不好，轴得很。"白路舟得寸进尺，捏了捏春见的脸，"脾气不好我也认了，谁叫我喜欢呢！"

春见整个一受惊过度的呆傻模样，她不愚钝，方才对视的一瞬间，她分明从白路舟的眼神里看出几分宠溺几分灼热。

阿树哈哈大笑，赶紧让他老婆去准备饭菜，并把他儿子的房间腾出来给他俩住。

进了房间，白路舟把春见的背包放下，胡乱抹了一把湿漉漉的头发："我去给你要两件干衣服换上。"

春见侧头，目光落在他手臂上，下意识地抓住："你胳膊受伤了。"

白路舟这才看到左边手臂上有道不算短的口子，流的血都被雨给冲没了，只有一道被泡白了的伤口，也不在意："小伤。"

春见说："我给你处理下。"

"没事儿。"

春见拉着他的手不放。

白路舟笑了:"干吗,我跟别人说你是我媳妇儿,你准备假戏真做了?"

这里民风淳朴,荒山野岭孤男寡女的,天也不早了,不清不楚的关系传出去不好听,白路舟那么说纯粹是希望多一事不如少一事,她还没不知趣到那种地步。

"没有。"她低头从背包里掏出急救药包。

白路舟嘴角上扬,眼神里满是愉悦:"你看上去很失落的样子,怎么,真想当我媳妇儿?想当也不是不行……"

春见正往他伤口处擦碘伏,闻言重重摁了一下,痛得他"嘶嘶"抽凉气,春见抬眼:"脖子也扭到了吧?"

白路舟尴尬:"嗯,有点……嗷……你干吗?"

春见给他用力揉了一下,没好气地说:"活该。"

白路舟:"不是,我怎么就活该了?看到我冒着大雨来找你,你就一点都不感动?"

春见给他涂了药,又朝伤口处吹了吹,才说:"感动。"

白路舟一时没反应过来,追问:"你说什么?"

"把衣服脱了。"

白路舟脸上马上荡起了不正经的笑,反手抓住她手腕:"想睡我?"

春见白他一眼:"是看你还有没有其他伤。"

白路舟的指腹顺着她的手腕一寸一寸地往胳膊上面游移,语气充满了诱导:"那我哪知道你会不会看着看着就把持不住?"

春见已经没眼看他了,干脆利落地甩开他:"你脱不脱?"

"脱脱脱!"白路舟三下五除二将衬衣扣子解开脱了丢在一边,"裤子呢?要脱不?"

春见:"……"

肩膀上有一道刮伤,比胳膊上的严重。

春见倒了碘伏在棉签上，弯下腰去给他清理伤口，从白路舟的角度正好能看到她领口之下浑圆饱满的两团雪白。

他干咳两声别开目光，春见手背一热，他的鼻息喷洒在她手背上。

她报复一般，故意用了力气去压他的伤口。

意外的是，白路舟居然一声都没吭。

她反倒有些不好意思，目光顺着他的肩膀往下看。他身材的确不错，不是刻意锻炼的结果，所以肌肉形状很自然，充满了力量感，紧实流畅的线条在灯下泛着健康的光泽。

胸前和背上有几道深浅不一、长短不同的陈旧疤痕，应该是当兵时留下的。

手臂上的新伤和那些旧伤比起来，的确不值一说，但春见透过这还留有温度的新鲜伤口似乎突然明白了，他是刻意把自己骄奢淫逸的那面无限放大，并不在乎别人的目光，而真正深入他内心的九方山那三年，则被他轻描淡写地一笔带过，却深深刻入骨血。

虽然不知道他这么做的目的，但在看到他身上那些伤疤的一瞬间，她得承认，她有点被戳到了。

春见不是个喜欢表露悲喜的人，并且十分擅长掩饰自己的情绪。

这样脸上带着动容手下轻柔的春见，白路舟没见过，像发着光的珍珠一般夺目。

呼吸开始无意识地纠缠，窗外泼天大雨倾盆而下，雨滴砸在窗口开出一朵朵盈盈水花。

春见长而密的睫毛就在白路舟眼前，眨眼的时候煽情到不行，忽然，他将她一把拉进怀里，居高临下地问："春见，喜不喜欢我？"

他并没有恋爱经验，当年浪得没边，却没有和哪一个人有过固定的关系。他需要了，总会有人来，他甚至都不必记住对方的姓名和长相。

所以他问出这句话，就代表他开始在他们之间的关系上花心思了，他开始渴望和眼前这个女人形成一种固定的社会关系。

春见手里还拿着酒精和碘伏,被他突然这么来了一出,有点措手不及。她只能用手肘抵着他的胸膛,那里温度很高,隔着自己湿透的衣服都能感受到。

成年人最大的优点在于身体很诚实,被他这样抱着,贴着这么近的距离,问着那样暧昧的话,她也不可抑制地红了脸。

白路舟笃定:"你喜欢我。"

春见:"……"

"说话啊!"白路舟抱着她的手慢慢松开,他想知道答案,但并不想强迫她,"是喜欢但不想承认,还是喜欢却不愿承认?A还是B?"

这有区别?春见心跳如鼓。

"那你好好考虑一下,选A还是选B,明早交卷。"

白路舟弯腰捡起地上的被他脱下的衬衫,走到门边给了春见一个媚眼,不待她回应便愉快地出去了。

没一会儿,春见就听到堂屋里传来他和阿树的对话。

白路舟说:"惹媳妇儿不高兴被赶出来了,这屋给我凑合一晚上?"说得跟真的一样。

阿树笑声很大:"看不出来,你们这个年纪的人也有怕老婆的。怕老婆好啊,怕老婆就是疼老婆。"

白路舟:"是啊,就这么一个老婆,不疼她疼谁。"

"行,我给你找被子去。"

白路舟又说:"阿树大哥,嫂子的干衣服能借给我媳妇儿两件吗?"

"没问题,你们不嫌弃就行。我也给你找两件我的你换上吧。"

白路舟说:"我就不用了,随便冲个凉就完了。我能给我媳妇儿烧个热水洗个澡吗?"

阿树:"可以,我去给你打水……"

白路舟赶紧拒绝:"不用不用,我去就行了,自己的老婆要自己疼嘛。"

阿树哈哈大笑夸赞了他几句后,两人一同出了屋。

没多久,白路舟过来敲门,把烧好的热水还有干净衣服放在春见门口。

春见打开门时他已经出去站在了屋檐下,指间夹着猩红的烟。在漆黑沁凉的夜里,那是唯一的光,足以温暖她。

听到声音,白路舟回头,目光带笑:"我在门外守着你,夜里要是怕了,给我打电话。"

春见瞥了一眼正门里用板凳拼起来的床,没往深处想,随口说:"一起睡里面,怕我吃了你?"

"我怕我会吃了你。"白路舟就没什么正形地笑,随手掐掉烟,走过来,"当然了,你要是不怕我也没什么好怕的。"

春见伸手推开两人之间的距离:"你身上有伤,我睡外面。"

白路舟抓住她的手,语调就上去了:"你挤对我呢?我一个大男人让你睡这里,我成什么了?"

"不是。"感觉不小心戳中直男忌讳,春见连忙解释,"我以前出野外,经常睡板凳,都习惯了。"

白路舟递烟到嘴边的动作顿了一下,心里一揪:"你干这一行,你爸妈不心疼你?"

想到王草枝和春来,春见无话可说。她低头提水准备进门,白路舟扬声:"他们不心疼我心疼,那我的心疼你要不要?"

春见看着白路舟,不知该作何回答。

"行了,看把你吓得。"白路舟内心一阵空落,"快去洗吧,等会儿水该凉了。"

春见洗完出来的时候,白路舟已经睡着了,她拉了把椅子坐在他旁边,盯着他也不知道自己想了些什么,直到深夜才进房入睡。

门外是惊天雷电和瓢泼大雨,屋里是他和她交错的呼吸声。

暴雨下了整整一夜，第二天早上还没完全停。

春见醒来时，白路舟正在外面打电话：

"你给我把白辛看好，别让她出去瞎溜达。"

"雨没停谁也不准上岩壁。"

"我没事儿，保险公司已经在赶来的路上了。"

"下午雨停了，你开车来接我们。"

"对，就是上次买鸡的那个地方。"

"春博士？她好得很。"

春见腹诽：我好得很，我怎么不知道？

推开房门，阿树的老婆正端着东西从厨房出来，看到春见就笑，然后指了指房梁。春见循着指引望上去，白路舟正赤着上身踩在梯子上仰头修电路。

洁白整齐的两排牙齿横咬着电笔，修长的双手灵活地摆弄着电线，汗从额头流下来，经由流畅的下颌线顺着脖子一路从结实的胸膛到窄瘦的腰腹，最后流进挂在胯骨上的裤腰里。

春见瞧着愣了神，一直就这么仰头看着他，看着他。

他英挺的侧面浸在清晨的风中，刘海垂下来耷在眼皮上，睫毛颤了几下。像是感觉到春见赤裸裸的目光，他本能地低头，对视上春见。

他冲她邪气一笑，问："老公帅吗？"

春见下意识地回："帅。"

阿树从房间里抱着一堆木柴出来，看着他们笑得促狭。

春见回过神来："不，我是说……"

得，阿树在那儿看着，没法儿解释！

白路舟心情极好地从梯子上下来，亲昵地揽过春见，熟稔地低头在她额头上蹭了蹭，用只有她能听到的声音问："选 A 还是选 B？"

春见不知如何回答，她后来压根都没想过这个事情了。

这时阿树来喊他们吃早饭，白路舟松开她改抓着她的手腕，粗糙的掌心摩挲在她细嫩单薄的腕骨处，如触电般酥麻。

桌上有黄澄澄的鸡汤，这对于农家来说是待客的最高礼仪了。春见有些过意不去，眼神下意识转向白路舟。白路舟表现得倒坦然，给她盛了一碗，凑到她耳边咬耳朵一般："鸡是我买给媳妇儿补身体的，你喝不喝？"

阿树和他老婆习惯了他们这种随时亲密的行为，只当他们是新婚小夫妻，笑着望着他们。

被调戏了几次了，春见也皮厚了，端碗尝了尝，舔了舔嘴唇道："那我替她跟你说声谢谢。"

"所以，你选什么？"

"选C。"

"没有那个答案。"

春见没看他："那这道题我不会做，选不出你要的正确答案。"

搭在椅子上晾了一夜的衬衣皱皱巴巴，如同心脏里的千沟万壑，白路舟抓过去给自己穿上，语气没变："你多吃点儿，吃饱有力气了再接着想想，这么简单的问题怎么可能难得倒你一个学霸。"

眼瞅着白路舟要起身出去，春见一把拉住他，把刚给他盛的鸡汤推到他面前。

"我不吃了。"

春见以为他是在闹脾气，仰着头看他，没放手。

白路舟解释："我们打扰人家这么久，又是吃又是睡，我追你下山出来得急，没带多少现金，全给你买鸡了。我现在出去帮人家阿树大哥做点事。你乖乖吃东西，等下何止来了，我送你回去。"

春见松开他。

平时她都是把头发绑在脑后,今天还没来得及,一头乌黑蓬松的长发遮住了她大半张刚起床还带着红晕的脸。难得看到她这么乖巧的一面,白路舟喉头一紧,真想退回去随便对她干点儿什么。

但一转身,他的脸色就不对了。

春见那算是拒绝他了啊。

虽然不是那么赤裸裸地打脸拒绝,但白路舟什么时候受过这个,能保持风度地跟阿树说笑几句,完全要感谢他这几年的收敛。

而阿树根本笑不出来,因为他儿子在村外的那条河边过不来了。

一夜暴雨,山洪冲毁了村外河上的桥,那桥是通往外界的必经之路。山里但凡体能不错的男人现在都在城里打工,留下来的要么是老人要么是阿树这样行动不便的村民。

白路舟爽快地一拍大腿:"这有什么难的,我接他们去。"

"不行啊,"阿树忧心忡忡,但又担心拖累白路舟,"足足有十多个孩子呢,你一个人……"

"还有我。"春见边朝他们走来边把头发往脑后绑,露出修长的脖颈和纤细的锁骨。

她双手高举往后绑发,拉扯得身上的衣服紧紧贴在身上,娇好的胸形和腰身落在白路舟眼底,让他一阵发直。

在心底虚拟抽了自己一耳光的白路舟别开眼:"你别跟着瞎胡闹!"

春见坚持:"我可以,我和你一起去。"

"不是急着走吗?何止已经在来的路上了,等他到了让他先送你回去,谁的时间都不耽搁。"白路舟说着就准备和阿树去河边。

春见没再解释,径自走在前面:"我有用,让我去。"

白路舟看着她清瘦的背影直恨得牙痒痒,这才刚刚被拒绝,好歹给点时间缓冲缓冲不行吗?脸皮再厚那也还是脸不是吗?

但他的"对手"是春见,说又说不过人家,动手又不是他的作风,他能怎么办？由着她呗！

按照白路舟之前在九方山的训练，这条涨了水的河他来回走个几遍根本小意思。

倒是春见，一过来，事情都没开始做，职业病先给犯上了。上下观察一通又问了阿树一些问题，什么平时这条河哪些段位比较宽啦，哪里的水流比较急啦，哪里水位比较浅啦吧啦吧啦一大堆。

白路舟叼着烟，半蹲着大手撑在河滩上，眯着眼看春见，看着看着忽然就笑了。觉得她就像远处的云和近处的风，她一来天气都变好了。

云是巫山的云，风是春天的风。

"我给你测算出最佳路径了，你等下就从这里过河。"“春风”半点风情不解，粗暴地打断男人好不容易酝酿出来的文艺情怀。

白路舟心里不爽："要是我不听呢？"

春见不解："为什么？"

"因为你说得太少了，没打动我。"

春见只当他又在抬杠，耐着心解释："好，我给你解释。根据我的观察和推断……总结起来就是，从这里过去，河床虽然最宽，但相对水流最缓，河心水位最浅最安全，行了吗？"

道理他懂，但白路舟就是想不讲道理："你说得对我就得听？要是照你这个逻辑，是不是只要我也说得对，你就也会听我的？"

"你这是在抬杠。"

"是啊，就看你能不能让我抬赢了。"

"你想赢？"

"想啊。"

"那我听。"

"你什么意思？"白路舟盯着她问，"重新审题后，找到正确答案了？"

一边一直站在河边往对岸打探的阿树喊："小白啊,孩子们回来了。"

"就来。"白路舟扬声回阿树,但视线还在春见脸上,在等她开口。

"我没有修改答案的习惯。"

得!就知道这女人从来不善良!二次暴击。本来早上那一下子就够他受了,没想到人家还觉得不得劲,非得再插他一刀。

白路舟一句话没说,起身朝阿树走去,过河前接到了何止的问路电话。白路舟让阿树去村口接何止,随即挽起裤腿就下了水。

他慢慢地小心地在春见指的那条路线上往对岸走。

混浊的河水从上游咆哮着奔腾而下,完全没有了平时看起来的温柔模样。一开始只有脚踝那么深,等走到河心,水位就到了白路舟腰腹位置。他心里一惊,下意识地回头看了一眼春见。

她站在岸上,目光虽然一直在他身上,但脸上却没有什么表情。

白路舟觉得她看自己就和看刮风下雨没什么区别,他现在人在水中跑一趟似乎不过是她用来印证她的勘测结果是否正确的实验品而已。

可笑,把他白路舟当成什么了?他白路舟要什么样的人没有,就算他不要也有的是想往他身上贴的,她春见凭什么啊。

心里万千肝火燎烧着,烧得他心浮气躁恨不得转身就走,但看到对岸眼巴巴望着他的那群孩子,又下不了那个决心。

好在最深的水位也就到他腰腹处,他马不停蹄地来回十余趟,就算是白路舟这样身体精悍的到最后也有点吃不消。

最后接的孩子是个小胖子,阿树的儿子,噘着嘴还一脸不情愿的样子,大概是怪他把自己放在最后一个了。

白路舟气笑了,这一个两个都给他脸色看的人,是吃了什么神仙东西才能有这样的神仙脾气?

不过小胖子有的估计还不是神仙脾气,而是火药脾气,所以根本不等白路舟伸手,他就赌气下水划拉着往对岸走。

白路舟也来劲了,甩了手由着他闹,心想:有种就自己过河,都是男人,谁还没个脾气了。

　　失神间,对岸的春见突然神情一凛冲白路舟大叫:"快拦住他,漩涡!"

　　但已经来不及了,小胖子眼瞅着自己被一股不知道哪里来的力量拉着往下,这时才知道怕了,"哇"的一声哭了出来。

　　白路舟大惊,一个飞扑过去抓住小胖子的胳膊,根本来不及思考用力一拉,将他从河里拉出来,然后用蛮劲将他朝对岸的方向抛。而后只听到一道巨大的落水声在浅水区炸开,与此同时,白路舟感觉自己的胳膊"咔嚓"一声像是从肩膀的地方断了。

　　更糟糕的是,他此时已经失去了重心,整个人直通通地倒下去,然后被漩涡巨大的吸力吞噬着,他只来得及骂一句糙话,接着,整个身体一沉,眼前一片漆黑。

　　春见好不容易将哭号的小胖子拖上岸,再一回头,河床上除了湍急的流水,再也没有人影。

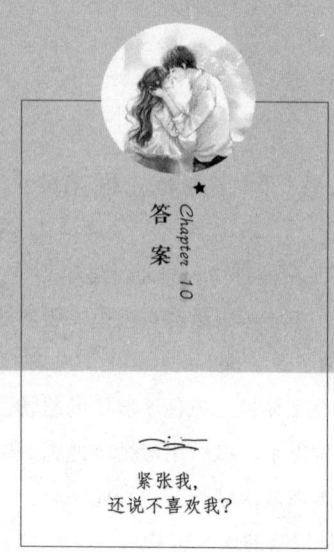

Chapter 10 答案

紧张我，
还说不喜欢我？

河水咆哮着翻涌着拍打在岸边的石头上，激起了巨大的水花。

再有就是嘶鸣不止的风声。

除此之外，天地之间春见能听到的就只有自己的呼吸声，紊乱急促、不成章法。

"白路舟？"

她冲宽大的河面喊，无人回应。

春见慌了。她咬住右手食指第二个关节，想用痛感来保持清醒，但根本起不到作用，她的大脑已经一片混乱。

漩涡是桥洞低洼处，再加上地转偏向力形成的。往下不到几百米外的河床出现了断层，断面虽然不高，但如果白路舟在那之前没有停下来的话，他就会被带下去，而断面上怪石嶙峋，岩石张牙舞爪的，他就算不会被水淹死，撞到石头上脑袋不开花就算他运气好。

春见狠狠地往断层处跑，边跑边注意河床上的情况，大声喊着白路舟的名字。

她惊喘着，风贴着脸从耳边刮过去将她绑着的头发吹散。脑子像个陀螺一样高速旋转，比她奔跑的速度还快。她在这个时间里计算出了水流的速度，白路舟沉水后和水流的相对速度，还有自己在岸上跑动和水流的相对速度。

但是，有什么用呢？

等她不要命地跑到断层带，看到的不过是洪水倾泻飞流直下，跌宕着、飞溅着沿着断面汇集到下面的深水潭，然后一切希望终止。

天地恢宏高远，唯有人类渺小得如同蝼蚁。

但蝼蚁尚且贪生，所以她不相信，白路舟他会不去挣扎就这样悄无声息地消失。

她没有让自己沉浸在消极情绪里，起身往回走，到了深水区，纵身一跃跳了进去。她眼疾手快地抱住水中的石头，然后让自己沉入水底，一眼望过去不算太清澈的河床底部岩石散乱，从上游冲下来的树枝、水草统统堆积在逆水一面。

一个激灵，她觉得她想的方向是对的。

作为山地河谷，河床不可能这么宽阔，所以延展出来的部分应该是之前的河岸，那里岩石林立，水位也不会太深。

白路舟被漩涡吸进去后一定会挣扎，随之带来的是体力严重消耗，作为一个在极端环境下生活过三年的人，他一定会凭着本能寻找生路，而生路就是浅滩区。

春见要在他体力彻底透支沉底之前找到他。

她憋着气往白路舟入水的方向游，为了避免被冲走，她双脚蹬在经过的石头上，双手遇到固定物体就抓着。

身体被河水冲击着撕扯着，她抬起头来呼吸，抹了一把脸上的水，忽然，十米开外横在水中露出水面的岩石背面有个黑影落进了她的眼中。

她迅速上岸，绕过视线盲区，看到的东西却叫她心脏一滞，接着双腿一软，瘫在了地上。

湿透的头发贴在她的脸上，那里黑白交错，像深冬凋敝的森林，毫无生气，悲伤在眼睛里蔓延，下一秒就要溢出。

她望着河面，望着露在河面上的岩石，望着岩石上的那个黑影，那是白路舟的衬衣。

而他不在那里。

理论和实践之间出现了致命的偏差，她突然绝望，心脏抽痛，脑中齿轮飞转溅出的炙热火焰似乎快要将她融掉。

她失控地捶地喊白路舟的名字。

忽然，脚踝一沉，她还没看过来，一道劲瘦的身影便擦着她面前的河岸线跳了上来，带出的水花尽数落在她身上，接着在电光石火间将她扑倒。

在她脑袋撞地的前一秒又非常及时地用手掌撑在后面护住了。

这一系列动作干脆利落，根本不给她反应的时间，等她从惊魂未定中回过神，便看见好端端的单手虚撑在她身上的白路舟。

他浑身湿漉漉的，光着的上半身又添了几道新伤，猩红狰狞地攀爬在上面，春见哽得说不出话。

春见一身狼狈，湿透的头发凌乱地散在脸上，双眼通红。她这副模样叫白路舟看了心脏饱胀，他动情地深深俯视她，问："要不要改改你的答案，嗯？"

春见也不知道哪里来的力气，蓦然使劲将白路舟往边上一推，利落起身，却在第一步都没迈出去的时候就被白路舟从后面一拽，失去重心，她整个人倒在了他身上。

身下人被压得发出一声"啊"的轻呼，却马上就势把她抱住。

春见挣扎："放手。"

"放什么手？不放！"

"你不放手,我就压死你。"

不讲理的春见,白路舟没见过,现在见了却贱贱地喜欢:"行,给你压。"

春见从他眼睛里看到了不正经,她还没从之前肝胆俱裂的悲伤中走出来,他却还能拿她寻开心。

一回想,春见就忍不住撕他,她愤愤地捶他:"你根本就没事,躲在水里看我着急你很有成就感是不是?"

白路舟任她捶也不躲,只是揽着她:"谁说我没事了,我胳膊都断了,不信你摸。"说着就把她的手往自己脱臼的胳膊上放,"我刚从漩涡里挣扎出来,就看到你着急忙慌地往下游跑,我叫你了,是你不应。水流那么急,我也不能马上上岸是不?"

这边白路舟力道稍一松,就给春见挣开了,怕她跑,他一个翻身将她又给虚压到身下,眼睛一弯勾着嘴笑:"紧张成这个样子,还说不喜欢我,不诚实啊春博士。"

他说话的时候,发尖上的水滴下来落在春见的眼皮上,又顺着她眼角流下,除去那些水滴还有一些不属于他滴下来的晶莹。

白路舟表情凝住了,喉头滚了滚,轻柔地将她脸上的水抹掉:"都这么难过了还嘴硬,心疼坏了吧?"

春见偏过头去不看他。

"别闹,我是真疼。"白路舟单手按住她。

见他真不是开玩笑的样子,春见也不挣扎了,紧张地问:"很疼?"

她那紧张的小模样和微风一起吹进白路舟的心里,那里突然变得软又甜。他笑着摇头,说得轻松:"小事,回头给接上就行了。"

这边春见却一秒换脸:"小事就起开,我背后都是石头。"

"啊,疼,好疼,要疼死了。"白路舟马上改口,一手护着她的头,一手从她后腰插过去护住她后背,"别动,让我抱抱。"

春见就真的不动了,白路舟把头埋在她颈间,轻轻嗅着,声音磁软:"真的不改答案吗?"

春见不再坚定地否认,只是一张脸慢慢染上微红。

"那我亲你了啊。"白路舟哑着嗓子,抬头认认真真地盯牢她,"如果你不拒绝,我就默认你喜欢我。"

"我……"

"你拒绝不了。"白路舟打断她,低下头与她鼻尖对鼻尖,喷出来的气息炙热,"不信你试试看,只要你开口了,我就马上亲下去,堵住……"

"啪嗒啪嗒——"

有人着急忙慌地跑过来。

还没看到人,只听到一句粗着嗓门的——"哎呀,我去,我的眼睛……"

与此同时,白路舟的那句话也没说完,眼睛一合沉沉地倒在春见身上,双手还保持着护着她头腰的姿势,冰凉的嘴唇擦过春见,一触即离,却经久难忘。

他们直接去了起州市医院。

白路舟是轻微脑震荡加轻微脱臼,比较严重的是沉水后肺部积水,由于处理得不够及时,肺部有感染的症状,现在高烧不退,医生建议留院观察。

何止这边刚办好住院手续,一回来,春见居然不辞而别了,气得他大骂春见没良心。

床头柜子上放着一块绿色的石头,何止觉得挺好看就捡起来揣进了自己的口袋。他心想有时间了要拿去磨个坠子,跟那块红色的正好凑一对,等将来有媳妇儿了一人一块。

何止一个人照顾了白路舟一夜。

第二天上午,何止百无聊赖,坐在椅子上边削苹果边自言自语:"要不怎么说女子无才便是德,这古人总结得多好。你说你堂堂建京首富的儿子,要什么样的女人没有,偏偏要去招惹个女博士。这下好了吧,被人牵着鼻子走了一遭,把自己弄出一身伤不说,最后还被无情抛弃,你真是……"

白路舟蓦然睁开眼睛,吓得何止一哆嗦刀子差点削到手。

"你……你从我说哪句话开始醒的?"

白路舟浑身酸痛,环视一圈:"'建京首富',而且建京首富早就不是白京了。春见呢?"

何止"咔嚓"一口咬掉半个苹果:"谁知道,走了呗。"他添油加醋,"连声招呼都没打。"

"走了?"白路舟觉得心里一空,用力用一条胳膊撑起来,"就没留个东西,或者留下什么话?"

何止又咬了一口苹果:"毛都没留一根。你不会真喜欢上春博士了吧?"

白路舟化失落为脾气:"开什么玩笑,那种不解风情硬得跟块石头一样的女人有什么好喜欢的?放着那些肤白貌美大长腿我不要,我去喜欢个第四人种,我有病啊,还是闲得没事做?真的是,什么意思啊,说走就走,想留就留,一点儿礼貌都没有!走了就别再联系了,以后大路朝天各走一边,傲个什么劲儿啊……"

何止手上拿着剥了一半的香蕉,愣是叫他给说得不敢继续了,试探着问:"要不,我再去找找他们医院的精神科,看看你脑子是不是……"

白路舟飞起一脚踹过去:"边儿去。白辛呢?"

"山上呢。要不让闻小姐带她下来?你这住院还不一定要住到什么时候呢!"

白路舟更是气不打一处来,冲他瞪眼:"住院?多大点儿事,你还给办上住院了?消耗社会资源啊?"

何止觉得自己很冤:"人家医生说的,说你这儿不对那儿也不对的,我一寻思,你不然就趁机好好休息几天。你看看你从退伍到现在,天天搁那儿赶趟赶得都不着东西了。"

白路舟岔开话题:"帮我打电话给姜予是,让他重新给我找个搞地质的,直接去阳山等着。"

见何止还在啃苹果,白路舟一巴掌拍他脑门上:"还吃啊!开车去接白辛,起州这边交给闻页,我们去下一站。"

突然挨了一巴掌的何止愤愤起身去照办,走到门口一拍脑袋,突然想明白了:"你这是在朝我撒火?合着春博士叫你不痛快了,你冲我闹脾气?"

白路舟一听到"春"字马上就又来劲儿了:"谁不痛快了?谁闹脾气了?一个女人,我至于嘛!一个麻烦精,我巴不得她赶紧走呢!当这世界上除了她,我就找不到别人了是吧?还选C,她怎么不把24个字母都选一遍……"

何止听不下去了,打断:"哎哎哎,字母表上的字母一共是26个。"

"老子说的是除了A和B剩下的24个。"

"什么乱七八糟的玩意儿,你就是喜欢人家,还不承……"

眼瞅着白路舟抓起床头柜上的玻璃杯就要砸过来了,何止一个激灵跳出门,随手一关,"咣当"一声,身后的杯子碎了一地。

何止松了一口气,在门后抚着胸口把话补完了:"还不承认。"

那边何止一走,白路舟就迫不及待地问小护士借了充电器给手机充上电,刚开机,就把春见的电话拨通。

响了很久,她才接起。

对方喘着气,声音软软的:"醒了?"

听到春见的声音,白路舟堵在嗓子眼的火气瞬间烟消云散了,之前酝酿的一肚子骂人话一句都不记得了，声音温柔得都能掐出水来："你还好吗？没感冒吧？其他地方呢，有没有不舒服？"

"没有，我很好。"

确认了对方没事儿之后，白路舟才受气包一般哼哼："你怎么走了也不说一声？"

春见扶了扶头上的安全帽："我说了呀，你没听到罢了。"

白路舟嘴角一扬，满心期待："说什么了，你再说一遍，我想听。"

"也没什么。"

"什么叫也没什么？"

春见学着自己之前的语气："我就说'我走了啊'。"

白路舟："……"

电话那边传来别的声音，喊了句"春见"。春见回了什么，白路舟没听到，然后感觉电话又被贴在春见耳边。她说："那就这样，我挂了啊。"

白路舟急了："你很忙吗现在？"

"嗯。"

"多忙？不能再说两句？"他那不自觉带上的撒娇语气自个儿都没发觉。

春见犹豫了一下："那你说吧。"

白路舟一点没不好意思："你想我了吗？"

"还有别的话没？"

"我是病人，你就屈尊说点儿好听的行不？"

"……"

春见挂在岩壁难度系数最高的那个区域，一手拿着手机一手拿着笔记，听着白路舟在电话那边有一搭没一搭地说着话，根据需要时不时地回上两句。

一个小时的时间眨眼就没了,听到那边护士提醒拔针,白路舟才心不甘情不愿地挂断电话。

而这边,春见举着手机的胳膊早就酸得没力了,采集完最后一组数据,顺着顶绳下到山脚。

闻页迎面走来,指着她手上拿着的东西问:"你有必要做到这个份上?"

春见将岩石样品和笔记塞进背包:"我拿了钱总得把事情做完。整个岩壁的岩石质量还不错,我回去之后会出一份详细的鉴定报告。还有,阳山那条你们计划用来越野的路线,我之前正好做过相关地质考察,整理好了一并发你。至于河浊,蹦极所需要的地理条件大于地质条件,但如果有需要你也可以给我通知,时间允许,我随时过去。"

"春见,"闻页叫住她,"你喜欢白路舟?"

"不关你的事吧。"春见脱掉安全帽,捋了捋头发。

"当然不关我的事。但你要是说你回头善尾仅仅只是出于你的职业道德,我也是不相信的。白路舟年轻,长得不错,有钱有身材,都是让女人动心的理由,但——"闻页看了她一眼,"你就此打住吧,他不是你玩得起的人。"

"哦?"春见来了兴趣,"你说说看,我怎么'玩'不起他了?"

闻页笑:"我是看在你救过我的分上才友情提醒你。他当年大学刚毕业就被白叔送到九方山,你知道是为什么吗?是因为他那个时候把我们这个圈子里最乖的女孩儿肚子搞大了又不想要,那女孩儿没得善终。而他呢,不过是去九方山当了三年的兵,回来后依旧在建京混得风生水起,这件事对他根本没任何影响。我们圈子里的女人跟他搞在一起的下场都尚且如此了,何况是你。"

"好,你的建议我收下了。"春见面不改色手下不停地收拾自己的东西。

闻页没想到春见听完那些还能这么淡定，很不理解："你是觉得无所谓，还是即便这样你也要继续喜欢白路舟？"

春见抬眼，眼尾的睫毛唰地翘了起来："你关心过头了。"

"我们这个圈子，不是你想融进来就能融进来的……"

春见起步准备下山，打断她："你们这个圈子？在我心里，地球上包括地球在内也只有大气圈、生物圈、水圈和岩石圈。你们单独把自己拎出来，算什么？"逼近她，"我不喜欢拐弯抹角，所以你想表达什么？我大胆猜一下，是怕我进了你所谓的圈子之后会抢了你在姜予是教授心里的位置？"

"你胡说。"

"胡没胡说你自己心里清楚。你的友情提醒我无以回报，不如也帮你友情分析一下，你喜欢姜予是教授是因为你觉得他和其他人不一样。你认为他走的是老实本分正经的社会精英路线，所以适合拿来共度一生。可是你有没有想过，物以类聚人以群分，同则聚异则分，并且近朱者赤近墨者黑。既然白路舟都那么不堪了，姜予是又能好到哪里去？况且，他不喜欢莺莺燕燕，不代表他不喜欢花花草草。不巧的是，我归类于莺莺燕燕，而你又不属于花花草草。"

闻页一圈听下来给听蒙了："你什么意思啊？"

"就是话里的意思，你听不懂也没关系，反正我也不知道你前面在说什么。"

闻页："……"

闻页没那么好心，春见也不愚蠢，所以最终落得个互相硌硬、不欢而散的下场。

友情？

不存在的！

春见冲闻页笑了一下，转身大步朝山下走。

路边延伸出来的藤蔓枝条扫到春见脸上,打得她的耳朵火辣辣作痛。

拦了一辆去起州市的皮卡,她坐在后排,窗口开得很大,风吹在她的脸上,头发乱飞。她在手机上买了一张回建京的火车票,之后翻开电话簿,选中白路舟,打开短信输入框,在上面打了一行字:你为什么不问问我答案C的内容是什么?

犹豫了一会儿,她还是删了。

眼前光景模糊,她靠在椅背上,身体慢慢下沉,脑海里关于他的形象渐渐清晰。

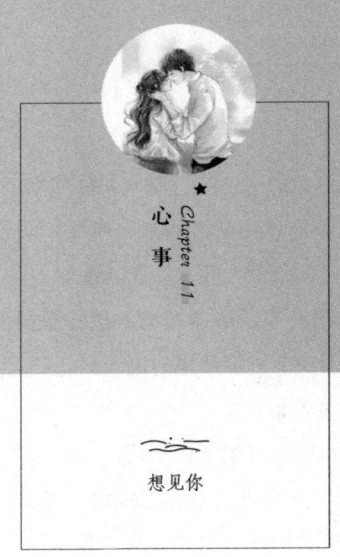

Chapter 11 心事

想见你

    小区对面的路边停着几辆卖水果的货车，司机躺在驾驶室小憩，一条胳膊伸出来架在窗口，手背上沾着的果糖引得苍蝇都飞过来围着他的手"嗡嗡"个不停。

    车厢下面的地上丢了一层包水果用的白色塑料网和黄色包装纸，还有一些烂了的果肉和果皮。

    车尾处，老板娘拎着一杆秤正据理力争着："你仔细看清楚了，我这秤砣它不会说假话，三斤二两高高的，亏不了你。"

    "你这桃子一看就是放了好几天的，卖这个价格也太贵了。"

    老板娘心里不悦，但脸上还挂着笑："不是，大哥，你别挑剔完我这秤又开始挑剔我这桃子啊，我做个生意也不容易，咱都是痛快人，你要买就买，不买也别捣乱不是？"

    "行，你给我称三斤，我先赊账。"

    "不是，这点儿钱你还给我赊账，我送你吃好不啦？"老板娘说着就把桃子往回收。

"你这样我多不好意思……哎,乖女儿你回来了?"

春见低着头刚准备溜过去就被春来给叫住:"快快快,你妈最喜欢的水蜜桃,我这刚出门太急没带钱,你先给垫着。"

春见回头看了一眼春来,从他布满血丝的眼白上就能看出,他绝对不是刚出门,至少昨天晚上肯定又是一夜未归。

"快点啊。"春来催促。

春见从口袋里掏出一张红票子递给他。

春来笑嘻嘻地买了水蜜桃又紧巴巴地跟上春见,从塑料袋里掏出一个,在自己身上擦了擦递给她:"来,乖女儿你先吃。"

春见瞥了一眼,接过水蜜桃拿在手上,准备回去还是用水洗一下再吃。春来没那么多讲究,胡乱在身上滚了滚就往嘴里送,看了一眼春见身上的背包,问:"你是不是又住实验室了?两三周没回来,我看着你都瘦了。"

春见敷衍着"嗯"了一声。

"春生也大半个月没回来了,不是我说你们姐弟俩,真是没一个叫人省心的。"

春见偏头盯了春来一眼:到底是谁不让人省心啊?

春来叫她给盯得浑身不自在,终于收了话题。

两人并肩走到小区门口,"来上网吧"大门闪现留芳的身影,春来一惊,将桃子塞到春见怀里:"我突然想起来,你李叔叔找我下棋来着,你先回家。"

说话间,留芳已经推门出来,冲着春来的背影喊:"春叔叔,今天双色球开奖别忘了兑啊,你买了两百注,总不能一张都中不了。"一回头向春见伸手,"四百块。"

春见把她的手打开:"我跟你说多少次了,不要卖彩票给春来,不要让春生进你的网吧,你不听那就当你学雷锋做好事了,我不管。桃子吃吗?"

"哎呀，不吃不吃！你这就有点不讲道理了啊，我开门做生意哪有把人往外赶的？"

春见收回桃子："那你们一个愿打一个愿挨，有我什么事？"

留芳："你……"

春见转身进小区，踏进单元门，一只黑色英国短毛猫从楼梯上冲下来，"嗖"的一声越过春见钻进了花丛里。

接着上楼，刚走到二楼和三楼的转角处，又一个东西从上面滚下来，汁水飞溅，最后"咚"的一声撞在春见脚边的墙上，打了几个旋儿停下。

是半个西瓜，吃了一半的红瓤上还插着一把不锈钢勺子。

春见都没回过神来，三楼她家对面那户的大门"嘭"的一声从里面被人推开后狠狠地撞在墙上，又反弹回去"啪"地合上。紧接着，留芳爸大步下楼，脸上带着抓痕，从她面前经过连招呼都没打。

门很快又被人从里面打开，留芳妈探出个头，脸上留着一半浓妆，不知道是正在卸妆还是正在上妆，她对着楼道破口大骂："留国栋，你个孬种还长本事了啊，敢给我摔门，有本事你就别回来，老娘有的是男人往家带，你算个什么东西！"

春见低着头走上去，对视上留芳妈，犹豫了几秒，还是得开口打招呼："张阿……"

留芳妈瞥了一眼春见，扭身将门甩上，把那个"姨"字挡在门外。

春见松了一口气，掏出钥匙，刚插进锁芯，自家门就开了。

王草枝红着一双眼，看到春见跟看到救星一样拉住她："你可算是回来了，生儿他班主任刚给我打电话说他已经两周没去学校了。可他跟我说，他这两周都要在学校念书不回来啊。你说这可咋办啊，他要是有个好歹，我也不活了……"

"你儿子你还不了解？"春见没看她，径直进屋把行李放下，坐了一夜火车，她现在浑身酸痛，只想洗个澡睡一觉，"肯定躲到哪个网吧玩去了，我跟你说了，不要给他那么多钱，你不听。"

"不能够的，生儿虽然贪玩，但不是心里没谱的孩子……"

春见给自己倒了一杯水，边喝边说："能别自欺欺人吗？他有谱没谱你心里真没数？不放心你去对面找找他同学问问看，他要是不在网吧，我'见'字反着写。行，你别闹我了，我累死了。"

"你怎么能这么说话啊，我还没问你这三周去干什么了呢！"隔着卫生间的门，王草枝话锋一转，"我跟你说啊，咱家那空调制冷不行了，我上次跟你李阿姨逛商场，看到夏季电器打折，要不咱换新的吧？一晚一度电的那种，打完折也不贵……"

春见将花洒开到最大，热水冲下来，才隔绝外面絮絮的唠叨。

之后王草枝追在她身后说了什么她全然没印象了，洗完回到房间倒头就睡，一觉醒来天都黑了。

放在床头充电的手机在开机后噼里啪啦地来了几十个未接电话，全是白路舟打来的，从上午八点开始，每隔半小时打一个，一直打到了下午三点。

短信也收了一大堆，除了几条垃圾短信全是他发过来的。

她没时间一一看短信，慌忙回了个电话过去，对面却提示已关机。

白路舟下午在阳山，奔驰G系超大车身碾过地上的碎石从斜坡上俯冲下来，换挡、上坡、变车道，驶过小溪涧，然后在路口一个甩尾上了弯道。

一场不正规的拉力赛起始阳山山地河涧，上公路、过国道，接着走阳河高速，终点在河浊，全程800公里。

说是拉力赛，其实也就是请了一些专业玩家和业余明星赛手一起上路造造势，宣传一下而已。

开始之前是这么说的，但谁也没想到，上路后，白路舟跟不要命了似的在前面开路，开得后面那些人不认真追都不行。

这么折腾下来，晚上到了河浊市，陈随觉得自己全身都要颠散架了，一下车就抱着白路舟胳膊不撒手："小舟舟，不带你这么玩的，上路之前不是说就走个过场吗？你吃火药了？你开的是越野不是坦克吧，你造什么啊？"

白路舟胳膊还疼着，粗鲁地推开他，给自己点了一根烟，靠在车门上，情绪不高都写在脸上："你这么跑出来，姜予是知道吗？"

陈随往车身上一瘫，义愤填膺："爷又没签卖身契给他，也就我爸脑子不想事让我跟他学习，我跟他学得着吗，还是跟你一起玩得痛快。"

白路舟吐了一个烟圈，睨着他："你这么混着也不是办法，姜予是有那个心带你，你别惹他。"

陈随嬉皮笑脸，半认真半开玩笑："小舟舟，我跟你吧，你带我也是一样的，唐胤和姜予是都是变态。"

后他们一步到达的何止下了车就风风火火地奔过来，冲着白路舟就是一顿骂："要死啊你，胳膊不想要了？你那脑袋不是叫你给震荡得不想事了吧？"回头对上陈随，"陈随老弟，你可拉倒吧。跟白路舟？他更变态我告诉你。就没见过他这样的，那春博士惹出来的火，你找她撒去呗。这一路叫你给带的，差点没把我也给颠出个好歹来。"

"春博士？"陈随眯着个眼想了半天，"哦，就是那个闻页的假想敌？什么情况啊，我到底该叫她姜嫂还是白嫂啊？"

"还有完没完了？谁认识她啊，爱咋咋跟我没半毛钱关系！以后谁再在我面前提'春'，小心我跟他绝交，什么春天啊、春风啊、春光啊都不行。看什么看，何止你那是什么眼神？老子说的就是你。"白路舟烦躁地锁上车门，"唐胤不是说要来吗？人呢？"

"唐胤我不知道，"陈随冲他挤了挤眼睛，"但是我今儿来给你带了个保准你会开心的人，别说博士了，你要什么角儿她都给你演得出来。"

白路舟给了他一记冷眼，并没接腔，打头上了酒店的电梯。

何止揉了揉陈随："啥意思啊，我咋没听懂，你给白路舟带了个啥，那么神奇？我也要。"

陈随眼睛一眯，露出一排小白牙："温柔乡呗，你要啊，没问题，给个房间号，等下给你送去。"

"好嘞，我的房间号是……"

前面白路舟回头一声吼："陈随，你再不消停，老子报警抓你啊。"

"喊，床下君子。"陈随嘟囔一句，跟在何止身后进了电梯。

回到酒店房间，白路舟将身上的东西掏出来丢在桌子上。手机早没电了，他捞过一根线插上去充，长腿交叠坐在沙发上等着开机。

那段时间里，他一直别扭，但不知道在别扭什么，心里堵得难受，像在梦魇里挣扎，却冲不出去那样。

恍惚间，有人来敲门，白路舟偏头，压着嗓音问："谁？"

对方没响应，但敲门声还在继续。他想到之前陈随冲他使的眼色，心中已了然，懒得再回应，那人又敲了几下，十分钟后声音消失。

手机开机，春见正好打电话过来。

白路舟一秒钟没耽误接起，开口就是撒娇："我好想你。"

春见带着刚睡醒的鼻音问："你在哪儿？"

"阳山呢，离你又远了一千公里。"

春见问："要我去找你吗？"

"你这话的意思是，你也想我啦？"

白路舟习惯了在嘴上占春见的便宜，反正对方不是忽视过去就是转个话题，所以也没对她的响应有啥期待。

没想到，隔了几秒之后，春见回："嗯。"

这个"嗯"瞬间就把白路舟给"嗯"激动了，一个翻身，"咣当"一声撞在了桌角上，脑袋一阵眩晕，但接着，他猛地睁眼，发现居然是一场梦。

还真是疼。

而那冰冷的手机还躺在桌子上，充电条显示满格，正发着诡异的绿光，白路舟低声骂了句糙话，起身钻进浴室。

没开热水，冷水从头顶浇下来，脑袋一阵刺痛。冷静下来之后，他觉得自己再这样下去，八成得疯，他需要出去"浪"。

酒店顶层的夜场，灯光闪烁酒水剔透，家具、地板一色儿闪闪闪，终于符合了何止心中对有钱人生活的想象。

白路舟洗完澡后换了一件衬衣，双腿交叠坐在沙发上，扣子解开三颗，领口大敞，射灯的光滑过他的脸、喉结，滑过锁骨钻进衣服里。

跟着灯光一起动作的是一双柔若无骨的女人的手。

带着脂粉的香味。

不难闻。

但他不喜欢。

白路舟沉着脸，推拒了好几次，对方依然黏上来。终于在那女人试图解开第四颗纽扣的时候，他忍无可忍一把将对方甩开，压着嗓子说："滚。"

他音量不小，四周的热闹瞬间凝固。那挂在他身上的女人脸上一哂，呆愣在原地，眼泪都要流出来了。

陈随挤过来，拍着他的肩膀问："你什么意思啊？"

白路舟指间夹着烟，反问："什么什么意思？"

陈随小声挤对："你少跟我装蒜，刚才人家敲你门你为什么不开？现在又这么粗暴，懂不懂怜香惜玉？"

"我打开门，然后让那些狗仔乱写？你就这么想送我上热搜啊？"他一指在一众女人安慰下还委屈抽泣的女人，"她是谁以为我不知道？

上位史那么精彩,你是嫌我日子过得太舒坦铁了心要给我惹一身臊才满意?"

陈随立马撇清:"不关我的事啊,是唐胤安排的,她也算是舟行旗下的艺人。唐胤的意思很简单,就想让你捧捧她。之前你不在,都是唐胤打理的舟行,现在你回来了,为了公司利益牺牲牺牲色相怎么了?"

他倒是说得理所应当,白路舟却面色越发凝重。

他将手中的酒杯重重一摔:"那行,你把人给叫过来,我躺平了给她上!"

"不是,你这是演的哪一出啊?"一见白路舟真上火了,陈随瞬间急眼了。

白路舟也懒得解释,推开他起身出了这乌烟瘴气的房间,掏出手机给唐胤打电话。

唐胤盯着计算机上的数据,一边手下不停地把收集到的有效信息发给姜予是,一边偏着脑袋夹着手机跟白路舟说话:"我没过去,你这是来兴师问罪了?"

白路舟本想发火,但只听到电话那头敲键盘的声响,忍了气,问:"还在加班?"

"HOLD 遭到恶性竞争,我正收集证据扳倒对方,免不了一场嘴上官司,不过还好有姜教授在。"语气中明显带着笑,但也听得出来,没感情。

什么玩意儿?白路舟没听明白,在脑子里搜了一圈,问:"你说的是两年前投资的那个 HOLD 电竞俱乐部?"

"哟,难为你还记得。"

白路舟勾唇苦笑,这时候心头的火已经灭了一大半,他语气沉沉:"这两年辛苦你了。"

唐胤一顿:"嗨,你跟我说这个干吗?"

"舟行刚成立没多久我就走了,都是你在打理,我的确也没出什么力。"

一听白路舟语气这么正式，唐胤也认真起来，关掉计算机屏幕，握着电话问："我听说你前些天落水还受伤了，没事吧？"

"没啥，一点私事。"

"哟，"唐胤笑，"这么说传闻是真的了？"

这时走廊拐角处传来高跟鞋叩击地板的声响，白路舟心里一讪，那女人真够执着，陈随也是花了点儿心思，从身材到长相都是照着他喜好来的。白路舟边接电话边偏头扫了那女人一眼，那女人顿时像收到什么信号一般大着胆子继续朝他走来。白路舟嘴角一勾，转身按下电梯按钮，刻意拔高音量像是故意让那人听到："是真的，老子有心上人了，所以以后别给我安排那些乱七八糟的女人。"

高跟鞋敲击的声音戛然而止。

唐胤隔着电话哈哈一笑："好事儿呀！能把我们白公子收住的得是什么世外高人啊，回头带出来给大家认识认识呗。"

白路舟搪塞："再说吧。"

唐胤识趣，及时止住："行，等你从河浊回来，咱好好聚聚。"

白路舟挂了电话，恰好春见的短信进来了：白天手机没电了。

从字面上就能看出对方的敷衍，白路舟只觉得心里一阵莫名的难过。

从开始到现在，一点点好奇，一次次试探，一步步沦陷，都是他自己的事儿。

这种难过无关自尊，只是得不到响应后心里落空，觉得一切都没劲透了。上赶着什么的无所谓，可要是因此让对方厌烦的话，白路舟就觉得没意思了。

他没有再回复春见，只是转身又去了那个鬼哭狼嚎般热闹的包间，叮嘱何止："我要是醉了，你记得送我回房间，守住门，要是我醒来床上有乱七八糟的女人,你就死定了。"

何止好想哭,他好不容易有机会真正体验一把有钱人的疯狂,结果疯不疯狂他完全没印象,倒是盯了白路舟一晚上让他差点疯了。

在白路舟房间的沙发上将就了一夜,结果第二天早上,当他黑着眼圈,浑身酸痛地和白路舟一起从房间出来时,撞上了一脸惊吓的陈随。

他当时没反应过来陈随那目光里的深层含义,但他总觉得自己可能哪里被误会了。

反正之后很长一段时间,他在白路舟那个圈子里再也没约到过女生,哪怕只是一起看星星看月亮的那种也没有。

春见在计算机上敲下论文提纲的最后一行字,来回检查了好几遍才发送给张教授。

她伸手去拿水喝,发现杯子已经空了。她拿着杯子去厨房,走到客厅看到王草枝站在大门口正扯着化颜爸爸唠嗑,化颜爸爸一脸无奈又不好意思拒绝的表情。

王草枝说:"孙姐也是年纪轻轻没了老公,以前孩子还小她不想拖累别人就一直没找,现在不是孩子都大了嘛。虽说比你大三岁,但女大三抱金砖……"

化颜爸爸手里提着一大堆东西准备去店里,被王草枝那么拽着走也不是留也不是,面上挂着笑,但眼睛里的尴尬都要溢出来了。

春见只觉脑仁疼,冲王草枝喊:"妈,我爸电话,找你。"

王草枝这才放开化颜爸爸:"话就说到这儿,你考虑下啊。"扭头问春见,"电话呢?"

明显没有电话。

春见边倒水边说王草枝:"化叔叔如果想找老婆的话,他自己会说,如果他没说,那就代表他不想找。你别一天到晚有事没事乱点鸳鸯谱行吗,我和化颜以后不用见面了吗?"

王草枝面露不悦:"就你能说会道,我这叫关心邻居,化颜爸爸一个人多不容易。哎,我说,司伽都多久没来家里了,你们岁数也都不小了,还要让我这个当妈的操心到什么时候啊?"

春见一口水噎在嗓子眼。王草枝提到司伽,她脑海里瞬间想起来的却是白路舟。

短信发过去,他没回,她也没追问,于是所有的一切都像不曾发生那样,石沉大海,没了音信和后续。

但是,心里失落是真实的。

收回神游,她把计算机合上,打开窗子,放了外面的热气进来,盖在长发下的脖子马上就开始蒙汗。她望了一眼远处挂在城市高楼顶上的夕阳,然后又把窗子关了。

这时化颜打电话过来说他们地理杂志联合地理频道要做一期地域美食纪录片,差个脚本撰写的人,问她有没有兴趣。

一个本科读地质、硕士研究自然地理、博士又重回地质的工科女,为了满足各种撰稿需要自学人文地理,看看不懂的文艺片,读十分烧脑的文艺书籍,这都不是兴不兴趣的问题,有关生计,春见根本无法拒绝。

和对方约在市中心见面,春见换了出门的衣服,背包下楼的时候遇到上楼的留芳妈,对方手里点着烟,侧了身给春见让路。

春见点头表示感谢,擦肩而过。

夜幕降临,华灯初上。公交站台的灯箱广告在医美整形和无痛人流之间来回切换。

加班到这个点的姑娘打着电话吐槽老板惨无人性,加班没有加班费,房租又要交了,信用卡还没还完,购物车里的东西都放到失效自动清除也买不起……

春见低头用脚尖踢了踢路边的石柱,不远处热浪扑来,147路公交车开进站,不是她要坐的,她往后退了一步,眼睛扫到车身上的广告,心跳一滞。

一个月前,暮春初夏的早晨,天气还没有现在这么热,当时她没有留心,现在那张照片重新出现在她眼前她才注意到——人群之中,自己站在不起眼的角落露了个脸,不起眼的她旁边站着笑容灿烂的白路舟,他抓着她的手腕,一直抓着。

车门闭合,又是一阵热浪扑过来,春见朝后退了一步,车子拐弯变道驶入另一条路。

微凉的手腕上的温热触感突然变得真实起来,仿佛白路舟就站在她身边,还抓着她的手。

她扭过头,却只看到下晚自习的高三学生成群结队地走过来把站台挤满的画面。

白路舟不在。

"'春天生'真是可惜了,长得那么帅,技术也不是一般地高,但没想到人品居然渣到爆。"

"亏我为了给他打赏还把压岁钱都拿了出来,一颗真心喂了狗,以后再也不敢'饭'谁了。"

"不过他真的好帅,我还以为他能成为电竞之光,没想到结果给我来了个这……"

"你们那算什么……哎,车来了,走吧。"

春见排在人群最后,上车的时候前门被堵得水泄不通,她刷了卡绕到后门,车门刚关,包里的手机振了起来。

与此同时。

应江上游,京陵区,金牛座C栋17楼,舟行娱乐会议室。

冷气开在16℃，负责放幻灯片的姑娘连着打了三个喷嚏。

唐胤侧目，凌厉的视线扫到姑娘身上，又一个喷嚏姑娘愣是忍着没敢打出去。

会议桌右边靠门的地方，坐着刚刚从河浊回来的白路舟，陈随支着脑袋挨着他坐在旁边，姜予是倚在陈随的椅背上，翻看着手中的资料。

"因为起诉需要法人签字，所以才叫你回来的，要是太累，你可以先回去休息。"唐胤面上带着笑，话语却让人无法拒绝。

白路舟抓过桌上的空调遥控将温度调到了26℃，没理会唐胤，转头问姜予是："对方侵权的证据我们掌握了多少？"

姜予是合上资料："未经我方授权，对方擅自转播此次亚洲区全程赛事的视频已经备份，当然，这只是起诉对方的原因之一。第二个原因，对方平台旗下的战队几次在与我们俱乐部下面的战队比赛时，疑似使用外挂等黑科技赢得比赛，导致我们损失严重，技术部门已经拿到相关资料。"

顿了顿，姜予是继续说："题外话，这两年HOLD俱乐部战队在国内电竞行业里一直领跑。今年，特别是春季之后，对方战队却扶摇直上异军突起，拿了好几个比赛的冠军。我私下调查发现，同一时间，对方平台涌入了几笔数目相当可观但来路不明的资金，或高薪聘请或挖墙脚买了一大批技术不错的选手，其中也有我们战队的前成员，这属于恶性竞争。他们甚至让这些选手在自己平台内直播比赛涉嫌套现，或者说洗黑钱。针对这部分已经匿名举报，据说他们平台的负责人和几个表现抢眼的选手已经被请去喝茶了。"

陈随不理解："他们洗不洗黑钱啥的跟我们有什么关系？"

姜予是抬眼看了看唐胤，见对方没反对，于是回答陈随："当然有关系，往大了说他们是在扰乱行业秩序，藐视法律法规。作为一个合法公民，举报社会上的不良行为人人有责；往小了看，你唐总春季看上了一位选手，而那位选手不巧被对方签走了，还次次冒尖，扎得你唐总浑身冒血。是可忍，孰不可忍？"

陈随怃然："哦，也就是说，只要扳倒对方平台，我小唐总心心念念的小哥哥就能来咱们战队了？"

唐胤插话："不可能，我从不吃剩饭。举报的目的就是要他背上污点从此彻底消失在电竞圈，这种为人渣卖力不分好赖的人，不配来我们俱乐部，也不配成为电竞人。总之，这一次不仅要一举摧毁对方平台，还要让所有签约了对方平台的人永无翻身出头日。我就是要让整个行业知道，惹了不该惹的人会有什么下场，杀鸡儆猴，才能永绝后患。"

白路舟听得头疼，揉了揉鼻梁，拿过桌子上的起诉书准备签字。

姜予是却忽然按住他的肩膀，提示："你再仔细阅读一下，一旦签字，事情就不可逆了，后果无论好坏，都要承担。"

白路舟抬眼对视上姜予是的目光，笔下顿住。

Chapter 12 情绪

你既然管了我，
就要管到底

"姐，我真的什么都不知道。"隔着窗户，春生快哭出来了。

春见坐在他对面，沉默。

春生一双手修长匀称，此刻它们正抓在窗户的钢筋上，他不断为自己辩驳："真的，我就每天打打比赛搞搞直播，我什么也没做。就……就突……"

"春生，你生日是6月1号对吗？"

春生一愣，木讷地点了点头。

春见点头："那就好，你已经满18周岁了，你懂我的意思吧。"

"不是，姐，"春生欲哭无泪悔不当初，"我打比赛是赚钱了的，我不是为了玩，我是为了……"

"春生，你知道你在做什么吗？"

春见打断他，心里一片荒凉。这种擦屁股的事从小到大她做得太多了，多到现在再面对都要吐了。

只是要说无奈，春见更甚。

春见见他一脸蒙，叹口气，耐心解释："前脚警察刚打电话通知我，理由是你疑似协助了某平台洗黑钱，证据确实充分的话，是要判刑的你知道吗？后脚你班主任给我发了信息，说学校针对你屡屡逃学，学风不正的行为，要给出相应的处罚。我多了一句嘴，问她可能会怎么处罚，她告诉我，劝退通知就差校长签字了。"

春生涨红着脸，握着钢筋的手蜷曲了一下，指甲不经意刮到上面，发出刺耳的声响。

"春生。"春见抿唇，"的确，我没有给你树立好的榜样。我读书读到博士，却没有给家里带来很好的物质生活，让你产生了读书无用的想法，我不是个称职的榜样我无话可说。但是，春生，我从来不会对发生在自己身上的事情说'我不知道为什么会这样'，我即便做错了事情也知道为什么做错了，错在什么地方，我知道什么是'是'什么是'非'。你呢？你知道吗？"

春生哑然。摆在明面上的是非，他当然知道，但稍微被人拐一下，那就未必了。

春见起身："我看这里面也挺舒服的，你就好好待着吧，该吃吃该喝喝，老实说，我还真羡慕你。"

"不是，"春生扑向窗口，哭了，"姐，你真不管我了？"

看见铁栏杆里的弟弟，春见也很难受，但是她确实没办法，一点儿办法都没有，那一口气憋在嗓子哽得没法呼吸。

走出看守所已经是晚上十一点，她站在川流不息的人潮中，一下子找不到方向，不知道要去哪儿了。

城市另一边——

白路舟将手中的签字笔朝桌子上一摔："起诉选手个人的那些条款去掉。"

唐胤蓦然抬头："什么？"

白路舟用指尖捻着资料，看得认真："没必要。"

"没必要？只要是参与了对方平台……"

白路舟合上资料，起身，高大魁梧的身影挡住了唐胤面前的光："不管对方平台用何种方式，对我们造成了何种损失，对方平台的选手如果主观意识上是不知情的，那他们也是此次事件的受害者。我们要做的、能做的，是用一切合法合理的手段讨回我们的权益。至于将对方选手赶尽杀绝的做法，唐胤，你觉得合适吗？"

唐胤说："商场本来就是如此，没什么合不合适，一切以利益最大化为原则。当初我给了他们选择，他们……"

"他们的选择不是HOLD，所以你就要除之而后快？你把个人情绪置顶，还敢说一切以利益最大化为原则？"白路舟双手撑在桌子上，俯视他。

唐胤抬头，目光含笑，语气却是冰冷的："这三年，公司大小事务你都没经手管过，很多东西你不知道……"

"所以，"白路舟迎视上他，丝毫不让，"我从现在开始知道，不可以？"

唐胤勾起的嘴角有一丝松垮："你以为，公司走到这一步，很容易？"

"不容易。"白路舟走到会议桌最前面，关掉投影仪，对一直躲在角落打喷嚏的姑娘说，"你先出去，把门带上。"

唐胤冷笑："你以为，我做这些都是出于我的私人情绪？这件事如果不亮出我们的态度，今后就会有更多不入流的战队出现分食这个市场，到时候，你要怎么做？啊！把自己辛辛苦苦开拓出来的领域拱手让人？"

"不至于。"白路舟迅速浏览了一下这两年电竞比赛的相关资料，"这几个人在亚服排名都很靠前，还有国服前五的选手。我秉信勤俭节约是中华民族的传统美德，你不吃剩饭，我吃。"

唐胤指出："为了一点金钱利益就不分黑白的人，你就算把人要过来，也不可能指望他对你忠心。"

白路舟略显疲惫："我要他忠心做什么？这种吃青春饭的行业，一个选手的职业寿命就那几年，在他们心里，价钱多少就是用来衡量他们自身价值的标准，所以谁出价高就跟谁，这是行业规则吧？换作是你，十七八岁的年纪，你会怎么选择？再说，"他将椅子挪开，双手撑着桌面，身体前倾，带着前所未有的强大气场，"都是利益至上的生意人，我们关上门说话，谁黑谁白，你说得清？对方用金钱诱惑他们，你就用权势扼杀他们。如果我们真那么做了，和对方平台又有什么区别？"

唐胤双手握拳："这件事我们各执己见，你是公司的最大股东和法人代表我尊重你的想法。但，舟行的执行董事是我，所以我不会放弃我的决策。"

白路舟扫了一眼唐胤，无意再继续争执，止住话题，推门出去。

一股热气从门缝里溜进来，扑到门口陈随的身上，他起身双腿一软，眼瞅着又要跌坐下去，被姜予是一把抓住胳膊，笑："怎么，这就怕了？不是闹着要自己开公司吗？"

陈随头摇得跟拨浪鼓一样，一副受惊不小的模样："我觉得还是跟着你们混比较有前途。"小声嘀咕，"太吓人了，他俩是要吃了对方吗？"

姜予是拖着陈随出门，唐胤没好气地在他身后喊住他："你提醒他一嘴是什么目的？"

姜予是扭头摊了摊手："各司其职而已，没什么目的。"

"算了。"唐胤问，"不需要他签字也可以吧，不是有公章吗？"

"唐胤啊，"姜予是说，"你是不是忘了，我们这群人，没有白路舟是凑不到一起的，没有白路舟就不会有舟行吧？这三年，你作为舟行的执行董事的确是劳苦功高，但我要提醒你，现在白路舟回来了。"

夜风从城市南边吹来，擦过车身流畅的线条，呼啸着涌向夜的更深处。

陈随不明白："你说我小舟舟和我小唐总谁对谁错？"

姜予是系好安全带，左右检查了一遍后视镜："成年人的世界里不分对错，"扭头顺手将陈随的安全带系上，"只看利益。"

"那我就更不明白了呀，我觉得小唐总的做法更简单有效不是吗？为什么我小舟舟要反对？"

"他不是反对，只是他有他自己的想法而已。"

"啊？"

"算了，你这脑袋瓜子是想不明白的，别操这份心了。"

"也是，还不如想想等下吃什么。哎，我们吃什么？要不去你那儿，你给我做？你上次做的那个牛排还不错。"

"好。"

"那我晚上就不回去，住你那儿。"

"不行。"

"为什么？"

"不行就是不行。"

陈随撇了撇嘴："喊，都是大男人，你怕什么，怕我吃了你？"见对方没回话，陈随恍然大悟，"咦，你不是吧，怕我对你有企图？算了吧你，小爷性别男，爱好女，就算你是潘安转世……呸，小爷才是潘安转世，你就把心放肚子里吧。"

姜予是眼尾一垂，偏头看了一眼陈随，把想说的话咽进肚子。

算了，沉默是金。

何止打电话给白路舟，说他要回一趟九方山老家，把他爸妈接到建京来找事儿做。

白路舟刚挂上电话就看到白辛带着两只狗往1号厂房里钻，知道喊她听不见,但还是喊了:"白辛你把狗朝哪儿领呢?回头要是把我那些车划了,你就有狗肉吃了,带到后面……爸?您怎么来了?"

白京背着手,咳了两声,目光像含了铅一样,扫到人身上仿佛是砸过来俩大铅球般沉重,然后几十年如一日的开口就是呵斥:"像什么话,这片厂子就要动工拆除了,你搁这儿是准备给我当钉子户?"

白路舟习以为常,吊儿郎当地回:"哪能啊,我这不是一回来还没找着住处嘛。"

"哼,你在建京有多少房产,以为我不知道?"

白路舟摸了一根烟,看了一眼白京又给塞了回去:"我喜欢敞亮行了吧,您大晚上的跑我这儿干什么?张阿姨知道?"

"谁跑你这儿来了,我就是路过来看看我买的地。怎么,还要你同意?"

白路舟瞥了一眼白京,他头上还戴着某高尔夫俱乐部的帽子,从那边过来要连穿好几个区,可真是顺路。

但他不拆穿,顺着毛捋:"您看您来都来了,不然瞅瞅您孙女?"

说着准备去喊白辛,白京挥手打断:"行了,我忙着呢!"

"大晚上有啥可忙的,要不我给您汇报汇报我最近的工作?"

可还不待白路舟开口,白京就给他总结道:"从九方山回来一两个月内,把这几年错过的手表、车,凡是看得上眼的都收了个遍。你这段时间和谁在一起、去了什么地方、做了什么事,我比你自己都清楚,需要你给我汇报?"

"不是,还有没有隐私了老白同志?"

"你恨不得天天住在热搜上,我想不知道都不行。"白京回身指着他那半厂子车,"好的学不会,这种铺张浪费的行为你倒是青出于蓝胜于蓝。"

白路舟往厂房里走了两步,咧嘴一笑:"您也知道青是出于蓝。再说了，我铺张浪费也没花您的钱不是，也算不上是坐吃山空的纨绔子弟，光这一点就够您乐的了。"

白京显然不这么认为："你那钱虽说不是从我账户里流出去的，但如果我要是真想左右你，你觉得你在建京搞的那点儿小名堂能赚到钱？算了，你自己闹去吧。"

白路舟把白京送出去，殷勤地帮他拉开车门："您看啊，咱爷俩呢互不干涉，彼此相安无事也挺好的。白辛读书的事，您要不愿出手帮我，也别出手给我使绊子，行吧？"

白京钻进驾驶室，看都不看他，直接撂话："你叔叔那里你就不要去找了，别跟人添麻烦。"

既然白京放话了，那想必直接找也是没用的。白路舟还没有不自知到那种地步，所以隔天中午，他带着白辛亲自去了一趟建京二中。

高二年级办公室，靠窗的办公桌上的加湿器亮着蓝色的灯，水雾从里面源源不断地喷出来，给旁边的绿萝叶子上蒙了一层水，汇聚在叶尖，滴下来落在摊开的作业本上，洇掉了红色的笔迹。

陈婧回头抽了张纸巾将水吸掉，然后将纸揉成一团丢进垃圾桶，抬头时脸上还挂着笑："你读高一的时候我还在建京一中教书，你数学老师是我们数学组的组长，天天都夸你。没想到，你居然是春生的姐姐。"

有个别科老师插话："春生这孩子呢，聪明是很聪明，就是聪明劲没用在正途上……"

春见将手中的纸杯放回桌子上，声音不轻不重："春生不是叛逆期沉迷游戏的中二少年，他是职业电竞选手。"

陈婧和其他老师一顿。

春见说："他错在擅自离校，没有遵守校纪校规，并由此给二中带来了非常不好的影响，所以学校对他怎么罚都不为过。但是，"春见站起来,没头没脑地冲陈婧鞠了个躬,"学校是教书育人的地方,教书,传知识;育人,辨是非。一个学生,知识点没弄懂,老师会不厌其烦一遍又一遍地讲给他听;同理,如果这个学生还不会做人,那么,学校就不要他了吗?"

春见没敢看陈婧的表情,但办公室里凝重的气氛告诉她,她有可能搞砸了。来之前,春见告诉自己,要低头,要求情,不要讲道理,装可怜就好了。

但话赶到了那里,她就什么都不顾了,她并不是一个感性的人,说不出那些感性的话也是情理之中。

陈婧人到中年,耐心已经被磨了出来,对年轻人多了许多包容,伸手给春见换了一杯水,示意她坐下说:"道理我们做老师的都懂,但春生这次的影响的确很严重。学校这么做也是希望给其他同学一个警告,不到万不得已,我们也不会放弃任何一个学生。"

春见坐下,手捧纸杯:"这件事还没有最终定论,春生也是受害者。如果春生真犯了法,那不用学校说,我们都会自己来退学。但是,在一切都还没下结论前,请求学校保留春生的学籍。"

陈婧叹了口气,正愁不知道该怎么回复春见,办公室门口光线切换,有人逆光而来。

人还没进门,就听到声音:"我来给我们辛勤的园丁送点儿浇花的水,陈……"

闻声,春见猛地扭头,来人的话戛然而止。

"小舟?"陈婧笑着站起来,并马上回头对春见说,"要不,今天先到这儿,你反映的情况我会跟校长说,有结果了我随时通知你。"

春见的目光落在来人身上,原本已经组织好的用来说服陈婧的话全都乱了,她此刻尴尬得只想赶紧回避,于是一鞠躬:"那麻烦陈老师了。"说完转身,经过时冲白路舟和白辛点了点头算是打招呼。

"急什么，"白路舟在和春见错身的时候一把拉住她，"等我一起。"
陈婧一愣："你们认识？"
"可不仅仅只是认识。"白路舟也没去看春见的表情，反正拉着她的手就是没松开。
"哦？那你们？"陈婧意外中带着极大的好奇。
"我仰慕她、憧憬她、喜欢她，"白路舟直言不讳，补充，"单相思。"
春见窘迫得猛咳两声，脸红得都快充血了，耳朵也跟着红了起来。
陈婧尴尬："这……"
白路舟怕春见又跑了，简单跟陈婧寒暄了两句，正事都来不及说，就跟着春见一起离开了。
他好像很喜欢抓她的手腕，从教师办公室出来直到停车场他也没松开，她也没让他松。
气氛尴尬着粉红着暧昧着，可是口袋里忽然振动的手机打破这份难得的暧昧，春见说："我要接电话。"
"你接呗。"
春见动了动胳膊，白路舟低头看向两人相握的地方，不情愿地松开。
是张教授的电话，他在电话里直接问："你提交给我的资料与你论文提纲中涉及的有偏差，你是笔误还是什么？"
春见有点蒙："不会，数据都是一致的。"
"在建京吗？"
"在。"
"那你过来一趟。"
春见挂了电话，心急火燎地就忘了白路舟，转身就走。
白路舟刚打开车门，扭头的时间，春见就跑了。他瞬间火大，使劲将车门一关，大步追上去拉住她，忍不住爆粗口："让你走了吗？别的女人都是想办法往我身上贴，怎么就你每次看都懒得看我一眼？我是哪一点让你瞧不上？"

"没有啊。"

"没有，你这什么态度？我俩连生死都一起经历了，哦，在你那儿什么都不算是吧？都是我一个人搁这儿自作多情？"

"不是，我有急事。"

"有急事你……有急事我不能送你？"

春见觉得如果她要是回"不能"的话，对方一定会把她给撕了还不会给理由，于是点头："建大。"

跟陈婧说了半天话，在办公室没顾上喝水，到了白路舟车里，春见到处瞄着找水，开上主干道后，白路舟才忍不住问："我就坐你边儿上，你找什么？"

"水。"

白路舟扭头问白辛："后排有水吗？"

白辛小脸笑着，摇头。

白路舟瞟了一眼自己左手边车门上的储物格，拿起一瓶只剩一半的水问："我喝过的，你要吗？"

春见没说话，接过去，打开喝了。

嘿！传说中的间接接吻啊！白路舟心里顿时阳光灿烂，别扭了一周的心情瞬间变好了，这才想起来问："你找我小阿姨干什么？"

春见也不隐瞒："她是我弟的班主任，我弟弟就是上次剐你车的那个，因为给一个电竞团队打比赛被抓了，他们学校要开……"

白路舟手一抖，接着车头跟撒欢的狗一样，不着调地往旁边一扭，"嘭"的一声撞在路中央的护栏上。

后面喇叭声此起彼伏，白路舟赶紧回神，掐着红灯亮之前冲到了对面，找了个路边将车停住："不是给'飞翼'那个傻×平台打的比赛吧？"

"是……"

"神了,"白路舟缓过劲后重新启动车子,"知道是谁告的'飞翼'吗?"

"我查了,是他们的竞争对手,HOLD。"

"知道 HOLD 背后的金主是谁吗?"

"我查了,是舟行娱乐。"

"知道舟行的老板是谁吗?"

"这个还没来得及查。"

白路舟难得正经地给她建议:"我觉得你去求求舟行的老板,他肯定会放你弟弟一马,并且,说不定连带学校那边他都能帮你搞定。"

"你把事情想得太简单了,我弟弟这次惹的麻烦不小。"

"不是我想得简单,是这件事就这么简单。知道省教育局局长姓什么吗?"

春见摇头。

"姓白,他老婆就是你弟弟的班主任陈婧,他是我二叔。"

春见本来想问,那跟我有什么关系,但话到嘴边,却突然反应过来,偏过头不轻不重地总结:"这么说,舟行的老板,肯定也是姓白了。如果我没猜错的话,这位老板,现在正坐在我身边,开着车跟我说着话,对吗?"

白路舟前一秒还沉浸在"这事我能帮她解决"的暗喜当中,结果春见一开口,那种心情瞬间荡然无存,他甚至根本无力招架她投来的目光。他明明什么都没有做,却像是已经做了很多对不起她的事。

他不知道怎么接话,春见也没再说什么。

建京大学百年恢宏的校门立在应江上游经过的地方,门口保安室空调外挂正高速运转着,墙根洇了一摊水。

白路舟将车停在校门口,春见沉默着解下安全带推门下去。他拧着眉头烦躁地看着她走进校园的林荫道,然后消失在一群刚下课的学生当中。

很久之后,白路舟回头看了一眼白辛,白辛也在看着他,脸上不乏失望。

白路舟咂了咂嘴,问:"渴不渴?"

白辛给了他个面子,点了点头。

白路舟摸出几张纸币递给她:"自己下车去买冰激凌,别跑远了。"

看着白辛钻进路边的小超市后,白路舟打开车窗给自己点了一根烟。午后空气中的热浪由远及近,贴着车窗玻璃钻进车厢。

白路舟没抽两口又掐灭,关上车窗拿出手机,盯着屏幕看了一会儿,还是打开了拨号键,输入了烂熟于心的十一位数字。

对方很快接起,却没说话。

"为什么不说话?一声不吭地下车,是准备以后都不见我了吗?"说这话的时候白路舟心跳得特别快。

春见立在院办大楼前,找了个荫凉处:"不是,是在想怎么求你。"

"要是我说,你不用求我,我也会帮你,你信吗?"

"信。"

"那好,我在陈婧办公室说的那些话,你信吗?"

"信。"

"我说我现在很想见你,你信吗?"

"信。"

"待在原地等我,行吗?"

"行。"

白路舟挂掉电话,一脚踩下油门将车开进了建大校园。

而此时，白辛提着冰激凌和水从小超市出来，四处张望了一下，没找到白路舟的车，撇了撇嘴，脑袋瓜子一亮，从袋子里拎出一瓶水朝校门口保安室走去。

地科系院办。

张教授将鼻梁上的眼镜往上推了推，叹气："你怎么回事，资料全都对不上，自己没发现？"

春见站在张教授身后，看了看计算机屏幕："资料对不上要重新实验？"

张教授气恼地敲了敲桌子，拔高了音调："还有别的办法吗？前后穿插错误高达百分之六十，你究竟是怎么回事？"

春见抓过鼠标上下翻着浏览了一遍，敛眉："我的原始资料被人改动了。"马上问，"习铮还在九方山吗？"

张教授急了："被改了？这么大的事儿你一句被改了就完了？你知不知道十月份就要论文答辩，你自己看看还剩多少时间？三个月不到！一个实验周期是半年，你是打算推迟毕业？习铮还在九方山，要我给他打个招呼？"

被张教授那么一说，春见突然明白过来："推迟毕业就意味着研究院那边的名额跟我无关了。呵！"她扫了一眼计算机上九方山油叶岩项目小组的名单，苦笑，"看来刘玥说得还真对。算了，我自己想办法，习铮那边也不用打招呼了。"

"春见啊，"张教授一副痛心疾首的样子，"不是我说你，才一个月不见，你怎么瘦成这样了？是不是还遇到了别的什么事情？"

"没有。"

春见把两份资料下载好，跟张教授道别后就离开了。

是谁改了她的数据，她心里一清二楚。

院办大楼下,白路舟靠在车身上浪荡又潇洒,身边围着几个抱着书经过的女同学,仰着头在说什么。

他抱着手站在她们中间,脸上挂着笑,一副很愉悦的样子。

"可以跟你微博互关一下吗?"其中一个女生满心期待地问,眼中流露着不加掩饰的爱慕。

白路舟刚拿出手机,春见就一个大步走过去,夺下他的手机,冲那女生道:"他没微博。"

那女生划拉着手机,把白路舟的微博号找出来:"那这是什么?"

"有也不跟你互关,可以吗?"春见将白路舟的手机塞回他的口袋。

"她……"女生一脸委屈地看向白路舟。

白路舟一直都笑嘻嘻的,他简直爱死春见的小情绪了,把人往怀里一拽,根本无视那女生,低头问春见:"你既然管了我,就要管到底,你可想好了?"

春见抬头对上他的目光:"嗯。"

白路舟腾出一只手轻轻地捏了捏她的脸:"不错,有胆识!小姑娘,我很欣赏你呀。"

不合时宜地,春见问:"白辛呢?"

白路舟一下子惊醒:"完了,光顾着来找你,把她给忘到大门口了。"

Chapter 13
滚烫

我见过你，
好多年前

建京今夏的第一场暴雨下了半个小时，金牛座的玻璃外墙被冲刷一新，雨停的时候是下午三点整。

会议室里烟雾缭绕，白路舟起身将窗子推开，雨后清新的风随之刮进来，将他额前的头发撩起，露出光洁宽阔的额头。

参加会议并支持唐胤决策的人数过半，按道理说，白路舟应该放弃了。他宣布散会，留下了姜予是和唐胤。

唐胤沉着脸，指间的烟一根接一根不停，姜予是倚在桌子上等白路舟发话。

白路舟松了一颗领口的扣子，语气很轻："真要和我对着来？"

唐胤眉头紧锁，狠狠吸了一口烟，没抬头，目光转向窗外："你知道从应江开车到这里需要多久吗？"

白路舟眼皮一抬，锋芒毕露："堵车俩小时，不堵车……没有不堵车的时候。"

"对。"唐胤勾起唇角，"那个时候我住在应江，还没有车，穿城来一趟京陵平均要花一个半小时,来回一趟就是三个小时,这样的日常我每天都在重复。你说要合伙开公司,你有钱,陈随有人脉,姜教授有知识,而我唐胤什么都没有。我当时有的只是一腔热情,所以做事情都生怕自己做少了,没做到位,会让你觉得我不配跟你们合伙。"

他望了一眼姜予是,又回到原题:"那天姜教授告诉我,让我不要忘了,没有你,我们四个就凑不到一起,也不会有舟行。我没忘,他说的我承认也同意。你不在的这三年,我把舟行当作亲儿子来打理,就是不想辜负你当初对我唐胤的一份拉拔。我不是在跟你邀功,我是想告诉你,你给了舟行存在的前提,但,是我让舟行有了成长壮大的可能性。我对它的感情不比你少,甚至比你更多,所以我知道自己在做什么,我知道怎么做对舟行更好。"

白路舟凝视着唐胤,想到了很久以前,他在建京一中食堂里第一次看到唐胤的场景。少年的唐胤穿着蓝白相间的校服,在食堂里勤工俭学,看不惯白路舟铺张浪费,端着他买了根本没吃几口的饭菜追了他一路,最后把他逼到教学楼的墙角非让他吃完才放他走。

想着想着,白路舟就笑了,随意往椅子上一靠:"既然如此,那我把舟行送给你。"

姜予是猛地抬头,平静无波惯了的眼中闪过一丝惊诧。

同样措手不及的还有唐胤,他张着嘴,想说的话全部退潮,只剩下一望无际的海岸线向远方延展,而海上空空的,什么也没有。

白路舟重复:"舟行送给你,分红到这个月为止,我撤股,只带还没成型的暗渡走,其他的今后不再和我有关系。"

"白路舟,你这是干什么?"姜予是问。

唐胤喉结翻滚、嗓子梆硬,一句话都说不出来,这是他不曾预料的结果。公司决策层意见出现分歧是再正常不过,但一言不合就送公司,白路舟还是开天辟地第一人。

"不是没有条件，"白路舟说，"放弃针对选手个人的起诉，并且对无意识参与'飞翼'平台内部决策并有意与我们合作的，重新签约。"

"原因呢？"唐胤实在不理解，"国内根本不缺电竞选手，就算他们现在排名靠前，但我们也没必要把自己搞得一身腥。"

"作为把舟行给你的条件，你不需要知道原因。"

唐胤烦躁地扒拉着头发，红着双眼问："为了几个你连姓名都不知道的人，你至于做到这一步？我唐胤哪一点对不起你了？"

"没有对不起我。"白路舟说，"我很感谢你这些年对舟行的付出，所以今天这一切是你应得的。"

就像高中的那碗饭，吃或者不吃对白路舟来说并没有那么重要，不过是唐胤太执着了，他最终被逼着吃下去的不是那碗饭本身，而是唐胤的执着带给他的新奇。

但是这么多年过去之后，当初的新奇，白路舟已经腻了。

雨后晴空，乌云还没散尽，堆积在西边，边缘处被太阳镀了一层金光，好像有什么要在那里浴火重生。

春见从看守所领走了春生，到家时，王草枝正在小区院子里拉着别人唠家常："你别看化颜爸不声不响的，其实心里有主意着呢。那孙姐他看不上，人家心里还惦记着三号楼的刘老师呢！"

王草枝边择豆角边笑："算是我瞎操心了。"

邻居说："哎，你家生儿回来了。"

王草枝瞬间抻长脖子打探，果然看到春生跟在春见身后从小区门口进来。少年高瘦，戴着黑色棒球帽，帽檐拉得很低遮住了脸。走在前面的春见双手插在裤兜里满脸倦怠，经过王草枝的时候也没停准备直接上楼。

王草枝气不打一处来，出声叫住："干什么啊，看到了李阿姨也不打声招呼，一点礼貌都没有。读书读傻了？"

李阿姨打圆场："哎呀，这话别让我家那小子听到。没事没事，春见你赶紧上楼。"

春见扭头，冲李阿姨点了点头。

王草枝的注意力被春生吸引了，拉住春生前前后后看了一圈，心疼道："怎么瘦了这么多啊！几周都不回来，在学校肯定不知道好好照顾自己。你姐要是能多赚点儿钱，你也不至于连营养都跟不上。"

春生将王草枝的手从自己胳膊上扒开："没有的事，妈你别老那么说我姐，也别管我。"

"行行行，不说。那晚上咱们吃豆角焖面怎么样？让你姐再去买点儿肉，妈给你好好补补。"

"随便你吧，我上楼了。"

"好好好，你赶紧回去休息。"

春见回到房间往床上一瘫，脸贴在枕头上，温度很快升起来，很像昨天晚上白路舟掌心里的滚烫——

白炽灯在头顶摇晃，她看着他的脸，眼睛里像是有火苗从安静到剧烈，渐渐将他的双眼烧到沸腾，他的感情是热切不留余地的。

旧工厂，烟灰色极简 loft 设计，他将她抵在墙上，呼吸随着窗外夜风一起拂到她脸上，微痒。白路舟十指插进她的双手里扣住，拇指轻轻捻着她的手背，目光一眨不眨地盯着她的脸。

他们鼻尖抵鼻尖，白路舟眯着眼："我见过你，好多年前。"嘴唇有意无意地擦过她的，"在建京一中的橱窗里。那照片上你留着齐耳短发，眼睛很大像葡萄一样。我盯着看了好久，当时就想，你要是还没毕业，我一定要把你搞到手。"

"然后像现在这样，"他低头轻咬了一下她的上唇，"亲你，"腾出一只手移到她的腰间，收紧，"抱你。"

春见双手攀上他的脖子，主动把俩人的距离拉近。

白路舟一手扣住她的后脑勺，一手抱着她的腰，说话间，气息就喷洒在她唇边："从第二次见你开始，就跟中了蛊一样，见到你烦，见不到你更烦。你那么轴，满脑袋都是石头，都不知道看看我，我没有你那些石头好看，嗯？"说着，故意在她脸上咬了一口。

略带幼稚的口吻，让春见发笑："你比石头好看。"

"为什么要选 C，嗯？"

"因为 A 和 B 的答案都不够好。"

"不好吗？"白路舟低头深吻住她，纠缠的空隙里，又问，"为什么不好？我跟你之间，从'花干'开始，一来一回早就算不清楚了，你难道不喜欢我？"

春见仰着头努力呼吸："我和你之间，就一件事比较清楚。"

"什么？"

"我想要你。"

……

春见微微睁开眼睛，窗口的折鹤兰在风中摇摆，枝条碰到玻璃窗上，轻轻的。

她想到了昨天晚上，白路舟在她耳边如梦似幻的低语声，说他找到她就跟找到了迷失了很久的回家的路一样。

他疯狂索取，疾风骤雨的情感停在了理智崩塌的紧要关头，她还没准备好，他没强求。

之后她把自己包在暖烘烘的被子里，一整夜如同行走在云端，迷糊又不真实。

房门被敲响，春见骤然清醒，烧红的脸渐渐褪去热度。

春生带进来两瓶冰饮料，低下头伸手在她额头上一探："姐，你发烧了？脸那么红？"

春见跳下床，拉出椅子坐下，拧开饮料："没。"

"哦。"春生坐到她的书桌上，"那个，学校那边给我通知说为我保留了学籍。姐，我知道错了，以后一定改，一定不要再为我操心。你别生我气了行不？"

春见抬头。春生逆着光，身形轮廓差不多已经定型，发梢支棱在风中，是少年灿明的模样。

想再多苛责他几句的念头全都散去，她懒懒地靠在椅背上："我哪有那种本事把你从里面捞出来啊。你是用了最后也是唯一一次开外挂的机会知道吗？"

"知道知道，我姐最厉害了。你放心，我是真知道错了，我会好好听你的话，以后赚了钱全都给你。"

春见把他从桌子上赶下去："我要你的钱干什么？"

"你不要也行，那我给你买包买衣服买好吃的，带你去好玩的地方玩。"

打开计算机，按了开机键，春见不自觉地就笑了："我有男朋友，这些事还轮不到你。"

春生一听就炸毛了："司伽哥不是说你俩已经分手了吗？哎？你什么时候又有的男朋友，谁，谁？"

这话一出，春见马上愣住了。

春生准备打破砂锅问到底时，客厅门被"咣当"一声推开，接着浓重的酒精味就顺着风飘了进来。

下一秒，是王草枝放下锅铲关火急匆匆跑出去的声响。

"喝喝喝，总有一天你要把你自己给喝交待了。生儿来扶一把，快一点啊，再去给你爸倒杯蜂蜜水。哎哟，我的天哪，这味儿！"

"王阿姨,春见在家吗?"化颜上楼经过门口,问了一句。

"在。"春生回的。

春见刚打开 Word,化颜就跳了进来:"怎么打你电话也打不通?"

春见抬了抬下巴:"充电。"

"拍摄两天后开始你知道吧?"

"我拿到合同了。"春见指了指桌子上的几张纸。

"咳,我呢,有件事求你。"

春见停下动作:"什么?"

化颜将椅子摆正,坐下:"你知道这次地域美食的第一站就是咱们建京,我爸的那个小吃店有些年头了,味道和口碑都摆在那里。正好嘛,你给写上一笔,到时候我自己拍些镜头,能用就用,不能用就算了。"

"行。"

"哎,你气色不错啊,最近有好事?"

"嗯。"

"什么好事啊,不会是这么快就找到下家谈了恋爱吧?"

春见猛地抬头。

是恋爱吗?

她和白路舟,是吗?

隔天,春生接到了 HOLD 俱乐部的签约邀请。

京陵,金牛座。

唐胤办公室里空调温度开得很低,是他喜欢的温度,16℃。

他坐在椅子上,有些颓然。对面坐着个人,他盯着看了很久,始终没开口。

"阿嚏!"春生打了个喷嚏,悻悻抬头。

唐胤垂了垂眼皮，眼神扫过桌边的空调遥控器，又看了一眼春生，然后叹了口气将温度调了上去。

"本来，我是不会签你的。"

春生起身走到他办公桌前，扯了一张纸巾，擦了擦鼻涕，又越过桌子将纸丢进唐胤那边的垃圾桶，然后揉了揉鼻子："那我走了啊。"

"站住，"唐胤在他身后喊，"上次为什么要选'飞翼'？"

春生莫名其妙："对方给的钱多啊，你要是给我更多，我肯定签HOLD啊。"

"不分好赖。"

"是。"春生扭头，痞痞地回，"我好赖不分，你就分？你是怎么对自己俱乐部的签约选手的别人不知道你自己心里不清楚？"

唐胤放在桌子上的手不自觉地握紧："觉得我过分苛刻？"

春生扭头，正大光明地对视他："不是苛刻，是压榨好吗！HOLD战队那几个跳到'飞翼'的人是为什么，不要以为我们都不知道。你根本不拿他们当人看，训练时间你说延长就延长，直播时间你说不能停就不能停，否则就扣他们的奖金。是，'飞翼'的确是不入流，但人家好歹是按合同来办事儿的，你呢？"

唐胤勾唇，很无所谓地笑："那么，春天生，你为什么还要来签HOLD，在你什么都知道的情况下？"

"为了我姐呗，我不想让她再为我操心，也不想让她再为了给家里钱而耽误自己。"

唐胤就笑了："那好，我要是不签你呢？"

春生舌尖抵了抵后槽牙，忽然旋身两手撑在唐胤的办公桌上，很无所谓地回："爱签签，不爱签我走。此地不留爷，自有留爷处。"

越过办公桌上常年不枯的盆景，能看到少年因弓下身而露在领口外的精瘦的锁骨，往上是一张逐渐定型的灿明俊朗脸，眼神挑衅又倔强。

看到他仿佛看到了学生时代的自己，唐胤嗓子莫名一干，心里一通焦躁，将他往外推了一把，拉开抽屉抽出份合同丢给他："签吧。"

春生扫了一圈他的办公桌，再次越过办公桌，伸手将他手边的钢笔拿过去，揭了盖，在合同上签下自己的名字。

"我不像你以前签的那些人那么好伺候，对我好点儿。"春生盖上笔盖，又将钢笔放回原地。

唐胤别过眼："出去。"

春见等在办公室外面。

一出去，春生就换了一张脸，抚着胸口求安慰："姐，吓死我了，那老总好凶啊。"

"哎，你不是说你陪我来是有想见的人吗？见到了没？"一起等电梯时，春生问。

春见刚准备开口，面前的电梯"叮"的一声开了，里面站着四个人，从外到里分别是白路舟、姜予是、陈随和闻页。

白路舟少见地穿着整齐的西装，颀长身线尽显，深蓝色的衬衣领口开着，很好地勾勒出他修长的脖颈和流畅的下颌线。

看到春见，白路舟眼睛一亮，大步跨出来，欣喜道："来找我？怎么不提前打个电话？"

春见指了指春生："陪我弟弟来签合同，顺便也想见见你。"

白路舟也不管身边还站着有人，伸手就捏了捏她的脸："等我一下，很快出来。"

见状，姜予是右手握拳抵在鼻子下面笑了一下："恭喜啊。"

陈随不解："恭喜什么？"

姜予是说："你喜提白嫂。"

"哎？"陈随脑袋被姜予是胡乱揉了一通，还在纳闷，"那姜嫂不是没着落了？"

"姜嫂你就不用操心了。"姜予是提着陈随进了唐胤办公室。

两秒钟后——

"什么？我白嫂的弟弟就是春天生？我偶像？不行，我要出去找他给我签名。"

随着陈随的号叫声渐渐淡去，唐胤的脸色越发沉重："哼，居然是为了个女人。"

白路舟将手头一堆要签的东西——签上大名："那是你嫂子，不要这么没礼貌。"最后一项签完，他把笔甩到桌子上，"行，我走了。"

"路舟，"唐胤起身，问，"咱们以后还是兄弟吗？"

白路舟推门的手停住，回头笑得轻松："当然。"

门外的会客厅。

闻页将春见堵在墙角："你还真勾搭上白路舟了，有本事啊！"

春见问："我发给你的路线鉴定报告你收到了吗？"

"收……"闻页差点被她带偏话题，单手扶额，"我回头会看的。你不听劝告，以后别哭就行了。在我印象里，白路舟坚持得最长时间的就是舟行，现在他玩腻了，说不要就不要了，把剩下的烂摊子全丢给唐胤。公司不要了有人接手，但人就不一定了。"

从金牛座出来，白路舟表示要去"小溪流"接白辛，春见便跟着一起去了。

等红绿灯的时候，白路舟腾出一只手握住春见与她十指相扣："分神？你老公就坐在你旁边，你想谁呢？"

春见回握住他，问："你不是说解决春生的事情很容易吗？"

白路舟欺身用另一只手捏她的脸，终究舍不得用力："你看一天不到就解决好了。怎么样，你老公是不是很厉害？"

"那，"春见问得直接，"为什么要把公司给别人？"

"你听谁说的？"绿灯亮了，白路舟收回握她的手，"闻页那个大嘴巴？"

"谁说的很重要吗？"

"你别瞎想，唐胤的经营理念跟我不一样，我是不想跟他一起玩了，撤股对我也没有损失。再说，我白占唐胤便宜这么多年，也是时候让他甩开膀子自己干了。"

"白路舟。"

"叫什么呢？叫老公！"

"我们是在谈恋爱吗？"

白路舟眉头一皱："你什么意思啊，亲也亲了抱也抱了，你想反悔？"

"不是。"春见笑。

"你想都别想啊。你要敢反悔，我就一直开下去，让你下不了车，反正地球是圆的，没有尽头。"

"没油了怎么办？"

"加呗。"

"还是会停啊。"

"你什么意思啊？"

"你别停，"春见说，"一直开下去，我不下车。"

白路舟咬了咬唇："老子现在特想亲你。"

"小溪流"门口开过来一辆白色宝马，收费大爷放下茶缸踱步过去，敲了敲车窗。

驾驶室的玻璃缓缓落下，然后伸出来一只劲瘦修长的手，中指和食指之间夹着一张红色钞票。大爷接过，正准备找零，车窗又缓缓关上。

大爷一巴掌抬起来正准备往车窗上拍，让车主等下，他要找零，却不经意间瞥见了那车厢内温香暖昧的一幕。

春见被吻得喘不过气，推着白路舟："有人在外面。"

"在就让他在，老子忍了一路，别闹。"

"……"到底是谁在闹。

大爷边摇头边找零，心里感叹世风日下。

导致世风日下的人对此浑然不觉，抱着怀里的人就不肯撒手，春见只好哄骗："白……白辛在等。"

白路舟抓住她乱折腾的手："那就让她等。"

春见："……"

大爷拿着零钱绕到车前面把钱夹在雨刮器下，几步回到自己的位置，刚坐下，茶缸都还没来得及端起来，一辆熟悉的车就开了过来。

大爷满脸堆笑地走过去跟车主打招呼。

"郑总，来接孩子？"

被叫郑总的人从车上下来，摘掉墨镜挂在衣领上，打开夹在胳膊底下的大钱夹，从里面掏出一张五十的递给大爷："是啊，大爷，不用找了，余下的去买点儿水喝，这大夏天的。"

大爷乐呵呵地接过，嘴上说着谢谢，心里却鄙视着前面那辆宝马车主，真想让他下来跟人家郑总好好学习学习，看看什么叫作大方。

"小溪流"的院子里坐满了家长和小朋友，中心负责人站在台上讲话，金老师在给白辛办理退离手续。

金老师一脸歉意："白辛家长真是不好意思，白辛这孩子是特殊中的特殊，我们实在不知道该怎么教她。"

白路舟满不在意："是我没教育好。"说着轻轻地拧了拧白辛的耳朵，"给老师添麻烦了。"

金老师连连摆手："不是不是，白辛家长千万别误会。我的意思是白辛这孩子跟正常孩子没啥区别,不必要来这种学习机构。九月份让她去正常学校读书吧。"

白路舟道了谢,金老师又把目光转到春见身上:"春见你忙吗?不忙的话留下来帮忙布置一下孩子们午休的房间。"

春见望了一眼堆在院子里的一些新家具:"郑总又捐东西了?"

金老师边引他们出去边笑呵呵地说:"是啊,郑总真是我们建京的良心企业家。"

春见刚准备看一眼院子里忙着指挥搬东西的郑总,白路舟就挪了一步堵住她:"别眼馋人家,回头我也来捐些东西,目光留着看我。"

"我没看他,我看小朋友。"

白路舟把白辛推到她面前:"小朋友,我也有。"

白辛:"……"

春见哭笑不得,揉了揉白辛的脑袋,把白辛拉过去自己牵着。

白路舟思索:"那个郑总我怎么看着有点眼熟?"

春见解释:"连续几年被评为建京优秀青年企业家,做建材生意起家,现在从事房地产。"

"这么了解?"白路舟话语带酸。

春见笑:"因为整个'小溪流'都是他捐的。当初我做志愿者时,中心让我帮忙写篇文章感谢人家,我查过他资料。"

白路舟突然想起来:"我说呢,他不就是跟白京混过的那个郑易成嘛!你家下面那个烂尾楼,就是他没搞成器的。"

"……"酸得真是不要太明显。

"也没有烂尾吧,最近不是重新开工了吗?"

白路舟夺下她手上的东西:"你别搞了,那么多家长不知道自己来弄,在外面拍什么照片,我们走吧。"

"去哪儿?"

"约会。"

春见被白路舟拉着一溜儿小跑，经过院子的时候，郑易成正站在台子上讲话，说着什么，大家的孩子都不健全，所以要团结友爱，有钱的出钱有力的出力之类的鸡汤话。

台下家长感激他的大手笔，巴掌都要拍烂了。

白路舟对此见多不怪，甚至没多看一眼，拉着俩心头上的人趁着天色不浓，黑夜未至，扬长而去。

Chapter 14

约会

想和你做
所有幼稚的事情

约会的话，白辛这个灯泡的瓦数实在是有点大，不过好在她自己很有自知之明，一进商场就主动要求去儿童乐园待着，并且还是自己拿了钱去找负责人，一点没耽误白路舟谈恋爱。

不过作为没食过人间烟火的富二代纨绔和一心只读圣贤书的学霸，俩人进了商场其实是蒙圈的。

春见提建议："不然，我们去看看书？"

"你就闹吧你？"白路舟脱了西装外套搭在胳膊上，"跟我约会，你的眼睛就只能看我，你看什么书，书有我好看？"

声音还不算小，引得来往的小姐姐低声窃笑。也有认出白路舟的，拿手机偷偷拍他。

白路舟低头凑在春见耳边问："你不是谈过恋爱吗？你不知道约会该做什么？"

春见扫了一圈来往的人群："我和司伽没约过会，如果看书算的话，那就是看书。"

"谁让你说他名字了,他名字有我的好听?"

幼稚!但春见顺着他:"没你的好听。那你呢,你没谈过恋爱?你谈恋爱都干什么?"

白路舟有点飘了:"这点我就比你强,我没谈过恋爱。谈恋爱多累啊,我要是想要什么女人,直接拿钱给陈随让他给她们买东西就行了……不是,我也没要过什么女人,真的!哎,你别走啊,你去哪儿?"

新开的奶茶店做活动,情侣拍照同意把照片贴在爱心墙上的话套餐打五折。

白路舟拉着春见站在店门口不走了:"我们拍个照吧。"

"为什么?"

"可以打五折啊。"

"你缺那几个钱?"

"我没喝过情侣套餐,我想和你一起喝。"明明就是在撒娇了,还板着张一本正经的脸。

春见想说他是个傻子,不拍照片也能买情侣套餐啊。

拍完照,白路舟让她在一边坐着自己去买套餐,然后跟工作人员多要了一张合照放进了胸口的口袋。

乘扶梯上到三楼,有迷你自助 KTV 机,白路舟好奇心盛,非要拉着春见进去,春见表示自己不会唱歌。

"我唱给你听。不是老公跟你吹,你回咱们母校打听打听,百年校庆那会儿,我一首《月半小夜曲》征服了学校一半的女生,到现在都有人拿它当起床铃声。"

春见不解,盯着他问:"为什么只有一半的女生?"

"还有一半认了当妹妹……哎,不是,和我没有关系,都是陈随瞎折腾的。"

陈随人在家中坐,祸从天上来,一个喷嚏打出去,游戏接口上自己的英雄被对方一剑斩杀，一滴血不留。

"不是吧！"陈随使劲拍着键盘，"谁，谁在背后说我坏话？"扭向一边戴着耳机目光专注手指灵活的春生，笑嘻嘻，"师父，再给次机会呗，下一把我保证不这么菜。"

春生盯着计算机屏幕："行，给我泡碗面去。"

"好嘞，您等着。"

姜予是从来没见过那样狗腿的陈随，只是提醒了春生一句："他弄的东西吃了是要死人的。"

"再不吃东西，我也是个死。"

签完合同被唐胤扣着练到这个时间的春生敢怒不敢言，只能噼里啪啦地在虚拟世界里多杀几个人泄愤，杀一个骂一句黄世仁。

最后，那贴着地表的低气压终于突破了重重砖墙，飘到了正伏案工作的小唐总头顶上。唐胤在听完秘书汇报了新人"春天生"的表现之后，抬起眼皮让她给对方订个晚餐，心叹也不知道是请了个员工，还是请了个活菩萨。

隔壁茶水间的陈随连着又打了几个喷嚏，然后端着一碗用冷水泡的面出来放在春生面前。

春生低头一看，心说，果然是会吃死人的。

"阿嚏！谁啊，今天这么想我。"陈随又是一个喷嚏。

"是陈随，"白路舟恨不得举起双脚向春见明示，"那臭不要脸的从十多岁就开始拉皮条，我年少无知又轻狂，怪你毕业那么早，我异性意识模糊的时候你不在我身边，否则，我不会……"

"不会什么？"

白路舟坐着将人一把拉进怀里，手触到她腰间的柔软，触感令他疯狂，喉结滚了几滚："不会走了这么长的路，才想要喜欢一个人。"

"怪我咯？"春见笑。

白路舟眼神有些异样，语气很认真："要是真的在年少就遇到你，你想不想跟我，就我们俩一起过着无所事事的日子？"

他把头埋在春见的脖子里，脸上凉凉的。

商场人流来往如织，上上下下，进进出出，有人在砍价，有人在挑剔，有人在卖力推销。

但是和他们都没有关系。

春见想，如果年少就遇到他，他肯定会霸道地扯走她手中的模拟卷子，指着操场说：看，知了；看，树荫；看，足球场。

或许她还会坐在他自行车后座，扶着他的腰一起穿过几条街道去买新上市的奶茶，买一块钱一个的发夹，买明星周边，看新上映的电影，听偶像的新歌，读几本会让人深夜痛哭的狗血言情小说。

让无人问津的青春变得鲜活，像化颜和留芳的那样。那么，她为什么不想？

于是，她回："想。"

带白辛回去的时候，住处的灯是亮的。

白辛小表情很紧张，比画着："有贼。"

白路舟锁车："不存在。你老爸这里看起来是旧，但防盗系统都是最新的黑科技。何止，出来帮我搭把手。"

何止刚端上面还没吃两口就听到了白路舟喊他，放下碗跑到门口："你怎么知道是我？"

"你那不废话嘛，我这里只有你有钥匙，不是你是谁。"

何止贼笑："连我们某博士都没有？"

"她要这儿的钥匙干什么？"

"还装。"何止打开微博，"这是谁和谁的照片啊！哎哟，这才几天没见，这家伙叫你给秀的。白路舟，你瞅瞅啊，你这眼睛都要长人家身上了。"

白路舟上去就是一脚："嫉妒啊？"

"那可不，某博士你都能搞定，厉害啊。"

"你别给我阴阳怪调的，春博士就春博士，什么某博士。"

何止收起手机："哟，有些人怕不是得了老年痴呆吧。我提醒提醒你啊，"学着白路舟的语气，"'谁认识她啊，爱咋咋跟我没半毛钱关系！以后谁再在我面前提"春"，小心我跟他绝交，什么春天啊、春风啊、春光啊都不行'，你忘了？我可没忘啊。我囫囵就你一个有钱朋友，我还指着下半辈子都抱你大腿呢。"

"边儿去！"白路舟一胳膊肘捅过去，"后备厢里的东西帮着往屋里拿。"

"这都什么啊，"何止扒拉着那一袋子一袋子的东西问，"你买这些玩意儿干什么？"

"给我家小朋友的。"

"白辛能喜欢这？"

白路舟恍然大悟，面带愧色："哦，逛了大半天忘记给我闺女买东西了。"

何止也一下子明白过来："合着你是给春博士买的？还'小朋友'，你恶不恶心啊。别人都是有了媳妇忘了娘，你可好，你是有了媳妇忘了全世界。"

"我乐意你管得着？"

何止跟在他身后冲他撇了撇嘴，心里默默地给他后脑勺贴了个"见色忘义"的隐形标签。

白路舟回屋里往沙发上一坐，忍了大半天没抽烟，这时候有些犯烟瘾了，从桌子上拿出一根，点着后猛吸了一口。

电视上正在播放天气预报，说未来几天中部地区会有连续强降雨。

"叔叔阿姨安顿好了？"

何止继续吃面："嗯，在一个建筑队上，包吃包住，我爸开升降机，我妈给工人做做饭。"

白路舟眯了眯眼："那多累啊，赶明儿我帮着找些轻松点儿的。再说了，他们一把岁数了，不工作你养不活？"

"这不是养不养得活的问题，人活着就要去实现自己的价值，这是我爹的原话。有人住高楼那就得有人砌墙，有人吃饭就得有人开饭店不是？再说了，我爸妈干这个都习惯了，不搬砖不扛麻袋的不累，你甭操心了。"

白路舟坐够了起身去洗澡："那行，有需要你吱一声。"

何止两三下把碗里坨了的面吸溜干净，惬意地往沙发上一躺，脑袋磕到个坚硬的东西，伸手一摸，摸出一块蓝色石头。

"嘿，这下连我儿子的坠子都有着落了。"何止喜笑颜开，把石头往口袋里一塞，困意来袭，换了几个姿势不一会儿就睡着了。

天稍亮的时候，王草枝来敲门："不是说八点钟要去跟着拍什么东西吗？"

为了恢复资料，春见熬到凌晨三点多才睡，这会被王草枝吵醒，意识还没清醒，"嗯"了一声。

王草枝干脆将她房门推开，走了进去："那还不快点起，都快到八点了。"

春见眯着眼伸手摸出手机，打开一看，才刚过六点。

"快点啊，还磨叽什么？"王草枝又催了一遍，"待会儿出去的时候走地下停车场，看看你爸是不是在那里打麻将。"

春见往床里面蹭了蹭，眉头忍不住皱了起来："我没空。"

"什么叫你没空，你这什么态度？"王草枝走过去一把掀开她的被子，"我跟你讲啊，房租已经到期了，下一年的你至少要出一半。"

春见腾地从床上坐起来，抓了件衬衣往身上一套就准备出门找个地方继续睡。王草枝脸一下就垮了，拽住她的胳膊不松手："你冲什么冲？我是你妈，再不好听的话你也得受着。我还一直忍着没追究呢，昨天送你回来的那个人是谁？你不是和司伽在谈恋爱吗？你这是脚踏两条船了？我什么时候教你朝三暮四了？"

"我和司伽分手大半年了。"

"分手了？"王草枝惊讶，随即生气，"司伽那么好的条件，要长相有长相要能力有能力，你居然还跟人家分手，你怎么这么能折腾啊？你也不看看你自己都什么年纪了，你还挑个什么劲啊，我的天哪！"

楼下院子里已经有晨练回来的人，上楼经过门口的时候，打着电话满心欢喜地和家人说今天早上的豆腐脑特别嫩，甜的咸的都买了，油条也是刚出锅的热乎的。

随便改几句台词就能完全重合的场景，春见和王草枝之间上演得实在太多，多到现在春见都腻了，不想再配合她。

洗漱是在楼上化颜家完成的，早餐是在化颜爸爸的店子里吃的，还多送了一碟小菜和一个虎皮蛋。

化颜扶了扶眼镜，将自己的碗朝前面推了推："爸，我的呢？"

化颜爸爸擦着手笑："你要吃就自己去拿。春见，你这一看就是又熬夜了吧？今晚什么时候回来？我给你炖只鸡补补！"

"哎，不是，我说爹，谁是您女儿啊？"化颜一脸嫌弃地看着春见，"您不能因为她要给您写文章就亲疏不分了呀。"

化颜爸爸一巴掌拍到化颜脑袋上："瞎说什么呢你，你俩都是在我眼皮底下长大的，都是我闺女。"

"行行行，我瞎说，春见是您大闺女，我只是您不入流的小闺女。"

化颜爸爸的巴掌再次抡过来的时候，化颜背起相机先一步跳开了："春见，我爸的店子你好好写啊，等我这趟回来，你看上的照片全部送给你。"

春见背着化颜反手比了个OK。

下一秒眼前一黑，来人大大咧咧地朝那儿一坐："化叔，牛肉面，大碗。"

春见给对方倒了杯水，问："又通宵了？"

留芳咕咚咕咚猛灌两口："是啊，赚点儿钱都是拿命挣的。化叔，打包啊。最近消防检查得严，说我网吧的安全过道被机位堵住了要我赶紧清理。你说他们不是没事找事嘛，机位挪开了，我一个月得少挣多少啊！"吐槽完，瞥见春见的行李又问了一句，"你这是准备哪儿去？"

"要跟拍个纪录片。"

"多久？"

"两周吧，我只接了四分之一的活儿，大概够交我们家下一年的房租。"

"哎呀，果然是我们春博士的风格。"留芳接过打包的面，递了钱给化颜爸爸，"没钱但从不缺钱，缺钱的时候总能赚到钱……"

"我接个电话。"春见打断了留芳，扭身换了一张柔和的笑脸，"喂。"

对方好像在做什么运动，喘着粗气："喂什么喂，叫老公。"

春见："……"

白路舟从跑步机上下来，气息不稳："吃早餐了吗？"

"嗯。"

"我还准备过去找你一起吃呢。那中饭约吗？"

春见看了看时间："今天不行，我要跟组写脚本。"

白路舟喝了口水，看院子里白辛在喂狗何止在擦车，眯了眯眼："你怎么比美国总统还忙，怕我养活不了你？"

"不是。"

"不是就行,总之你要全方位地相信我。那我们晚上见?"

"嗯。"

"好,来亲一个。"

春见笑:"别闹。"

挂掉电话扭头对视上了留芳一张八卦的脸。

"坦白从宽。"

"男朋友。"

"你也太坦白了吧,"留芳牙齿一酸,"速度够快的呀,谁啊?叫什么?我们认识吗?"

"叫白路舟。"

"白路舟?京行集团董事长白京的儿子?"留芳眼珠子都要瞪出来了,"我的妈耶,走走走,去我那儿买张彩票去,中奖了给我。"

春见很费解,白路舟很出名吗?至于随便谁都知道?

作为一个常驻社交网站的热搜嘉宾,白路舟在某些方面是很有发言权的。

比如,跟各种女人闹绯闻这一块。

白京为此十分头疼。

九方山的三年好不容易清静了一下,这祖宗这一回来变本加厉不说,还变着花样让他脸上难堪。

京陵世贸大厦,京行集团董事长办公室。

靠着落地窗放了一溜排的凤尾竹,往前小半米,白京坐在办公桌前,鼻梁上的眼镜溜到了鼻尖上他都没工夫扶。

男秘书敲了敲门。

"进。"

男秘书走过来递过一份报表:"这是市场部上半年的资料。"

白京指了指办公桌空着的地方:"放那儿吧,下次开会注意强调一下,公司各个部门都要尽可能无纸化办公。"

"好的。"

"另外,白路舟真的放手舟行了?"白京扶了扶眼镜,随口问了一句。

秘书认真地回:"据我调查是这样的,舟行娱乐现在已经归于唐胤名下,改名叫'唐生传媒'。"

白京脸上浮出一丝不屑:"我就知道他,什么事情都是半吊子。行了,既然都这样了,就撤掉分公司那边对舟行那些项目的扶持。还有,他那个暗渡户外做到什么程度了?"

"前期准备工作已经完成,进入了试营业阶段,第一批客户也已经召集完毕,但是具体的开业时间,他们官方还没有消息。"

白京打开网页,点开热搜第一的那条新闻:"这个女人,又是哪个圈子的?"

"建大地质学博士生在读,"思忖之后,秘书道,"小舟这次应该是认真的。"

白京关掉网页:"认真?哼,只怕他配不上人家啊。行了,你继续盯着。"

第一天的拍摄地点是在建京下面的一个县城,拍摄组回到建京已经是晚上十点。春见刚进到组里安排的酒店时白路舟的电话就追来了,问她在哪儿。

"刚回建京。"她单手把内衣解开,绕过俩胳膊从T恤里面扯出来丢在沙发上。

"怎么办呢,我朋友都说想见见你,我去接你过来?"

春见看了看时间,想到明天还要去另一个县城,就说:"下次吧,我今天想早点儿睡。"

"这才十点你就睡？一天没见了，你都不想我？"

想也是想的。

春见算了一下，如果让白路舟开车过来接她的话一来一回会浪费很多时间，索性说："你告诉我在哪里，我自己去吧。"

白路舟给她报了个地址，春见把脱掉的内衣又捡起穿上，伸手抽出房卡，屋内瞬间漆黑一片。

她刚打开房门，脚都还没来得及迈出去，有人就见空蹿了进来，接着房门"咔嗒"一声又给关上了。

"谁……"

话还没说完，就被那人猛地往墙上一按，接着温热的嘴唇就贴上了她的脖子，恶作剧般地咬了一下。

春见伸手一推，摸到了对方紧实的腰腹，对方好像接收到了某种鼓舞的信号，一双干燥滚烫的大手也开始在春见身上流连，来到胸前，隔着布料抓住，轻笑："还说肉没有长在胸上，这是什么？"

春见被一刺激，双腿发软，攀住他的脖子让自己站稳："不是说我去找你吗？"

白路舟亲了亲她的脸："逗你呢，你都累了一天了，我哪舍得让你去找我。"

"那你……怎么知道我住在这里？"春见语气都不稳了。

"陈随啊，让他打听点儿事情还不容易。"他马上补充，"别误会啊，我没有跟踪癖。主要是我明天就走了，不知道多久才能回来。"

春见把房卡朝卡座上一插，灯闪了几下，亮了。

她仰着头问："去哪儿？"

"之前开发的路线开始进第一批客户，我不放心，跟着过去看看。听说你晚上没怎么吃东西，我给你随便带了点儿。"

流连地亲了她一口，白路舟不舍地放开她，把搁门外的外卖拎进来摊在桌子上，拉她过去。

　　春见接过一碗海鲜粥，吃了一口，忽然想起什么，问："对了，闻页有没有给你看我给你们出的路线鉴定报告？"

　　白路舟在浴室洗手，出来时春见抽了两张纸递给他，他接过去擦了擦手："那部分工作她负责的，我倒还没看。怎么，有什么问题吗？"

　　春见摇头："原则上没什么问题，但阳山有段路，我之前做野外勘测的时候发现了几处山体比较容易发生滑坡。"

　　白路舟坐过去："哪就那么巧。你别操心了，我们也不一定会用到那段路。你吃完了早点休息，我走了啊。"

　　春见蓦然抬头："这么快？"

　　白路舟笑得促狭，狭长的眼睛里闪着光："怎么，舍不得？那我不走了，留下！但我提醒你，我可不是柳下惠啊。"

　　"我不是那个意思，"春见把手里的碗放下，"我送你下楼吧。"

　　"算了吧，你送我下去，完了我还要再送你上来，咱不折腾啊。"

　　"你让我送，我想送。"

　　"想？有多想，嗯？"白路舟折回去，欲望在燃烧，透过眼神毫不掩饰地表达出来。

　　"就……"

　　后半段话被白路舟含进了嘴里，淡淡的男士香水钻进春见的鼻腔，她觉得自己被他的气息和气味整个包围，而后眼前一片白光，她能感受到的只有那个人进进出出的呼吸而已。

Chapter 15 崩塌

那里可能有
我的爱人

完成当天的直播任务后,春生将耳机取下使劲朝桌子上一砸,揉了揉眉心,余光瞥到计算机桌面右下角,显示的时间是深夜十一点五十分。

桌子上扣着的手机,今晚不知道是第几次振动。

他拿过来,也不看来电显示就给接了。

里面的人小心翼翼地问:"你什么时候回来上课?"

一听声音就知道是那个喜欢多管闲事的学习委员,她自己成绩好就行了呗,整天揪着他不放,他就不明白了。

他努力压下不快,用略带疲倦的嗓音回:"有空了就回。"

"那我周末给你送学习笔记,你在家吗?"

"周末有比赛。"

"我能去看吗?"

春生有点不耐烦了:"随便你。"

"你要睡觉了吗?"

春生打了个哈欠:"你有事没事啊,没事我挂了啊。"

"别，"小姑娘犹豫了一会儿，"我现在一个人在家，有点害怕所以……"

春生出房间准备去洗澡："害怕你找宋琳啊，你们不是闺蜜吗？你老打我电话干什么？"

小姑娘扑哧一笑："她都睡了，我是看你微博在线才打你电话的。你怎么知道宋琳是我闺蜜，你关注我？"

"我去，你能不这么自恋吗？我关注的是宋琳，因为人家是校花，你是什么啊……"感觉到自己说得有些过，春生挥挥手，"哎，算了算了，我不挂电话，等你睡着了再挂，够意思吧？"

得了应许的人兴致勃勃地给他讲班上最近发生的事，春生都没意识到自己的嘴角是一直上扬着的。

走到走廊拐角他被那个无厘头的学习委员给逗笑了，一不留神低头撞到了迎面走来的人身上。

他手一滑，手机从二楼窗口飞了出去。

"我去……"春生猛地扭身往空中做了个抓东西的动作，然后听到身后人冷笑了一声，他松开拳头回头，没好气，"笑什么笑？"

唐胤站在暗处，看不到脸上的表情，只听他说："有那种早恋的时间，还不如好好提升一下自己的技能。"

"谁早恋了？"春生回了他一嘴。

唐胤比春生高，居高临下地看向他："没早恋最好，不要以为和HOLD签了约就能高枕无忧了，我能签你，自然也开得掉你。"

"哟，英雄所见略同啊，我既然能让HOLD签我，自然也能去别的战队。"

"哦？你想试试？"

"试试就试试。"

春生比唐胤矮了半个头，没有唐胤的成熟稳重，却有着唐胤已经淡去的初生牛犊不怕虎。

那股劲拧着让唐胤不自觉地别开目光,然后头也不回地往会议室走去。

会议室的门半掩着,姜予是正在给建大法学系期末考试拟题,陈随坐他边上玩游戏。

唐胤带着一身冷气进来,然后"嘭"的一声将门关上。

姜予是头都没抬,扶了扶鼻梁上的眼镜:"你既然看不惯他,为什么又要签他?"

陈随问:"看不惯谁?"

"不是你该操心的事,玩你的游戏。"姜予是说。

唐胤走过来,坐下:"那是我签的吗?我为什么要签春生,你们又不是不知道。"

"签我师父怎么了?"陈随不乐意别人说春生不好。

姜予是双手敲着键盘:"你不想签,是可以不用签的。只是你不签的话,就不能得到舟行而已。"

"你什么意思?"

"没什么意思。"姜予是点开工具栏上的一份表格,把计算机屏幕扭转向唐胤,"相关法律手续我已经给拟订好了,就差你签字走个过场。白路舟撤股撤得很干净,没给你留什么后顾之忧。当然了,一并撤走的还有京行集团对舟行几个核心项目的扶持。"

"你说什么?"唐胤一震,"你说,京行对舟行一直有项目扶持?"

姜予是终于扭头看了他一眼,眼神平静:"我以为,你都知道。"

陈随放下手中的手机,趴到姜予是的肩膀上,越过他看向唐胤:"对啊,我们以为你都知道,虽然小舟舟三年不在建京,但白叔叔基本上算是替小舟舟履行了对舟行的职责。不说别的,让舟行的财务从负转正的几个大项目，资源都是白叔叔给的。我以为不说，你心里会有数的。"

唐胤眉头一皱："不可能啊。舟行的项目运作，没人比我更清楚，我们和京行从来没有合作过。"

陈随说："小唐总，白叔叔肯定不可能用京行的名义来扶持舟行，但资源这一块，随便一查就能查到出处啊。"

唐胤还是不相信："不是说，白董事长和路舟的关系……"

"是不好啊。"陈随对唐胤的耿直和天真直咂舌，"但再不好，小舟舟也是白叔叔的儿子，那种父子不合父亲就不管儿子并用自己的权势让儿子混不下去的桥段，怎么可能会出现在现实生活中。"

姜予是把文件发送到唐胤邮箱，关上计算机准备离开："舟行娱乐现已更名为唐生传媒，法律顾问相关的工作你再招个人，我会尽快做好交接。"

唐胤往椅子上一靠，抬眼盯着姜予是那张没有表情的脸，问："连你和陈随也要走了吗？"

姜予是收拾好东西，站得笔直："唐胤，少年时代已经结束了。你现在拥有了唐生，我们自然也要去找我们想要的东西。"

落地窗外灯火阑珊，盛夏的夜在高温中沸腾，而会议室里，依旧是唐胤喜欢的16℃，冷气拂过他手背上的皮肤，渗透到血液中，流进了心脏。

这么多年以来，他第一次感到，这个温度，真的冷。

回去的路上，陈随问："咱们这样会不会有点不厚道？"

姜予是专心开车："仁至义尽。而且，你知道白路舟为什么要把公司给唐胤吗？"

"冲冠一怒为红颜呗。"

"有那个原因，但不是主要的。"

"那不然是为了什么？"

"过去的三年，唐胤掌握了公司实权，这可以说是因为白路舟不在，他不得已而为之。但你只要留心就不难发现，在白路舟对舟行绝对控股的格局之外，还有一个人零零散散地收购了剩下绝大部分的股份。"

"你说那个人是小唐总？"

"用的不是唐胤的身份信息，但绝对不是没有关系。不过，就到此为止吧，深究下去，没有意义。"他又补充，"唐胤和白路舟不一样。他的野心是建立在野心本身上的，而白路舟是建立在得天独厚的社会资源上的，所以有今天的结局，是必然的。"

"那，"陈随问，"我小唐总的那些作为，我小舟舟知道吗？"

"不知道他就不会撤股了。"

"看来……"

"你小舟舟……以后别叫那么恶心，白路舟也不是你认为的那么简单的人。"

"那咱俩这样是不是就算公开站队了？我们要站小……舟舟那边？"

"谁也不站。当然了，你如果真想站队，就站在我身边。"

"那是为什么啊？"

"因为只有我，不会让你吃亏。"

陈随饶有兴趣地把目光投向姜予是，车窗外是一闪而过的城市夜灯，姜予是成熟冷静的面庞在夜光中有着极为深邃的轮廓。

他的兄弟长大了，不再是小时候被他叫几句四眼田鸡就会脸红的小个子。他已经长成能够面不改色地说，站在他身边他不会让自己吃亏的人了。

"哈哈哈……"陈随忽然就笑得停不下来了，"行啊，我跟着你，你别让我吃亏。"

姜予是握紧了方向盘，趁绿灯冲过马路，把车子驶向了回家的方向。

车载电台里正在播放全国天气情况。

主持人说，建京明天还是适合出行的好天气。

而北方的降雨，可能会持续到下周。

第二天上午，北上的高速路上。

摄制组开车的司机把播放天气状况的电台换成了播放路况的，顺便抱怨："雨一直下个不停，去了能拍啥，还不如延后。"

副驾驶座上的摄像大哥抽着烟，漫不经心地望着窗外的雨："时间是不能推迟的，雨天有雨天的写法，晴天有晴天的表达，是吧，春博士？"

靠在后排一直睡觉刚醒还有点迷糊的春见"嗯"了一声。

那人又说："化颜那丫头家的馆子等咱们从北方回来再去拍，你先写好脚本，争取到时候给俩镜头。"

春见又"嗯"了一声。

这时王草枝发来消息，让她赶紧转账给家里。

车子过山洞隧道，手机信号消失，给王草枝转账转了一半，突然中断。

持续十分钟的隧道过完后，汽车在隧道口停下，前方堵车了。

司机下车往前问了情况，回来带了一身的雨。

"走不了了，说前面国道与高速路交界处滑坡了，上下都堵成一团。"

摄像大哥问："那怎么办？"

"只能等路清了再走，"司机拿毛巾擦了擦头发，"哎呀，常在路上走，遇到这种小规模滑坡太正常了，别着急。"

信号恢复了但还很弱，王草枝迫不及待地一直打电话催，春见只好下车往前走，一边走一边找信号。

大概走了几百米后信号才一格一格恢复起来。

也不知道这条路堵了多久，前面的司机很多都下车围在应急车道上抽烟，天南海北地聊着。

春见在转账留言上输入"房租"然后点了确定。

等待转账成功的过程中，听了一耳朵司机们的八卦。

"这边的滑坡还不算什么，听说前面发生的泥石流才严重，整个车队都没了。"

"现在的年轻人，喜欢找刺激，这下可真刺激了。"

"也不知道像这样的还有没有生还概率。"

"还生个啥？我看悬！"

"哎，还记得去年西南那边的泥石流吗？一瞬间，整个村子都没了。"

几秒钟后，手机扣款短信发来，王草枝回了个"收到了"。

春见松了口气，把手机放回口袋，转身往回走。

身后的聊天的男人唏嘘："要是以后我儿子敢搞什么户外啊极限啊越野啊什么的，看我不打断他的腿。"

往前走的脚步突然停住，春见回头，心里像是被挠了一爪子："大哥，您刚说什么？户外越野怎么了？"

那男人被春见那一脸惨白惊骇住，机械地回："前头有个搞越野的车队，被泥石流埋了。"

春见心里一抽，脑子里"嗡"的一声炸开了，四下张望一番后，心脏被吊起来，带着最后的侥幸问："那这……这是哪儿？"

"起阳高速啊，就是起州到阳山的高速，前面就到阳山。这鬼天气……"

对方声音不大，却像是朝春见头上闷了一锤子，她脑袋一麻，双腿就软了，后退了好几步，湿冷的雨从伞布边缘流下来，尽数润进了她衣服里。

趁着理智还没崩塌，她掏出手机找到白路舟的号码，颤抖着拨号，电话是通的，但没人接。

最怕的就是这种情况。

伞是什么时候从手中滑掉到地上的，春见根本无意识，她站在雨中，心乱如麻。

摄制组的司机看春见很久没回去便下来找了过来，远远地冲她喊："春博士，前面路口快通车了，你赶紧回来。"

春见边往回走边继续拨电话，到了车跟前，也不急着上车，抓住司机问："从这里到阳山还有多远？"

"甭管多远，暂时都去不了。刚车里的新闻还说阳山那边发生了泥石流，有段路被毁了。现在你们导演已经决定要等前面路口通了掉头去起州的。"

"我是问你有多远！"春见几乎是吼的。

见一向温和的春见突然这样，司机和其他人都愣了一下。

"还……还有十公里路。"司机愣愣地回。

春见擦了一把脸上的雨，强行冷静："对不起。我不能跟你们一起去起州，我要去阳山。"

见状，坐在后面车上的导演从车上下来："春见，你这是怎么了？现在怎么去阳山啊，车过不去啊，再说你去能干什么啊？"

"车过不去，我就走过去。"她打开车门将放在后排的背包抓出来背到肩上。

导演一把按住她，替她决定："我不知道发生了什么，但你现在这种情绪明显不适合做决定，先跟我们一起去起州，之后的事再说。"

春见挣开他："阳山的几条国道和高速地理位置我都清楚，能够发生严重滑坡和泥石流的路段只有两条，一条在北纬三十三度附近的国道，一条是和这条国道平行北上的阳河高速在靠近河浊五公里的那段路。之所以会发生这种地质灾害，除了自身的地质原因，更重要的是，"春见稍稍呼吸了一下，"几年前，在那里有过大规模的开山采矿活动，严重破坏了山体。"

"而我，"她抬头，雨水在她脸上横流，"参与了那次的矿山勘探工作。

没有人比我对那里的地形地貌、地质构造了解得更清楚。如果施救需要用到地质数据,我比其他人都熟悉。"

她问:"你说,我现在的情绪适不适合做决定?我该不该去?"

"可……可是……"导演被震到说不出来话。

"何况,被压在山洪碎石下的,可能还有……我的爱人。"这话她是对自己说的。

春见去意决然,所有人都拦不住她。

事件过去半个小时不到。

这次阳山的泥石流灾害已经在网上铺天盖地地撒开。

白京坐在办公室里,白着脸盯着计算机屏幕半天没说一句话,秘书站在一边低着头,目光都不敢和他有汇集。

"去阳山。"白京坐得挺直,声音沉沉。

秘书欲言又止,最后还是开了口:"白董,现在还没有确切消息说遇难的车队就是……"

白京果决干脆地站起身,重复:"去阳山。"

……

一河相隔的金牛座。

唐胤闭着眼听了一首完整的《红日》然后把耳机取下,对着电话说了句:"可以发了。"

此时的阳山,北纬三十三度附近的国道被毁掉的路程远远不止一公里。

泥石从上游三面高山环围的深沟中涌泄而出,流经中游的国道线以泼天之势将路面倾覆,连带着当时正高速行驶的十余辆越野车一并推至下游的开阔河谷,顷刻间将一路的房屋田地全部扫平。

以国道堆积隆起的泥石为界,及时赶来的消防官兵分成两批,一批在由南上北的南面,一批在自北下南的北边。

北边冲毁的程度要高于南边,所以那边的人多一些。

尽管如此,人手还是不够用。

因为除了要全力营救被泥石带至下游的司机们,还要留一部分人疏散和安抚被困在路上的人。

在这帮身着橘红色作训服的救援人员中,有两个穿着休闲装的志愿者格外显眼。

顺着绳索往河谷摸索的时候,其中一个消防员开口问:"兄弟之前哪儿服役的?"

何止憋着气往下溜,到了稍微安全的地方才回:"九方山。"

"森警?"

何止露出一口白牙:"你眼睛挺毒的啊,咋看出来的?"

那人不好意思:"我瞧着跟你一块的那个兄弟,临时指挥起来根本不像个社会人,有板有眼的,而且你们这绳索使用都很专业。"

何止特骄傲:"那是。我告诉你,我兄弟在部队那好赖也是个分队长,立过战功无数的那种,何况,俺俩退伍还不到半年,有些东西忘不了。"

"那难怪了。"

雨丝毫没有要停的意思,只搜寻到了一辆被冲到河谷的越野车,但是那辆车连车门都不剩了,只有车头直愣愣地竖着在移动的泥流当中朝更低的地方游去。

河谷对岸稍高处站着十几个村民,目光呆滞地望着眼前发生的一切,到现在还没恍过神。

绳索的长度有限,没有办法直接到达对岸将被困者转移到安全地带。

见状,消防副队长指挥队员折回高地更换施救工具。

白路舟吐了一口嘴里的泥沙，反对："我说哥们儿，你这不浪费时间吗？你看看上游，山体还在垮着呢，泥流的横截面越来越宽，你回去拿个绳子的工夫，对岸的十几个人可能就完蛋了。"

"同志，你的建议我都理解，但如果不回去拿绳索，我们现在就过去转移被困群众，万一中途遇到二次横冲，那后果才是不堪设想。"

白路舟扫了一眼对岸的情况，提出："这样，咱们把所有绳索交由一个人，让这一个人过河转移，另外你呼叫你的战友送更多的绳索、挂钩、安全吊带下来，咱两边工夫都不耽搁，能救一个是一个。"

副队长点头，依此方案全员很快实施起来。

运气比较好的是，在此过程中没有发生二次和次生灾害。

只是在转移最后一个被困者时，遇到了一点问题。

小战士气喘吁吁地回来，指着对岸说："那姑娘死活不肯跟我走，我又背不动她，队长你换个人去吧。"

副队长气得一巴掌呼到小战士脑袋上，吼："你闹着玩呢？拎不清形势啊你？你都过去了，拽你也要把人给我拽过来啊。"

小战士特委屈："可我一靠近那姑娘，她就用石头拍我，我也没办法啊。"

"行了，等收队看我怎么收拾你。谁还没轮到，找个体力强的过去把人给我扛过来。"

副队长看着一个个抢险了许久灰头土脸被水泡肿了四肢的战士，心里一软，准备自己过去。

白路舟捡起小战士的绳索，伸手把副队长拽了回去："我去，你留下来指挥。"

副队长一口否决："那不行，你是老百姓，我不能让你冒这个险。"

白路舟面色忽然严肃，面向那位队长站直，行了个标准的军礼："九方山，森林武警第二支队第三中队白路舟，前来报到，请指示。"

那位副队长先是一愣,接着下意识地回礼:"目标,解救最后一名被困群众;时间,十分钟之内。"

白路舟勾嘴一笑,给了他一个"这就对了"的眼神,长腿往泥流当中一跃,绳子不知道什么时候就已绑好了。

河谷的泥流已经漫到了姑娘脚边,她浑身湿透哆嗦着,双眼红肿地望着面前曾经如画的河山,不肯接受如今颓败的现实。

白路舟好不容易滑过去才站稳,她就捡起地上的石头朝他身上砸,边砸边说:"走开,你不要过来。"

但白路舟不是那个小战士,他解下腰上的绳索,一个箭步冲过去,在那姑娘将手中石块拍向他脑袋的前一秒灵活躲开,然后面对面将姑娘双手擒到背后,迅速用绳索捆住,二话不说拦腰将人扛到肩上转身就往回走。

姑娘一边挣扎一边啃咬白路舟的肩膀:"你放我下来,我不走。"

白路舟加快了步伐:"你给我消停点儿,老子媳妇都没咬过我,你再给我弄得说不清了到时候。"

"我不走,我要等我爸妈,他们还在家里,还在家里等我回去吃饭。"

姑娘哭得撕心裂肺,白路舟心头一软,恍了神,就是这恍神的瞬间,上游的山体再次更大面积地坍塌了,正以比之前更快的速度向下游奔腾而来。

副队长急得在对岸扯着喉咙朝白路舟喊,他根本听不清,他的脑袋里嗡成一片,想到的是很多年前,有个人站在门口冲要去学校的他挥手,说晚上早点回来,妈在家等你吃饭。

Chapter 16 发烫

拿命去疼她、爱她

春见从南边过来,拨开围堵人群,找到正在清理路面的消防战士,哑着声音问:"被泥石流冲到下游的越野车队,找到幸存者了吗?"

消防官兵遗憾地摇头:"目前还没有。"

春见睁大了眼睛,瞭望远处阴沉的天空,心里堵得更严重了。

"那,"她使劲咽了咽气,强忍着不让自己颤抖,"一共是多少辆车,都有哪些牌子,车牌号……"

"同志,麻烦你到安全区等候,交通部门的同志们正在调查,有了结果会第一时间向大家公布的。"

接着那位消防员抽出腰间的对讲机,里面传来问话:"气象和地质部门的相关人员什么时候到位?"

"报告队长,气象部门的相关援救人员已经在路上了,预计一个小时内可到达,但地质部门的同志被堵在了起州—阳山段的高速上,不能明确到达时间。"

春见拍了拍那位消防员,嗓音是哽咽的,话的内容却是理智并清晰的:

"我是学地质的,带我去找你们队长。"

临时搭建的指挥部,勉强能挡住外面的泼天大雨,春见进去的时候,里面待了三四个像是刚从泥水里滚了一遭的男人。

看到春见,其中一个皱起了眉头:"这位女同志是?"

春见径直走过去,扫了一眼桌子上的受灾分区图,眉头一拧:"不够,远远不够。"

消防中队长直起身体,正面问:"你是?"

春见自说自话:"按照当初开山采矿时对这里的地形地貌以及地质勘测的结果分析,目前坍塌的区域只是浮于山体表面的一部分,如果雨再不停的话,当初撼动破坏掉的山体会整片垮下来才对。"

队长第三次问:"你是?"

春见红着眼忍着内心巨大的难受,报上自己的身份,然后说:"我几年前在这一块做过相关地质勘测。如果,"她的眼泪唰地流了下来,"遇难者到现在还是搜寻不到的话,建议放弃。"

说完那句话后,春见就崩溃了,眼泪止不住地往外冒。她失控地抓住那位队长的衣袖:"请问,你们见过一个叫白路舟的人吗?他以前在九方山当兵,嘴巴很坏,脾气也不好,满口粗话,动不动就暴走,不讲道理,没文化……可他……可他是个好人……"

"这位女同志,你……"队长只当她是受惊过度,挥手招来那个带春见过来的小战士,"把人带走。"

春见拼命摇头,抽噎着使劲咬住右手食指的第二个关节强行镇定。

她胡乱擦了擦鼻涕眼泪,将零散在额前的乱发拢到耳后,之后几乎是一边哭着一边从山体和沉积物两方面,将此次泥石流灾害发生的原因给消防队长分析了一遍。

最后,她总结:"上游形成区的滑坡现象绝无可能已经终止,二次滑坡的可能性几乎是百分之百的。而中游由于此前泥石流经过已经抬高并拓宽了流动区,所以一旦发生二次泥流,覆盖速度和面积将会超出想象。"

她建议:"立即疏散施救人员以及围观群众,避免更大的伤亡发生。"

队长质疑:"你能为你的言语负责吗?"

春见泣不成声:"能。"

新闻报道说:此次阳山泥石流灾害的毁灭性是空前的,北纬三十三度附近的国道线被冲毁的路段,总长度接近一公里,下游村镇近半被毁。

但由于撤离工作做得及时,除了第一次突发性灾害发生时有伤亡外,在第二次更大规模的滑坡中,无一人受伤或者死亡。

灾后临时安置点的帐篷里——

何止心有余悸地看着白路舟:"我说你瞎逞什么能啊,非要来蹚浑水,你要是把自己交待在这儿了,我怎么跟白叔叔跟白辛跟春博士交代,还让我活不活了?"

被白路舟差点废掉半条命救出来的姑娘现在才感到后怕,抓着白路舟死活不肯松手。白路舟强行把她推开:"我说姑娘,你现在也没事了,该干吗干吗去,别揪着我不放啊。"

何止剜了白路舟一眼:"就不能对人家姑娘温柔点儿?"

白路舟起身就是一腿扫到何止身上:"我闲得啊?想温柔你来!"

何止也是无语了,好生蹲下劝着:"姑娘,你别看这哥们儿长得人模人样,其实不是啥好人,你赶紧松开,别影响到自己后半辈子的幸福。如果你真想找个怀抱,来,我这里更温暖。"说着朝她张开了手臂。

姑娘明显没被打动。

"你别这么强啊,人家名草有主了。再说,就算没主,他也是万花丛中过无数花沾身的人,你别……"

白路舟听不下去了，粗暴打断："会不会说，不会说别说。"

"让说的是你，不让说的也是你，不伺候了。"何止甩手就出了帐篷。

白路舟再次试图把人推开："你要干吗？赖上我了？碰瓷碰到我这儿了？松手！"

姑娘摇头，说着就哭了起来："就只剩我了，我谁也没有了。你别丢下我行不行？"

白路舟心里不耐烦，但看这姑娘哭得可怜兮兮，又不好继续强硬。他皱了皱眉，这安慰人也不是他的强项啊，只好瞎掰："那什么，你也不是只有你自己，有首歌不是这么唱的嘛，'咱们都有一个家名字叫中国，兄弟姐妹都很多'不是？"

上一秒还在哭的姑娘，下一秒扑哧笑了出来，然后笑着笑着又哭了。

白路舟仰天长叹："我的天哪！"

"你能不能……能不能不要丢下我？"

那姑娘肿着一双眼哭得梨花带雨，白路舟实在不知道该怎么拒绝，再加上外面还有一堆事要做，只好敷衍："哎，行行行。你自己消停会儿，我要干活去。"

"你要去哪儿，我跟你一起。"

白路舟走一步，那姑娘跟一步。何止吃不到葡萄说葡萄酸，边帮着清理道路边挤对他："同样都是来做好事不留名的，为啥我挥一挥衣袖只能带走一身泥石流，你小子咋就能捡到个便宜爱慕者？"

"什么爱慕者，人家就是刚失去亲人心里无依无靠的，你能不那么低俗吗？"

何止铲了一铁锹泥往山下一挥："是，我低俗，这么多人她都不跟，偏偏选了你，就你浑身散发着善良的光辉呗。"

"行了，我说你到底在别扭什么啊，阴阳怪气的。"

何止嘴里叼着草，哼了一声："我记得，你当初勾搭人家春博士也是这么开始的,你西门大官人啊?不说别的,咱来这里这么几天了,发生了这种事,电视上肯定播了。要换一个人,早就心急如焚地想办法去联系自己媳妇让她别担心了,你可倒好,跟人家姑娘拉扯不清。"

"谁告诉你老子没联系她了,那也要联系得上才行啊。"

白路舟都懒得跟他瞎贫了,之前恢复通信后他第一时间就给春见打了电话过去,但对方关机啊。要不是前面那个越野团队抢了他们的道,这会儿被埋在黄土里的就是他白路舟。

他在这里九死一生,媳妇居然联系不上。

他觉得自己还委屈着呢,他上哪儿说理去。

整条路被清出来是在灾害发生后的第二天下午。

南边的消防队上来报告情况,连续抢险的战士们得到了短暂的休息时间,席地而坐相互靠着,有些累得两眼一垂就睡着了。

白路舟从车里摸出烟给自己点了一根,剩下的全给了需要抽烟提神的人。

空了下来有人就开始聊起闲话。

南边的战士说了一句:"那女的真是虎,得劲。"

北边不知情的战士问:"什么女的?"

南边的战士解释:"咱这次救援行动刚开始的时候,有个女的来找自己爱人,结果爱人没找到,自己倒扮上地质专家了,紧急撤离的建议也是她给的。你是不知道,她那个时候一边给建议一边哭,弄得咱队长都不知道听还是不听。"

"后来呢?"

"后来紧急撤离成功后,她就抓着咱队长的衣服死活要让队长去给她找爱人。咱队长顾忌着她是个女的,又刚刚给出决定性的建议,不好拒绝,那家伙,愣是跟着她在黑漆漆的夜里折腾到天亮。"

另一个人补充:"这还不算,咱队长都差点累趴下,人家跟没事人一样,天亮之后接着找。你猜怎么着?最后愣是凭一己之力,把那个冲到下游的越野车队的车全都找了出来。"

"新时代的孟姜女啊。"

"比孟姜女强,有两把刷子,我看像花木兰。"

"不过也奇怪了,自从她找到了那些车之后,突然就跟变了个人一样,既不哭也不闹了……"

白路舟最后一口烟吸完,将烟头丢到地上,踩灭。

要是春见也那么对他的话,他这辈子都会只对她一个人好,会拿命去疼她、爱她。

可她会吗?

白路舟的越野车队在事发之后已经返回河浊。

耽误了两天,他也需要给那些人一个解释,并且不用想也知道,现在网上的舆论肯定是一面倒地在抨击他。

与暗渡户外路线存在安全隐患相关的话题,估计会变着花样上热搜。

他这个官方代表又闷着声没有在第一时间给出声明,事件会越演越烈是必然的。何况三人成虎,说不定话题到了现在已经完全变质了。

他沉着声把车从高处开下来,准备和那个副队长打个招呼就叫上何止离开。

自然,没甩开那个被他救了的姑娘——梁欢。

车子擦着国道线缓缓北上,在离重灾区百米开外的地方,白路舟看到了站在油桐树下的副队长。

他背对着公路,正给人打着伞。

伞下的人裹在一块白色的塑料布中,露出的胳膊上挂满了水珠,纤细的双手正在摆弄一台三脚架上的仪器,时不时朝本子上记录些什么东西。

莫名地,白路舟的心里被什么扎了一下似的,疼。

他冲副队长按了声喇叭,对方回头后,他隔着窗户给对方行了个军礼:"走了啊,有事再召唤。"

副队长回礼:"这两天辛苦了,我代表……"

白路舟打断:"行了行了,说破天也比不上你们辛苦。再说,你代表谁啊,咱……"

他原本是要说"都是当兵的人"这几个字的,但接下来,当那个披着塑料布的女人转过身,一双红肿的眼睛落进他的视线后,他一个字都说不出来了。

那是他后来,无数次只要回想就会心口发烫的一幕。

春见苍白到没有一丝血色的脸上,唯独那双眼睛,眼白里的血丝纵横交错,连带着眼角都红得扎眼。

她也看到他的那一刻,鼻头一酸,然后眼泪唰地流了出来。

接着,白路舟几乎是用踹的,粗暴地将车门打开,朝春见飞奔过去。

三脚架"哐当"一声倒在雨中,仪器上的水平指针拼命乱晃。

那个女人,为了找爱人翻山越岭来到这里的女人,是春见,是他的春见。

只有春见。

回到河浊,何止洗了个澡之后觉得自己轻了五斤不止,心情不错,下楼买了夜宵,回来经过白路舟的房间时还哼上了歌。

闻声开门的是住在对面的梁欢。

"哟,梁同学这大半夜不睡觉准备去哪儿啊?"何止叼着烤肉问。

梁欢指了指白路舟的房间:"我想……"

何止冲她摆了摆手:"你啥都别想,我兄弟呢,现在是春宵一刻值千金。而且吧,他大小也算个有名气的人物,该避嫌的你还是要避避。"又把打包的夜宵往她面前一递,"吃吗?"

梁欢摇头,转身回到了自己房间,躺到床上睡不着,睁眼闭眼都是白路舟,那个一身黄泥劈头盖脸骂她的白路舟。

是把她扛在肩上,从奔腾而过的泥石流当中救了她一命的人。

是一边嫌弃她一边又讲笑话逗她的人。

是说以后不会丢掉她的人。

……

酒店房间床头柔和的灯光打在春见的脸上,能看到她薄薄的眼皮下细小的血管。

白路舟俯身,高大健硕的身体挡住了她眼前的光,刚洗完澡吹得半干的头发耷在眼皮上面,靠近了还能闻到淡淡的果香。

他伸手轻轻把她脸上的头发撩开,怜惜地亲了亲她的眼皮。

忽然,春见一个翻身把白路舟给压在了身下。

居高临下,那张轮廓鲜明的脸上眉峰依旧张扬,只是眼神柔和得像一汪春水,茶色瞳孔里静静地映着她。

白路舟痞笑,伸出一只手钩住春见的脖子把她拉到眼跟前:"愣着干吗?我都躺平了,你上不上啊?"

带着茧子的指腹扫过春见的嘴唇,然后在对方开口之前,搂着她一个翻滚上下换了位置,随即急不可耐地噙住春见的唇,在对方呼吸的空当灵活探入,一只手插进她细软的发丛中,一只手游进她宽松的衣服里。

温热的鼻息拂过春见面部的每一寸,然后蔓延向全身。

"害怕吗?"他双手撑着身体拉开一些距离,眼底闪着灼热的欲望光芒,哑着嗓子问。

春见眼角灼红,很明显现在不是听他问这个的时候。

白路舟低笑，一把将她身上洗完澡后套上的衣服扯走，埋头啃咬："我早就想这么做了。"在听到对方绵软的喘息之后，继续说，"下午，在国道上看到是你，我就想这么做了。"

春见浑身发烫，意识迷离："我比你……更想。"

这话一出，白路舟心脏差点炸掉，仿佛全身血液都开始倒流，汇聚到一个地方，让他理智全无，抛开了所有的自持、克制、压抑……

一刻都不再耽搁，他将人往怀里一楼，一个上挺，埋进了她的身体里。

春见浑身一绷，找到他的双手十指交握，窒密的呼吸得到缓解，眼角一热，有东西夺眶而出，但很快被亲干净。

春见模糊不清地喊他的名字："白路舟。"

"我在。"

"白路舟。"

"我在。"

"别丢下我。"

"不会……死也不会丢下你。"

而此时，酒店大堂里坐着位年过半百的男人，虽身姿笔挺，但爬满双鬓的苍老肉眼可见，并且这两天似乎又老去许多。

秘书从前台过来，躬身凑近那男人耳边："从入住信息上看，的确是小舟本人。"

白京揉了揉眉心："知道了。回建京。"

秘书问："不见一面吗？要不我给他打个电话让他……"

白京起身，摆了摆手："没那个必要，回吧。"

同样是风雨夜归人，相隔千里的建京城市主干道上奔走的车子遇到十字路口的红灯，踩下刹车，停住。

手机里来了消息提醒，"叮咚"一声后又振了几下，开车的人扭头从副驾驶座上拿起手机。消息来自某娱乐狗仔大佬的微信,发了三张照片,画面上的人分别是白路舟和白京,前后相隔俩小时不到,先后进入河浊的一家酒店,白路舟进去之后再也没出来,但白京很快就离开了。

绿灯切换,唐胤将手机丢回了原位,踩下油门冲过了马路。

原本冷彻沉静的一张脸,在车子开到应江河边偏僻的位置时,突然变得狰狞起来,扯着嘴角无声大笑。接着,他像是疯了一般拼命拍打着方向盘,鸣笛声穿透浓重凄迷的雨夜,消散在高阔的天空中。

为什么,凭什么?

他争分夺秒、夜以继日才考上的建京一中,白路舟和陈随交点儿钱就上了;他夙夜匪懈,废寝忘食才勉强上个一本大学,姜予是不费吹灰之力就本硕连读保送博士;他呕心沥血才把公司经营得蒸蒸日上,可白路舟只需要有个厉害的爹,即便是不学无术身无长物,也能混得风生水起。

而他唐胤呢,一夜之间京行集团单方面解除所有核心项目的扶持,公司凭空蒸发了一个天文数字的资金,步步为营才得到手的唐生传媒,还没有让他焐热乎,就名存实亡了。

唐胤趴在方向盘上,脱力一般压着,尖锐不断的喇叭声刺破黑夜。

他白路舟明明和白京是父善子孝的关系,却要骗他说他们水火不容,让他从不曾想过白京会在舟行里插上一脚,并始终掌握着舟行的经济命脉。他就像个跳梁小丑一样在白京的眼皮子底下蹦跶。

而这一切,他认为白路舟是知情的,并且也一直在看他的笑话。

最后,他替白路舟卖命赚完钱了,又一脚把他踢开。

卸磨杀驴,毫不留情。

他白路舟不是落井下石吗,那他就给白路舟来个火上浇油。

Chapter 17 明媚

吃了我煮的面，
就得是我的人了

HOLD俱乐部这两天很不平静。

午饭期间，有队友端着饭菜来到春生的机位："还练啊？听说咱俱乐部就要散了。"

春生目光专注，双手灵活地操纵着键盘，还在虚拟世界里大杀四方。

"跟你说话呢。"那位队友把春生的耳机一摘，又准备去关他计算机。

春生呵斥："你敢动一下，试试看。"

队友收回手："听说咱老板破产了。"

"跟你有毛关系？"

"怎么没关系？我签约的第一个月，工资都没领呢。"

最后一击双杀，计算机屏幕上弹出个"胜利"，春生这才转过身，接过饭菜吞了两口，又还给了他："我出去趟。"

"哪儿去啊？"

春生去了相隔不远的金牛座。

公司进门的墙上，唐生传媒的logo才贴上没多久，员工就去了大半，前台美女正大光明地追着剧，有人进来，都没抬头看一眼。

春生摸了摸鼻子，根据记忆找到唐胤的办公室。

还是16℃的气温，还是那张土到爆的梨花木办公桌。

唐胤衬衣皱得不像样儿，胡子拉碴的，原本一副还算不错的相貌，现在怎么看怎么落魄。

春生在进门前，突然转身去了茶水间。咖啡没有了，他就洗了个杯子，泡了一杯茶。

春生将瓷杯轻轻放在唐胤的手边。

正在敲键盘的动作突然停止，唐胤抬头。

眼前少年俊朗的一张脸，像初春的太阳，柔和又灿灿烂。

仅仅只是一瞥，唐胤很快又低下头。

春生讨了个没趣："我是来问问看，你是不是破产了。"

唐胤的手再次停住，脸上没有表情，语气也十分平静："我就算是破产了，也发得起你的工资。"

"哦，那就行。"春生说完就走。

"站住，"唐胤瞥了一眼手边的茶，"如果我没记错，现在是你们的训练时间吧？"

春生双手插在口袋里，转身，眉头一挑："我得确认我老板是不是还活着，这样才能做好时刻跳槽的准备啊。"

唐胤冷笑一声："真是树倒猢狲散。但是，你记住，我唐胤不会就这么倒下。不过你要是想走，随时都可以走。"

"行，等你发不起工资的时候，我自然会走的。"

大巴车在建京高速路口收费站停了一会儿。

春见拿手机看时间，来了几条推送。

是和白路舟的暗渡户外有关的内容，她留心多看了几眼。

发布时间是昨天晚上，她与白路舟见面之后。

有人在网上声讨他，说他在明知道阳山路段不安全的情况下还执意走那条线，有理有据，还直接甩出了一份地质勘测报告。

虽然改了一些词语，但从语言习惯上，春见一眼就看出那是她发给闻页的。

仅此一份，为什么她不认识的人会有？

很快，附和的人越来越多，甚至有人要求白路舟对他们的精神和身体损失给予赔偿。

在这个成也网络败也网络的时代，一件事情一旦被定义成谋财害命，那这件事基本上可以说是糊定了。

而对白路舟所有不利的言论当中，有一条特别突出。

有狗仔大V从里到外全方位无死角地剖析了他过去的感情史，总结起来就是——白路舟就是一个前无古人后可能无来者的超级渣男。

由渣男引发的系列话题最终汇聚在他是如何利用完自己兄弟后又插了兄弟一刀上。

春见数了数，热搜前十，和白路舟相关的话题占了一半以上。

她点开一位控诉白路舟始乱终弃的十八线小明星的微博。

看到这位小明星的微博，陈随都笑疯了，拍着桌子问白路舟："三年前这姑娘还未成年吧，你哪儿认识的啊？还有你什么品位啊，那眼角都开到鼻梁上了。"

白路舟叼着烟，不以为意地笑："这你要去问你小唐总啊。"

看皇帝不急的样子，姜予是抬眼，问："你打算怎么做？"

"什么都不做。"

姜予是提醒："如果不正面回击，你在网上被盛传的负面形象可能会让暗渡就此夭折。我建议你还是走法律程序，维护你的正当权益。"

陈随啧啧两声："这是要和小唐总正面开撕了？"

"跟唐胤对簿公堂，"白路舟问，"换成是你，你下得去手？"

暗渡户外的会议室里，没开空调，风从外面进来，全是热气。

姜予是松了一颗衬衣的扣子，端起桌子上的咖啡喝了一口，然后才说："他既然做得出来，就应该有那个心理准备去承担后果。换作是我，我不仅下得去手，而且肯定会下手。"

白路舟低头将烟摁在烟灰缸里，抬起眼皮，一改无所谓的态度，十分严肃地强调："如果我真动手，唐胤就一点翻身的机会都没有了。"

直起腰，白路舟最后问姜予是："你真希望我动手？"

姜予是推了推鼻梁上的眼镜，镜片下面的眼睛，狭长、凌厉，他反问："为什么不？"

一下车，盛夏热浪就从远处翻卷着扑向春见。

她提着背包一路走过去，小区在马路对面，过了十字路口经过几辆卖水果的货车，就能看到大门。

大门两边是各种便民商铺，第一家是留芳的网吧，网吧边上抠出了一个小窗口，卖的是福彩。

这些年，留芳就是靠这两样赚钱的。

然而，今天她的网吧好像有些不对劲。

门外停着一辆消防车，四周围着一层人，吵吵闹闹着，不知道发生了什么。

春见加快步伐朝"来上网吧"走去，刚一走近，就闻到一股浓烈的焦糊味。结合那辆消防车，春见马上意识到，留芳的网吧可能失火了。

她扒开人群走进去，只见留芳穿着一双胶拖鞋，宽松的牛仔裤挽到膝头，上身的白色T恤沾满了烟灰，彩色长卷发绾在脑后，露在外面的胳膊上红肿青紫一片一片的。

她正拿着水龙头冲洗着被火燎烧过的墙面。

"留芳。"春见叫了她一声。

　　留芳扭头看到春见，咧嘴一笑，两排牙齿和烟熏火燎过的脸一比，洁白异常。

　　"回来啦？"留芳像往常那样和春见打招呼。

　　春见往里看了看，网吧里面黑漆漆的，挂在墙壁上被烧毁的画框"砰"的一声落下，砸在地上溅起一片黑黢黢的水花。

　　"你没事儿吧？"春见问。

　　留芳咂了咂嘴，扔下水龙头，冲春见摊了摊手，笑："都没了。"

　　春见站在留芳对面，水龙头里的水还在往外冒，顺着地砖流到春见的脚边，钻进鞋子里，沁凉。

　　突然，留芳跑过去抱住春见，号啕大哭："都没了，春见，我什么都没了。"

　　春见手中的包"啪"的一声掉落在地上，她也不去管，腾出来的手拍拍留芳的背。

　　她抬头望着一尘不染的天空。

　　风从八方吹来，裹着乱七八糟的味道将春见和留芳包围。

　　围得密不透风。

　　网吧失火时机位都是满的，由于安全通道被机位堵着，撤离不顺畅，有两个孩子没能及时冲出去，一个轻度烧伤一个重度烧伤，现在还躺在医院。

　　而网吧里所有的计算机设备全部烧毁，损失还在估算中。

　　留芳卖了车勉强支付那两个人目前的医药费，但网吧要想重新开张，几乎是不可能了。

　　"唉，真是人算不如天算。"王草枝边择豆角边嘀咕，"好好的网吧怎么说着火就着火。"

绝对不是说着火就着火的，如果留芳能每年定期检查网吧里电线老化的情况，如果安全通道没有被机位占着……可是，没有如果。

春见是在楼上天台找到留芳的。

她靠墙坐在地上，身边一打啤酒喝得只剩下两罐了。

看到春见，留芳朝她递过去一罐。

春见接过，但没开。

夕阳在天边，从春见的角度望过去，它正好浮于眼前交织错乱的电线上面，橙红色的光晕染着苍穹，沿着地平线铺陈开去。

美得不真实不像话。

"你还记得吗？"很久之后，留芳开口，"你刚搬来的时候，我们三个也在这里看过夕阳。"

"记得。"

"我还问你和化颜，你们长大了想做什么。"

春见回忆说："化颜说她想当摄影师，把你、把我、把夕阳都拍下来留住。"

"你说你想读书，一直读下去，学知识明是非，要做个勇敢坚强的人。"

"你笑我们，说我们酸。"

"现在，该你们来笑我了。"

春见眯着眼，"嘭"的一声抠开了易拉罐，朝留芳手上的碰了一下："不是，我是想说，我们到了最后可能都会变，但我们看过的风景从来都没变。你信不信，明天的夕阳也会这么美。"

留芳红着眼，本来要哭的，结果却"扑哧"一声笑了出来，使劲回碰了一下春见："电影台词说得不错。那，你还会来陪我看吗？"

春见仰头喝了一口，被呛到："咳咳……有空就来。"

"你就不能回个肯定句安慰安慰我？"

春见擦了擦嘴："骗人是不对的。"

"你不知道有个东西叫善意的谎言?"

"谎言就是谎言。"

"咦……"留芳嫌弃,"也不知道人家白路舟是怎么看上你的。"

"明天我帮你问问。"

……

摄制组今天去拍化颜爸爸的店。

一大早,春见是被隔壁留芳家的吵架声弄醒的。

摔盘子摔碗已经是常态,时不时还能听到留芳妈说句下流的荤话刺激留芳爸,接着留芳爸忍无可忍的时候会去厨房拿菜刀扬言要砍死她。

不过,大家都习以为常见怪不怪了,反正也不会有谁会真的死掉,日子还不就是这么一天一天地过。

春见起床的时候,王草枝已经出门,春来刚从外面回来蹑手蹑脚地钻进厨房,翻箱倒柜找吃的。

春见抓了抓头发,随口问:"饿成这样,怎么不在外面吃了再回来?"

春来没意识到问话的人是春见,从冰箱里拿出一个凉豆包就往嘴里塞,边塞边说:"没钱呗,有钱谁吃凉的。"

春见越过春来将冰箱门使劲一合,手撑在冰箱门上没立刻拿开:"没钱还整天往外跑不着家,你哪里来的底气?"

春来一个激灵,慢慢转身,对视上春见的眼睛,脸都白了:"闺……闺女你什么时候回来的?"

春见一看他那样子就知道他铁定是干了什么亏心事,虽然他做的事没有哪件不亏心,但春见又说不上来具体哪里不对劲。

"砰砰砰!"

客厅门被使劲敲着,春见回个头的工夫,春来就趁机溜走了。

"等下。"春见朝门的方向喊了一嗓子,然后转身离开厨房去开门。

女人带着一脸的怒气,开口就以一种要吃人的气势唾沫横飞地问:"做人要点儿脸行吗?我这房子租给你们十多年,问你们涨过几次房租?让你们住在一线城市享受十八线的房价,能不能多少感恩一点?一年一交的房租,你们都能给我拖欠,拖到现在电话都不接了,以为我不会找上门是不是?"

春见有点蒙:"房租,上周不是已经给了吗?"

"什么?"那女人眉头一横,"张着红口白牙说瞎话呢?谁看到你们的房租了?来来来,你给我出个证明,证明我拿到了房租还来讹你。你要是给得了证明,我这房子白送你们住都可以。"

春见回头往屋里看了一眼,春来"砰"的一声关上了房门。

王草枝和春来的卧室门是被春见一脚踹开的,那个时候春来正抱着自己的字画缩在阳台上。

每次只要春见一发狠就要夺他字画去卖,他都形成条件反射了。

但是,这次春见的注意力似乎并不在他的字画上,怒气也是前所未有的浓:"拿我给你们交房租的钱去打牌了?"

春来往后退了退:"我,我本来是可以翻身的,只要翻了身……"

"嘭——"

"哗啦——"

阳台上放了一溜排的多肉被春见一巴掌打翻,花盆碎裂,泥土散了一地,植物连根带茎地滚到春来脚边。

"哎呀呀,"春来号着蹲下把多肉捡起来,心疼坏了,"你一个姑娘家家的,怎么这么暴力啊?我这多肉都养出老桩了,你个败家玩意儿。"

春见无话。

无力。

王草枝的电话打不通,那一瞬间,春见真的很想过去把那个年过半百还一脸不知人间疾苦的瘦弱男人从窗口丢出去。

丢出去，从此一了百了。

小区大门口停着的车在春见刚靠近的时候按了一下喇叭。

春见扭过头，看到白路舟趴在车窗上看着她笑，伸出窗外的脸映在盛夏闷热的晨光中，好像带来了一阵风。

太明媚，太刺眼，太勾人。

春见定在原地走不动路了。

"别看了，"白路舟下车走到她身边，低声耳语，"人都给你了，跑不了。"

春见耳根微红。

"事情都解决完了？"春见低下头小声嘀咕，"我是说被你始乱终弃的女人们。"

她低头的时候，从白路舟的角度正好能看到那两排刷子一样的睫毛，颤得他心痒，于是伸手把人往怀里一搂："就为这昨天回来都不去见我？你就这么不相信我，嗯？"

春见心里还憋着气："我相信你，那些事情就不存在了？"

"嗯，好酸，我瞅瞅看是谁家醋坛子翻了。"

他亲了一下春见的额头，用少有的正经语气说："你可以不相信我这个人，但你不能不相信我的眼光。我在正当的年纪看过最好的，从那以后其他人根本入不了我的眼，更不可能随随便便就能爬上我的床。"

不等春见接话，他又立马补充："说了你可能不信，你在学校橱窗里留下的那张寸照后来被我抠走了，留在我出生的地方。当然了，我可不是看到你的照片就爱上了你，我还没那么变态。我当时就想，我以后要是找老婆，就得按照那种标准来。"

知道要是她再应和他可以说得更臊，春见脸红着转移话题："那你为什么不去追究造谣者的责任？"

"那个人是唐胤。"

"是唐胤就不能追究了？"

白路舟解释："对，不能追究。一旦追究了，虽然可以挽回形象，但是也会印证他的某些自以为是的观点。比如我一直没把他当兄弟，只是利用他，完了不仅一脚踢开，还背后捅他一刀。"

"不说这些了，"白路舟说，"我是来找你吃早餐的。"

春见顺着他的话接："那正好。"

"正好什么？"

春见往化颜爸爸店里瞥了一眼，摄制组已经来了，她出主意："等下你假装是化叔叔店里的常客，如果有镜头对着你，你要表现出东西很好吃的样子。"

白路舟玩笑道："那你们要给我广告费，我这种热度的出场费最起码也是七位数起。"

"当然了，"白路舟眯了眯眼，"要是某人表现得诚恳一点，出场费什么的都好说。"

"嗯，怎么表现？"

白路舟凑在她耳朵边上说："前两天，在河浊，你很主动，我很喜欢，要不……"

春见踢了他一脚，红着脸头也不回地进了化颜爸爸的店里。

门口的桌边坐着摄制组的工作人员，摄像师和导演不在。

春见问："导演他们呢，没来？"

有人回："来了，不过导演临时想加几个化师傅在菜市场买菜的镜头，就带着人一起去了。"

一伙人马上忙活起来，小小的店子里根据拍摄需要简单改变了布局。春见光顾着帮忙了，一回神发现白路舟居然挽起衬衣袖子钻进了操作间，正有模有样地在煮面。

春见一把推开被水汽糊了一层的玻璃门:"老板,香菇面,加个鸡蛋。"

白路舟伸出手指头戳了戳她的脑门儿:"吃了我煮的面,就得是我的人了,你可想好了啊。"

春见撇了撇嘴:"你这面也太贵了吧!"

"贵?"白路舟欠身,把她拉进操作间,顺手把门给关上,"我说的是煮一辈子。"

春见不假思索:"我想好了,你煮吧。"

白路舟眼睛一弯,对这个答案很满意:"那行,把碗拿过来。"

瓷白的大口碗,面是刚出锅的,香菇臊子淋在上面油光泛亮,白路舟还很豪气地给她加了两个鸡蛋。

春见夹了一筷子,白路舟立马狗腿地凑近给她吹了吹,还不忘冲她挤了挤眼。

春见吸溜一口面进去,胃里一暖,心情跟着变好了。

柔软的晨光沿着小区街道铺陈而来,掠过有些年代的地砖,爬上桌子,覆盖在两个人盛着面的碗上。

那样数以万计平凡的清晨,正因为它的普通而变得珍贵。

摄像师扛着机器大步流星地从马路对面冲过来,汗湿的头发耷拉在眉毛两边,脸上是掩饰不住的惊慌。

春见一口面刚送进嘴里,就被他一句话给呛了出去。

"快,"摄像师指着不远处正在施工的大厦说,"化师傅被车给撞了。"

春见腾地起身,撞翻了桌子上的两碗面,面汤顺着桌子流下,渗进了地砖。

"你说什么?"

摄像师还喘着气:"我们买菜回来,化师傅骑着他的小三轮,本来大家都走得好好的,没承想路口会蹿出来辆拉砖的车,化师傅来不及躲避,就……"

"人呢?"春见吼着问。

摄像师指了指医院的方向:"方……方导已经把人送去医院了,我就是回来,回来通知……"

春见松开他,转身就往大马路上跑,被白路舟一把按住肩膀。

"冷静点,"然后,他扭头问摄像师,"哪家医院?"

摄像师说:"人民医院。"

"我去开车,在这儿等我。"

市人民医院,急诊科手术室。

手术已经进行了八个小时。

化颜靠着墙根坐在地上,双手捂着脸,手缝是湿的,胳膊上抽完血的针眼周围结了血痂。

小区平时关系还不错的邻居都不约而同地赶来了,王草枝正搂着化颜,春来抱着胳膊站在王草枝边上。

留芳和留国栋挨着春见,白路舟在联系他家医院的外科医生。

手术室的门再次被打开,护士跑过来说:"刚才献血的家属,麻烦再准备献一次。"

有人表示抗议:"你们医院不是有血库吗?我们小姑娘够你们几管子抽的?"

护士说:"平时献血都不积极,现在知道血库了?那血库要是有血我们能不知道用?病人还躺在病床上,舍不得小姑娘再抽,你们这么多人,有AB型血的都可以试试啊。"

大家七嘴八舌讨论开了:

"我听说啊,献血对身体不好。"

"对啊对啊,而且谁知道他们的针头干不干净。"

"就是就是，好多没病的人都是献血献出毛病的。"

……

"我去我去，"春来朝护士说，"我献，要多少抽多少。"

春见白了春来一眼："你一个 A 型血跟着凑什么热闹？"

这时医院走廊最不显眼的地方传来生脆的一声："抽我的吧。"

众人回头，只见留芳妈也不知道是从哪个场子赶过来的，穿着紧身吊带裙，胸前两团呼之欲出，口红明显是刚补过的，眼妆有些花。走近了，还能闻到她身上呛人的烟草味。

"抽我的，我是 AB 型。"话说得漫不经心。

化颜猛地站起来："不用了，还是抽我的吧。"

"怎么，"留芳妈眼尾一扬，面上的风情不合时宜地露了出来，"嫌我脏？"

"不是，"化颜语无伦次，又开始哭了起来，"我是我爸的女儿，他出事应该由我……"

"放心吧，"留芳妈瞥了一眼走廊上站的一众望着她嘀咕的邻居，"我的血，干净着呢。"

Chapter 18 释怀

> 我只是想让您别再
> 欺负我的蠢蛋了

在白路舟对唐胤的作为无动于衷两周后，唐胤终于自己按捺不住了。

暗渡户外的挂牌地点在那片旧厂区的3号厂房，上次的启动仪式，唐胤借口要出差错过了，这是他第一次来。

闲置了十多年的厂区早就听不到机器的轰鸣声，闻不到烟囱里湿煤渣的味道。

白桦树已经长得遮天蔽日，能遮住头顶上的青天以及炎炎烈日。

暗渡办公室外墙上的空调外挂正在滴水，不远处的树荫下，一个小女孩浑身沾着颜料，正贴着树干站着一动不动，看起来应该是在接受惩罚。

蹲在小姑娘身边的是个二十岁光景的姑娘，长相清秀，身上也沾满了颜料，嘴里说着些哄人的话，但小女孩儿似乎并不买账。

身后办公室里突然爆出一阵哄笑。

接着就听到有人说："快点，别躲啊，这口红贵着呢！"

"小舟舟你要再输两把，你的脸就上完妆了，到时候记得自拍发朋友圈啊。"

唐胤抬手敲了敲门。

"进。"是陈随说的。

唐胤拧了一下门把手,门就开了。会议室里,陈随正在会议桌上撅着屁股给白路舟涂口红。

一边,何止和其他两个员工已经笑岔气了。

桌子上的纸牌零零散散地扔着,看来他们是在打牌。

看到唐胤,最先没笑的是何止,接着另外两个员工也闭上了嘴。

从白路舟的角度能看到唐胤略带惊讶的脸,陈随对这一切浑然不觉,还醉心于自己的上妆事业。

"别动,下一把我一定让你输个眼妆出来。哎,你别说,你睫毛这么长,真的适合化个……"

"怎么不坐啊?"白路舟突然开口。

陈随手一抖,口红涂到了下巴上。

陈随"啧"了一声:"谁让你说话的,你看你影响到我的技术了吧?再说,坐着怎么涂啊?"

白路舟继续说:"看我干吗,有话就说。"

陈随继续接腔:"看你……"觉得不对劲,猛地扭头,"小唐总?"

何止从桌子上的烟盒里抽了一根烟"咔嚓"一声给自己点着了,然后招呼着另外两个员工:"走,咱出去陪小公主玩会儿,一会儿把小人儿都给晒化了。当的什么爹啊这都是。"

会议室安静下来,唐胤给自己抽了把椅子坐下,开门见山:"你什么意思啊?"

白路舟就着陈随给他化得乱七八糟的妆点了一根烟送到自己嘴里:"怎么,没接到我的起诉书,等急了?"

"玩我还没玩够是吗?"唐胤对视上他,习惯性地给了个笑容,尽管有几分扭曲。

"玩你？"白路舟轻笑，"你有什么地方值得我玩？"

"羞辱人的最高境界就是无视这个人的一切，我懂。"

白路舟把手边的烟盒推给他："从金牛座过来？"

"从HOLD俱乐部过来。"

白路舟眯着眼吸了一口烟："也是，你现在就剩下那个俱乐部了。我听说，春生带着你们团队打进了本季度亚洲杯的前六名？"

唐胤忽然收住了笑："怎么，你要让我感谢你当初坚持让我签下春生这件事？"

白路舟嗤笑："你看吧，你永远都在拿怀疑的眼光看四周。比成绩，你比得过姜教授？比有趣，"瞅了一眼一直没说话的陈随，"你有他有趣？钱，你有我多？所以，你有什么值得我玩的？我玩一个成绩一般、无趣还没钱的人，你觉得我是闲啊还是傻？唐胤，你别把自己看得太重要，当然了，也别看得太轻。"

唐胤从烟盒里抽出一根烟夹在指间："所以，你是不打算要暗渡了？"

"这是我的事。"

"这么说，我们以后不能继续当兄弟了？"

白路舟一根烟燃到头，他伸手将其摁灭在烟灰缸："从你在网上撕我的那天起，就不能了。"

"这不就结了，恨就是恨，别清高地说自己不在意。"

"你错了。"白路舟说，"我不恨你，如果恨的话，你现在绝对不会这么安然地坐在我对面。我只是放弃你了，从我的生命当中放弃你了。"

"你不想知道为什么吗？"

白路舟摇了摇头，替他说明一切："我爸突然撤资，断了唐生的资金链在先；之后很多企业跟风断了与唐生的合作，导致唐生一下子被市场架空是其次；最后那根稻草，是你忽然发现我跟白京根本就不像我说的那样不对付，反而他很关心我，关心到要用分公司砸钱来扶持舟行，听说我在泥石流中遇难,连夜赶往阳山。"

白路舟双手合十搁在会议桌上:"所以你觉得你被我骗了被我耍了,觉得我从头到尾都只是在利用你,并且是用看笑话的姿态看你。你在网上攻击我,其实你知道那对你并没有什么好处,但你还是这么做了,不过就是想知道努力了却竹篮打水一场空之后,我会不会体会到你的难过。

"唐胤,抱歉,我体会不到,我不难过。因为对我来说,这条路不通我就会去找下一条路走。你的唐生做不下去,表面上看都是因我而起或者说和我有关,但是唐胤啊,商场如战场,你既然当初有自信可以做好它,就应该做好准备随时接受来自四面八方的挑战。"

所有的话都被白路舟说完了。

唐胤颓然地往椅子上靠去,脱力一般最后问:"你有没有,真的,拿我当过兄弟?"

白路舟凄然一笑,没正面回答,却突然冲陈随发火:"你会不会化妆啊,这口红擦得跟大出血一样,赶紧给老子卸了,老子有要紧事要去做。"

陈随反应过来,"哦哦"两声,手忙脚乱地用卸妆水把白路舟的脸给擦了个干净。

"吱——"

椅子拖动的声音。

"嘭——"

开门后关门的声音。

接着,房间里空了。

唐胤在那间办公室一直坐到了天黑,离开时才发现,空调一直都在26℃,原来这个温度才最舒适。

通往京陵半山腰的路由于是私人修的,不宽,只够四轮车单向行驶。

路边的野生植物肆意生长，汽车经过难免刮蹭到。

一辆漆红色跑车映在盛夏金黄的烈日当中冲向半山腰的别墅。

这里的家，白路舟后来很少来了。

所以他不记得院墙上的蔷薇开败后接替绽放的是什么，现在看到了，也不认识。

他把车停在院门口，没打算多留。

房子大门开着他没进，而是绕过后花园，直接进了餐厅。

还没走进去，就听到白京抱怨："说了让你少做点儿。"

张阿姨的声音："万一小舟回了呢？"

"哼，你看他会不会回来。"

白路舟推门进去："我这不是回来了嘛。"

张阿姨手中端着刚出锅的鲜鱼汤，看到白路舟，脸上闪现一丝难以掩饰的喜悦，立马放下鱼汤赶着去添了一副碗筷："正好，白大哥刚还念叨你。快坐下吃饭。"

白路舟抽出一张椅子，把碗筷推到一边，笑着对张阿姨说："我吃过了。"

白京夹了一筷子菜正准备往白路舟碗里放，听他那么说了后又放回了自己碗里："你张阿姨准备了很久，多少吃点儿。"

张阿姨面色尴尬，起身："我去洗点儿水果。"

白路舟点了一根烟，阴阳怪气地说："没想到，日理万机的白董事长，现在已经学会每天回家吃饭了。"

白京"啪"的一声把筷子拍在餐桌上："不吃饭就滚。"

白路舟嗤笑，将烟摁在面前的空碗里："急什么！我妈死的时候你说过，以后我想要什么你都会满足，这么多年，我也没问你要过什么……"

"你是没要，不过是没打招呼地拿而已。"

"你非要说我拿了，那我拿的也是我妈那部分，"白路舟坐直了盯着白京,"要么让我自立门户,要么给白辛上户口。"

"我还没死呢,你就想自立门户?"白京呛了两下开始咳嗽,"给你私生女上户口,你也得拿出像样的成绩出来堵住别人的嘴。以前你胡闹外人还可以说你是年少轻狂不懂事。现在呢?你瞅瞅你自己,除了玩,正经事有一件是你做成的?给她上户口?行啊,一个月的时间,除非你手上的项目起死回生,否则免谈。"

白路舟起身把椅子推进去:"这可是你说的,"走到门口又转头,"但是唐生传媒的事,你做得真不厚道。"

张阿姨端着水果站在门背后,看着白路舟走远了才出去,劝白京:"你老是跟他较什么劲?而且你明知道那小姑娘也不是小舟的,他是为了他战友……"

白京疲乏地摆手:"他以前是什么样你又不是不知道。谁知道他是一时兴起还是真能对小姑娘负责。不让他付出点儿代价,他就永远不知道天高地厚,看他什么时候能定下心。"

"可是……"

"行了,你别管。我在还能给他收拾烂摊子,万一哪天我就不在了呢?他那花天酒地还不务正业的脾性,我看啊……"

"呸呸呸,说的什么话。"

白京叹了口气,捡起桌子上的筷子继续吃饭。

法学系院办。

姜予是监考完抱着卷子从教学楼过来,刚上到三楼拐角,眼前一黑,忽然就是一板砖稳稳地拍到了他的脑门儿上。

接着,身后传来春见的声音,像是奔跑着说的:"化颜,你干什么呀。"

疼,脑袋像是被撕裂一样疼。

姜予是一晕,身体摇摇晃晃地往后退了几步抵在栏杆上,手里的试卷撒雪花一样飘了下去。

几秒钟的工夫，他明显感觉脑袋上一股热流往外涌，很快就顺着额头流下来，模糊了他的视线。

他伸手摘掉眼镜，顺手抹了一把，黏黏的触感带着腥咸的味道，他还来不及给这液体做定义，化颜手中的板砖就又扬了起来准备第二次拍过来。

说时迟那时快，只见春见一只鞋都跑飞了也顾不得回头去捡，光着一只脚冲过来从化颜身后一把抱住她。

化颜手一抖，板砖"啪"的一声落地，狠狠砸在春见光着的脚背上。

春见疼得脸一抽，整张脸都憋红了，愣是忍着没叫出来。

"好……好手法。"春见抖着手把化颜往后拽。

化颜满脸泪痕，挣扎着又要去捡板砖："你拉着我干什么？你昨天不是也认同他就是郑易成的帮凶吗？为什么要拦着我？"

姜予是这才抬头，看清了对面俩人，一个是春见，一个是他新接案子的原告方。

只是，她们官司打不赢，来找自己干什么？

他冷静地从裤子口袋掏出手帕，先擦了擦眼镜又擦了擦脸，然后把手帕丢在了手边的垃圾桶里，这才开口："姑娘，故意伤人你认为是可以不用负法律责任的吗？你信不信我有本事让你进去待到你冷静为止？或者，待到让我消气为止。"

春见讪笑："姜教授，我朋友就是一时冲动没想开，她不是……"

"春见，包庇帮凶同样是要负责的。"姜予是忍着痛，耐着心。

"你误会了，"春见拉着化颜往后退，"她没有要怎么样你的意思。"

化颜不干了："不，我就是来找你的。我就是想问问你，你还有没有良心，你的道德底线都被狗吃了吗？我爸现在躺在医院里有可能再也站不起来了，而你居然帮着郑易成在法庭上睁着眼睛说瞎话，让我爸负全责？你就是欺负我们没权没势翻不了身是不是？我告诉你，我不会放弃上诉的，就算砸锅卖铁我也要讨一个说法。"

听完化颜的控诉，姜予是整理了一下自己的衬衣，回了俩字儿："请便。"

"姜予是，你会遭报应的。"化颜抓着春见，哭得凶狠，"春见你说啊，你把你昨天说的话再说一遍啊！你告诉他这是在助纣为虐！责任全在施工方，我爸从头到尾都是受害者，凭什么要承担责任？为什么？他郑易成有两个臭钱就能颠倒是非黑白吗？姜予是，你为虎作伥晚上就不怕做噩梦吗？"

姜予是进办公室拿了车钥匙走出来，高大的身躯挡住了春见和化颜面前的光，他冷冷地回："我不怕。我受人之托忠人之事，作为郑易成的辩护律师，在不违反法律法规的前提下，我当然应该竭尽全力帮他争取最大的利益。"

春见咽了咽口水："但是姜教授，法律不应该是维护正义的吗？"

姜予是问："你凭什么定义郑易成不算个有正义感的人？"

算，当然算，光无偿捐建"小溪流"这一件事，就足够把他定义成善心人士了。

"就事论事，在这起交通事故中他原本应该是理亏方，"春见理智地分析，"我化叔叔是绝对受害人，如果他今后都站不起来了，那他所承担的身体和精神上的双重损失，难道不应该得到赔付吗？你帮郑总让我化叔叔一分钱的赔偿都拿不到，这不是绝人生路吗？又何来的正义可言？"

姜予是弯腰把脚边的卷子捡起来，努力忍住一阵眩晕："关于这个问题我想你们找错对象了，有这个时间来拍我，还不如去找个更好的辩护律师替你们争取利益。打击和定义犯罪那是司法机关的事，作为一个律师的职责是维护人权。我应该遵守的职业操守不是去同情弱小，而是替我委托人拼尽全力辩护。"

"你放屁！"化颜根本不听这一套，挣扎着要扑上去打他，被春见拼命拉住，她眼底冒着火冲姜予是喊，"你根本就是因为钱！因为郑易成给了你钱，所以你拿人钱财替人消灾！你别说得这么好听还职业操守，你根本毫无操守，你们这些被金钱泯灭了良知为坏人辩护的律师，心都是黑的。"

姜予是从口袋里掏出手机边给白路舟拨电话边说："你也说了，拿人钱财替人消灾。在辩护之前，没有好人、坏人之分，只有诉求。这就和医生一样，他救人之前不会问这个人是好人还是坏人。"

电话通了，对方懒洋洋地问干什么，姜予是扫了春见一眼："在我还不想追究责任之前，来把你的女人带走。"

春见硬拖着化颜离开，最后忍不住还是说了句："但是姜教授，我很认同有人说过的一句话——法律是一个社会最后的良心，而律师则是法律最后的底线。"

多余的话春见实在不知道该怎么说，和姜予是拼口才她肯定拼不过，更何况，姜予是说的那些道理她都懂。

她没想到化颜会来找姜予是，要不是今天习铮打电话让她来学校，而她又恰好看到举着板砖冲向法学系的化颜，那姜予是可能要受的就不只是一板砖了。

出了院办大楼，春见把化颜往椅子上一按，跟着坐下："智商拿去交税了？"

冷静下来，化颜也意识到了自己的莽撞，低头搓着双手："我本来是要去找郑易成，我是想拍他的，可是人家公司大门有保安，我进不去。"

"幸好你进不去。"春见低头看了一眼自己青紫一片的脚背，倒吸了一口凉气，把脚往后缩了缩，"你要是进去给了郑易成一板砖，化叔叔那边可就彻底没希望了。"

"那现在怎么办啊？我查了这个姜予是，年纪比咱们小两岁，可已经博士毕业了。网上资料说他专门替有钱人打官司，读硕士的时候就把几个黑白颠倒的大案子辩护成功了。整个建京，不，就全国来看，能跟他对一嘴的律师都不多，并且咱们根本请不起。"

"那你也不应该来拍他啊，你万一把他给拍出个好歹，他心一狠把你弄进去，化叔叔不用人照顾了？"

化颜抽泣："我没想那么多，我就想大不了我把他弄死了，这场官司我爸就有希望打赢了。"

"你傻啊，没有了姜予是，郑易成就请不到李予是了？"

"那你说，你说怎么办？"

"我看这件事最好还是私下去找一下郑易成，他不是个坏人。作为一个企业家，他比较看重的应该是名誉，所以我们对症下药，才能药到病除。"

"嗡——"

一声巨响挟着热辣辣的飓风停在两人面前，是一辆春见眼熟的跑车。

车才将将停稳，就有人从驾驶室奔下来，带着一脸惊慌跑到春见面前，开口就是："姜予是有没有把你怎么样？"

风将奄在春见脸颊两边的头发吹起，她伸手抓了一把，笑着对白路舟说："没有啊，他能把我怎么样？"

白路舟松了一口气，往春见边上一坐："差点被吓得没命。我说你去招他干什么？"

化颜躲在春见背后小心翼翼地举起手："是我，我招的他。"

白路舟扫了一眼化颜，问："你朋友还有招惹姜予是的本事？"

春见说："没有，但是已经招惹了。"

白路舟问："怎么招的？"

春见给他比画："一板砖拍上去，当场血如泉涌的那一种。"

白路舟惊讶了:"这样了他还能放过她?你们是不知道,我们读书那会儿有个女生不小心把墨水泼到他身上,他当场给姑娘说得差点让人以死谢罪了。"

"那么夸张啊?"化颜嘟囔。

白路舟松了口气,脸扭向春见:"不过,你是我的人就不一样了,他再厉害也不敢动,动你的后果他承担不起。"

化颜浑身一冷,感觉受到了一万点暴击,赶紧起身告辞。

化颜一走,春见就憋不住了,抿着嘴鼓起脸,眼眶一红:"脚疼。"

"什么?"

白路舟立马低下头,见她只穿着一只鞋,另一只脚是光着的,光着的那只脚背上血肉模糊已经肿成了馒头。

白路舟心一揪,紧张地问:"怎么搞的?"

"你先别管怎么搞的了,我快疼死了,你带我去校医务室。"

"我去,你别告诉是叫那块拍姜教授的板砖给砸的啊。"白路舟一把将人抱起就开始跑。

春见指着反方向:"跑反了。"

白路舟刚掉头,春见又说:"车,开车去。"

关心则乱,白路舟跟只无头苍蝇一样抱着她在原地转了好几圈,才找到正确的去往医务室的方式。

地科系院办,张教授办公室。

白路舟把春见放在门口,春见敲门进去时,张化霖教授正拿着习铮从九方山带回来的样品边看边笑着说:"不容易啊,你们这两个月辛苦了,收获不小。"

看到春见,习铮打了个招呼,注意到她别扭的走姿,望着她脚上的绷带问:"你的脚怎么了?"

"被砖砸的。"一句话带过,然后春见单脚跳过去拿起桌上的项目报告表看,突然就兴奋了,"总量这么大的吗?林业部门怎么说的?能同意开采?"

习铮回答:"这部分还在协商,毕竟九方山的珍稀动植物太多,一旦开矿,要恢复只怕需要很多年。"

"不破坏生态是前提,前段时间阳山的泥石流就是个教训,"春见把报告放下,"如果目前的技术还支持不了的话,我建议开矿的事最好延后。"

习铮附议:"我也是这么想的。"

张化霖欣慰地点了点头:"不错,你们两个不愧是我带出来的学生。剩下的事我去跟相关部门协商,你们就专心做毕业论文吧。"

"哦,对了,刘玥跟我说你的论文资料被改了,这是她给你带回来的实验样品。"习铮从地板上拎起一个包递给春见。

春见将包接过去和习铮一起离开,脸上涌现一丝难以察觉的情绪:"难得刘玥有心,谢啦。"

"数据怎么能被人改了呢?"习铮不解,"那你这论文岂不是要推迟了?"

"推迟不好吗?错过了研究院的招聘,你们不就少一个竞争对手?"春见说得随意。

习铮一愣:"这人的用心也太歹毒了吧!这不是恶性竞争吗!谁啊,跟我说,我帮你揍他去。"

春见抬头扫了一眼远方高净的天空:"不用,我会亲自动手。"

院办门口,习铮先一步离开。白路舟蹲下将春见背起来,胸前再次被挂上一包石头,他心底坚信历史是有轮回的。

春见宽慰他:"或许,真的是因为肉都长在胸上?"

"是吗?那天我心太急,观察得不是很仔细,要不咱俩找个地方再深入了解一下？啊……别咬我耳朵！好了好了，我错了。"

"错哪儿了？"

"不应该看到你就光想上你。我思想不端正，我有毒。"

春见："……"

不会花言巧语的人，表达起"喜欢"来一向简单粗暴，白路舟是，春见也是。

她低下头，要求："头扭过来。"

"嗯，什……"

白路舟刚一扭头，嘴唇上就附上了一片温热，比冬天的太阳暖，比春天的风要软。

停车场的门从里面被撞开，两个彪形大汉追着一个"小弱鸡"，嘴里喊着"还钱"。

门口的红色胶桶顺带着倒在了地上，里面洗拖把的污水沿着地砖流得到处都是，泗成一摊的脏水被高速驶过来的车溅起一米多高，眼瞅着就要落到车前盖上，白路舟迅速把方向盘打了个转，车头"嗡"的一声拐到边上成功避开了那摊污水。

小弱鸡在奔跑过程中眼睛扫到了进门的这辆漆红色法拉利，当下计上心来，朝几乎已经停下来的车头上狠狠撞去。

"嘭——"

不算响，但胜在动作要领得当，车祸现场看起来像那么回事。

白路舟下意识地踩死了刹车。

还不等他回过神，一声惊天哭号就在不远处炸开——"救命啊，豪车撞人了，有没有人管啊……"

闻声，安全带解到一半的春见蓦然停手，抬头从挡风玻璃往外看，视线里出现了两个大汉，穿着背心，胳膊上文着青龙白虎，正目瞪口呆地盯着地面看。

接着,那哀号声的音量又升了个级:"要死人啦,胳膊腿都被撞断了,有没有人管啊。"

白路舟脸上一哂,想他风光无限的飙车史都还没来得及拿出来跟春见吹,这就在她家门口的阴沟里翻船撞了人,脸还要不要了?

不过眼下脸显然没那么重要,愣了两秒之后,他还是当机立断地拔了车钥匙准备下车。

春见一把抓住他的手腕:"你别下去,那人是我们小区的,脑子不好使,我去。"

"那怎么行!"

"我说行就行。"

她还不信春来真舍得把自己往死里撞。

估计也是嫌丢人,躺在地上的春来闭着眼使劲瞎号,听到车门打开又关上的声音,他才稍微睁开了一条眼缝,映入眼帘的首先是淡青的天空,接着是天空下长得枝繁叶茂的白桦树叶,最后在摇晃的树叶中,他看到了春见那张毫无表情的脸。

哀号声戛然而止。

春来下意识地起身预备跑,却被春见一把按住,让他保持着原来趴着的姿势不能动弹,另外一只空着的手也没闲着,掏出手机干脆果断地拨了个110。她偏过头,目光定在身后一脸蒙圈的俩大汉身上,电话接通,她故意大声说:"我要举报,有人碰瓷,还有聚众赌博。地址是……"

俩蒙圈大汉这才意识到是遇到黑吃黑的了,再加上对方开的车一看就不是普通人买得起的,当下把好汉不吃眼前亏和君子报仇十年不晚在脑子里过了一遍,然后"双双携手把家还"了。

而这边春来偷鸡不成马上还要蚀把米,作为一个脑子并没有看起来那么蠢的人,他一跃而起,胳膊也不疼了腿也不断了,抢过春见的手机,连句解释的话都没有,一溜烟钻进了地下停车场。

目睹这一切的白路舟给自己点了一根烟,眼睛一眯,对自己的女人是服气的,嘴角微勾毫不保留地赞叹:"牛!"

王草枝拖着从晚市上买回来的已经不新鲜的便宜菜刚进家门,就撞上了正要出门的春见,身后跟着声泪俱下的春来:"闺女,我求你了,不要卖我的字画,那是我的命啊。"

春见一手抱着春来珍藏了很多年的字画一手穿鞋子:"一年的房租加上你欠下的赌债,这才是你的命。"

"你给爸两天时间,不,再给我两千,我一定能给你赢回来。"

春见穿好鞋,一把推开春来:"做梦。"

不明情况的王草枝把买菜用的拉杆车往墙边一放:"怎么跟你爸说话呢?"

春见抬头,甩了甩额前的头发:"就是这么说的。不服?自己赚钱养家去啊。"

"你……"

王草枝下一句话还没说出来,春见就已经挤开她出了门,而春来更是不管三七二十一穿着拖鞋就追了出去。

黄昏过境,太阳沉入远处的地平线,天边一道悠长的橘红色晚霞向无尽的远方铺陈而去。

最后的霞光洒在春来已不再年轻的面庞上,能在那些沟壑深浅的纹路中看到岁月无法治愈的伤痕。他挥动着胳膊,尽管春见一只脚受了伤,可他依旧追不上她,他焦急地叫着她:"闺女你等等,听我说,别……别卖我的字画,真的不能卖,而且也不值钱啊。"

春见大步走到小区对面,伸手拦了一辆出租车,报了建京古玩市场的地址,关上车窗,将春来彻底甩在了身后。

十字路口，人行道亮起了红灯，春来迈出去的一只脚马上缩了回来，眼睁睁地看着春见带着自己的宝贝消失在对面的车流中。

他喘着气往后几步退到白桦树上，靠着大喘气。

从斜对面小巷子里冲出来的跑车一阵风似的经过了他，又倒了回来，停在他身边朝他按了按喇叭，然后降下车窗。

白路舟将墨镜取下挂在胸前："大叔，不是被我的车撞了吗？怎么，不要赔偿了？"

春来抬手擦了把汗，眯着眼睛看了看面前的车，终于叫他给想起了下午的那档子事，虽说碰瓷是不对，但撞是真撞了，现在他的腰还疼着呢。

当下，他也不跟白路舟讲客气了，梗着脖子道："要，怎么不要？凭什么不要？"

白路舟笑着打开车门："要不，我先带您去医院检查检查？"

检查那不就露馅儿了嘛，春来大手一摆："没那个必要，您看着给点儿就行了。"

"我没带钱包出来，这样吧，你跟我回趟家，要多少你说了算。"

春来正想反想没觉得自己有被绑架或者利用的价值，走一趟就走一趟，他一个光脚的难道还能怕个穿鞋的？

应江河畔，20世纪的旧工厂在时代的洪流中被淘汰，烟囱在风中寂寂无声，沿路掠过的苍翠白桦让春来想起了曾经阳光灿烂的日子——

他穿着蓝色的中山装，二八自行车前杠上载着年轻的王草枝，书包里装着北京大学的录取通知书，在那个起风的盛夏午后，他带着她在这条路上来来回回地骑了好多遍。

那个时候，这路上来往的车还不像现在这样川流不息，路面是水泥的，没有沥青路平整。

他握着车把的双手还是修长有力的，不像现在青筋凸显，苍老而颓败。

那时，他还有梦想。

……

夜风温柔拂过，他扭头看了一眼。这时代让他感到陌生，陌生得好像它并不是在他的见证下一天天变成今天这模样的，而是一夕之间就把他远远地甩在了身后。

车门"砰"的一声关上，帅气张扬的小伙子低头凑在他面前："大叔，到了。"

春来踉跄着下车，工厂还是那片工厂，甚至他还能回忆起它当年的繁华来，可时间已不是以前的时间了。

春来仰头，发现自己心里忽然一阵无力。

四号厂房外空旷的院子里有一盏瓦数很大的灯亮着，一堵巨大的抱石墙刚刚落成。

墙下面站着几个人指间都夹着烟。看到白路舟，何止跑了过来，邀功："咋样，看我给你整的。哎，这谁啊，你家亲戚？"

白路舟让春来走前面："对，亲戚，喜欢攀岩，我带他来体验体验。"

何止表示怀疑："白路舟你尽扯犊子。大叔您别逞强啊，不行您带我家小公主遛遛狗都比这玩意儿好玩，您别听白路舟在那儿忽悠您。"

春来脸一僵，觉得事情不简单："不是说……"

白路舟一把扯掉身上的衬衣，从晾衣绳上拽了件T恤套上，指了指抱石墙的顶端："钱就在那上面，您爬上去了，想要多少你拿多少。"

春来扭头就往回走："我一大把年纪了陪你玩这个？"

白路舟站着没动："再不玩，大叔您就真老了。"

春来顿住。

白路舟开始往自己身上套安全设备："赚钱哪有那么容易的，大叔您花钱的时候没想过这些吧？我这抱石墙刚刚安装好，还没找人试攀，大叔要是愿意，只要您爬上去，价钱随您要多少都行。"

原本跟过来拿钱，春来心里就觉得不坦荡，要不是他被逼到了山穷水尽，说什么他也不可能走这一步，好歹也是读过书的人，骨子里多少还是残存了点儿清高。现在白路舟愿意给他台阶下，再说一堵几米高的墙而已，还有保护措施，就坡下驴再明智不过了。

白路舟把路给他铺好就没再管他，自己绑了绳索之后三下五除二爬了上去，觉得不够刺激，第二趟把白辛绑在背上又爬了一遍，下来的时候春来才爬了两米多，已经大汗淋漓上气不接下气了。

"大叔，累吗？"

春来抓绳索的手在发抖，声音是哑的："你到底是谁，要干什么？"

白路舟把白辛送下去，又爬上来，把自己吊在绳子上，悠闲地点了一根烟："我是谁不重要，您只要知道，春见曾经为了赚钱，爬过比这更高更危险的石壁，您不心疼她，我心疼。我一点也不关心一个20世纪的北大高才生有手有脚有文化为什么要靠别人过活，我只是想让您别再欺负我的蠢蛋了行吗？"

白路舟手中的烟掉了一段火星子，那猩红的火刺进春来已经混浊的眼睛里，直逼他内心蒙尘多年的荒原，骤然升起的温度，是火星燎原的结果。

他松开了手中的吊环，顺着石墙溜了下去。

白路舟挥手让何止带着人离开，然后自己跟着坐到春来身边，递过烟："要吗？"

春来接过去，但没抽，问："有酒吗？"

白路舟没说话，起身离开了几分钟，回来的时候手中多了两瓶红酒："抱歉，未经允许，擅自查了一下你的过去。"

见春来不说话，白路舟松了一口气："看见同伴死在自己的面前那种焦灼和无力的感觉，是回忆的雷区，我感同身受。一旦扯上和过去有关的话题，撕扯着神经的绝望就会接踵而来，我也一样。"

白路舟开瓶给他倒了一杯递过去："所以，用酒精麻痹自己，堕落腐烂。能逃避的绝对不面对，能遗忘的绝对不提及。我也试过。"

春来心尖一颤，仰头喝光杯中的酒，自己又倒了一满杯，一饮而尽。

白路舟的回忆同样残忍："可是活着的人就应该接住死去的人留下的棒子，继续往前走。不是替他去活，是继续你们未完成的路。这样，他们的牺牲才有意义。我们的生命是别人用生命换来的，所以除了更努力地活着，我们有资格堕落和腐烂吗？我们有别的选择吗？"

春来想到了那些年，阳光灿烂的天空下，他们一群人也是风华正茂，在书声琅琅的校园里学习、作画、骑车，谈论梦想和时政，似乎未来都是他们的。

然而一起事故的发生，同窗好友惜才替他背了锅，他也因此被学校开除。

所有的一切都终结在那个时候，他的人生里再也没有阳光灿烂了。

只剩下几张两人一起完成的字画被他留着，成了他宝贵却想不起来具体意义的东西。

一开始他觉得自己不配活着，可是往后越苟且就越懦弱，到了最后，他竟然懦弱到靠女儿活了这么多年，而自己却浑然不觉。

……

路，他走了很长，家的方向逐渐清晰，酒精在体内燃烧，很久以后他沿着马路边上的栏杆坐下，面前闪闪烁烁的亮光走马灯一样从他眼前掠过。

而他终于抬头，看了一眼这新世纪灯火辉煌的夜。

明亮的灯光刺痛了他的眼睛。

夏季闷热湿黏的风贴着地面扫了过来，他迷蒙不清的视线里，仿佛看到了一个人抱着他的那些字画，沿着人行道导盲线缓缓地走了过来。

走过来的人坐在他身边，坐了很久很久。

敲门声是早晨五点钟响起来的,春见眯眼看了下床头的闹钟翻了个身继续睡。

王草枝揉了揉春来,他嘟囔了两声,睁眼,看到床头完好无损的字画,一下子来了精神,立马下床奔到客厅打开门。

穿着一身考究西装的白路舟正左手一只鸡右手一只鸭身后还跟了个女娃娃,满脸带笑地站在门口。看到春来,他递上东西:"初次见面,您好。我是您未来的女婿,我叫白路舟。第一次来,也不知道送什么。"

所以你送鸡鸭,你是不是傻?

春见顶着一头凌乱的头发给了白路舟那样一个眼神。

白路舟帮她捋了捋头发,马上回头礼貌地看向春来和王草枝:"叔叔阿姨,主要是太早了,除了菜市场别的店都还没开门,所以……"

"没事,正好,今天打算熬鸡汤,"王草枝笑呵呵地回完白路舟后剜了春见一眼,悄声问,"谁啊?"

春见清了清嗓子,低头揪了揪自己的耳朵:"他自己不是介绍了吗?"

女婿来得太快就像龙卷风,王草枝看着还在扑腾的鸡和鸭,一时间愣在原地不知道该怎么主持场面。

春见从口袋里掏了零钱递给春来:"爸,你带白辛去买早餐吧。"

然后,她把白路舟推到自己房间关上了门,环住他的腰:"你怎么来了也不说一声?还有,你这么早过来干什么?"

白路舟无赖地朝她床上一躺顺手把她拽过去抱住:"谁昨天晚上坐大马路上给我打电话哭了那么久,完了还不让我去找。我这不是担心你嘛,一夜都没睡,想来想去还是决定早点来见你家长,然后把你娶回家,放到眼跟前才能安心,"他凑上来亲了下她的脸,"你说你怎么这么会折磨人?"

春见头抵在他胸口:"也不知道我爸昨天去了哪里,喝得酩酊大醉。

我回来时看到他坐在马路边痛哭流涕,边不停地说着'对不起'。"

白路舟一夜没睡,现在挨到床眼皮就犯困,含混不清地回:"或许是什么让他想通了。"

春见支起身体,看着白路舟紧闭的双眼,低头亲了一下他的眼皮,心里说了声"谢谢"。

"你搞什么啊,"春见刚出去就被王草枝一把拉进了厨房,"交了男朋友也不跟家里说一声。这个男的干什么的?家里什么情况?有车吗?房子呢?自己住还是跟父母一起住?"

春见刷完牙开始洗脸:"咱家这种情况,你就别挑了。"

"我不是挑,问下基本情况总还是可以的吧?"

"想你自己问。"

一个小时后,春见叫白路舟吃早餐。

餐桌上,白辛一手抓着春见一手抓着油条,露出两排小牙齿,笑得一脸灿烂。

王草枝左右看了两眼,总结:自己闺女这八成是要给人当后妈的节奏啊,不行,她得摸摸情况。

"咳,那个小白啊,阿姨问你几句话不介意吧?"王草枝讪笑。

白路舟一脸诚恳:"阿姨您问。"

王草枝就不客气了,干脆放下碗筷:"小白家里几口人?"

"四口。我爸,我阿姨,我,还有我闺女。"

"结过婚了?"

"没有。"

"未婚先……"王草枝指着白辛,"私生的?"

白辛看得懂唇语,春见赶紧打断:"妈!"

王草枝换话题:"那什么时代不一样了,也没什么大惊小怪的。那,那小白你是干什么的？"

"我刚退伍回来……"

"哦，那就是待业。家在市区哪里？"

"我家不住市区。"

还没房子啊！王草枝接着问："如果结婚的话，几年内可以在市区买房子？"

白路舟老实回答："我不打算住市区。"

春见把碗筷朝桌子上一搁："妈你干什么？"扭头对白路舟说，"正好今天我要去趟学校，我们走吧。"

白路舟表示很忐忑，下楼的时候问："我刚才是不是回答得不好？我总觉得你妈看我的眼神里充满了嫌弃。"

嫌弃就对了！春见憋着笑："没有，我妈看谁都那眼神。"

"你没说实话，当着小孩子的面不能撒谎。"

"我还没问你呢，你带着白辛来干什么？大早上也不让她睡个安稳觉。"

"这不是因为梁欢嘛，你见过的，阳山带回来的那个。何止那小子估计是跟人看对眼了，死活要让我留住她。结果咱闺女不干了呀，总觉得梁欢要撬你墙脚，我只要一不在她身边，她就能分分钟把梁欢给K.O了。"

好好一小姑娘动不动就暴走，咋教育的！春见脑仁一阵疼："我觉得吧，你有必要检讨一下自己的教育方式了。"

白路舟点头称是："你知道的，没妈的孩子都像草。"

"嗯？"

"我是说，咱闺女缺个妈。"

"哦。"

"你别给我装傻。白辛，喊妈。"

白辛得令小跑过去，抓住春见的衣角就比画："妈。"

春见回头看到笑得像个二百五的白路舟,摇了摇头,终于明白了什么叫"爹傻傻一窝"。

三人刚走到单元门口,就与从医院送完饭回来的化颜撞了个正着。

春见刚准备打招呼,化颜就喘着大粗气拉住她:"快,跟我去医院。"

春见心里一惊,问:"化叔叔怎么了吗?"

化颜直摇头:"不是我爸,是留芳妈。"

"张阿姨怎么了?"

"没了。"

留芳的长卷发在风中飞扬,被天边的夕阳镀上了一层金光。

她一个人坐在天台上,周边是各色混合着洗衣液味道的床单。

脚边丢了一地的烟头,白色的衬衣上沾着的血已经干了,颜色有些暗。她低头摸了摸烟盒,里面已经空了。

她有些气恼,把烟盒朝远处扔,却又被风给吹了回来拍打在她的脸上。

"连你也欺负我。"

她起身抬腿,一脚把烟盒给踩扁,然后使劲踢了一脚,烟盒飞出去撞在来人身上。

春见弯腰把烟盒捡起来,化颜先她一步走了过去。

留芳重新坐下,眼睛望着天边,看着远处似血如火一般妖红的晚霞,脸上没有过多的表情。

化颜挨着她坐了下来,春见一直站着。

很久之后,留芳问:"你们觉得,我妈是坏人吗?"

"不,不是。"好不容易等到她开口,化颜立马接腔,"她给我爸输了那么多血,也不让我感谢她。张阿姨,就是……脾气怪了点儿。"

留芳抬头,目光询问着春见。

春见转过头,看着天台上纵横交错的电线,想到很久以前她洗完衣服来晾,但是够不到晾衣绳,是张阿姨帮她晾的;她读高中下晚自习回来,楼道里灯坏了,是张阿姨开着门给了她光亮;包括她第一次来月经把公交车椅子弄脏,也是恰好遇到张阿姨帮她处理的。

"不是。"春见说。

"那,"留芳眼睛闪着光,"她是好人吗?"

化颜和春见都沉默了。

留芳无力地往后一靠,自己总结:"她也不是个好人。她不甘心自己嫁了个窝囊废,却又等不到意中人来解救自己。

"出事的时候,他们坐在摩托车上,还在吵。她本来可以提醒我爸的,但她没有,她大概是真觉得自己活够了吧。"

留芳突然就哭了:"但是你们知道吗,在撞上大货车的最后几秒里,是她把头盔取下来戴到我爸头上的。她死了,我爸活着。"

活着,却永远地痛苦着。

这座城市,天晴的时候都能在这里看到妖冶的日落,马路会变,楼房会变,就连路边栽种的树木都会变,只有一年四季的风景永远都不会变。

这个陈旧的小区,第一次拥有了一个异常安静的夜晚。

或许,从今天开始,它将一直安静下去。

虽然遭遇的同样都是交通事故,留芳家更不幸的是张阿姨当场死亡,而化叔叔却活了过来。比较幸运的是,留芳家得到了一笔数目庞大的赔偿金,这笔赔偿金让留芳的网吧起死回生,甚至让她选择了一个更好的路段。

化颜却接到了败诉通知。

"姜教授真是厉害。"

暗渡项目办公室里,春见在撰写起州—阳山—河浊段户外路线的正规勘测报告,接到化颜的电话之后,她暗戳戳地来了一句。

白路舟还在酝酿安慰她的话,何止就抢下话头:"那是当然的了,不仅厉害，而且善良。"

"善良？"春见把键盘敲得噼啪响，没印象说自己的小学语文是体育老师教的，怎么自己的理解能力一下子就跟不上了呢。

"对啊，"何止拎着俩哑铃练胳膊上的肌肉，"我原来根本没想到，你们城市的套路这么深。我爸妈干了两个月那工地的老板居然不给开工资，说是要等到年底一起给。这都什么时代了还兴弄那一套糊弄人的。我跟人家姜教授就多说了一嘴，没想到，人家一分钱不要，帮着我爸妈那一批工友就把那老板郑易成给告了，一告一个准。我爸妈他们现在正寻思着给姜教授买个锦旗呢。"

春见敲字的手停住。

白路舟勾嘴一笑："我就爱看你吃瘪的样子。"

话刚落音，姜予是带着陈随跨进门，腔调正气地来了一句："什么时候了，你居然还笑得出来。"

白路舟侧过身："不笑难道哭吗？"

姜予是拉了把椅子给陈随，自己拿出平板打开一个页面递给白路舟："会员基本上都退完了。最麻烦的是几个参与了阳山段越野的会员现在要起诉你，说你在知道路线不安全的前提下还让他们上路，这是谋财害命。你这个项目想要起死回生，难。"

"不难，我找你们干什么。"白路舟接过平板，扫了几眼。

陈随眉头一挑："有什么想法？"

白路舟起身啄了一下春见的脸："这几天帮我带下白辛。"

春见打下最后一行字，点击保存，关上计算机："虽然我发给闻页的那份勘测报告并不正规，但用来提醒你们绝对足够了，为什么不采用？"

没等白路舟说话，她又问："还有，我就发给了她一个人，但为什么那些在网上攻击你的人手里有？是她把报告公布出去，并且没有拿给你看对吗？既然是她的责任，为什么不让她去承担？你在偏袒她？"

连着五问,问得白路舟哑口无言。

而何止、陈随和姜予是的目光同时转向春见。

室内气氛骤然冷了下来。

春见起身,脸上的情绪明显不对:"路线勘测的正式报告在计算机上。你们的事我不该管,白辛我带走了。"

门"咣当"一声合上,屋内其他三人齐刷刷地看向白路舟。

白路舟没弄明白:"不是,我做什么了?"

何止伸手在下巴处比画了个"八":"我掐指一算,春博士应该是吃醋了。"

陈随补刀:"不是'应该',是'绝对'。"

白路舟表示冤枉:"闻页?我对她?"

"不。"何止摆手,"从春博士今天走进这里看到梁欢,我隐约就闻到了酸味。"

"梁欢又怎么了?"

何止说:"她挑战了春博士的权威,当着春博士的面帮你收衣服,还是贴身的那种。"

既然说到了这个话题,白路舟觉得自己有必要给何止摊牌:"给你一天的时间,不管你能不能把人搞定,我都不想再看到她。"

"什么我搞定,我对她又没那种意思。"何止脸上的别扭根本没有掩饰。

白路舟抓过桌子上的车钥匙:"那好,也不用一天了,一个小时。"

看他要出去的样子,陈随问:"你去哪儿?"

"追你白嫂去啊。另外,打电话给闻页,让她过来这里等我。"

窗外白桦树开始落叶,四轮行李箱滚动的声音摩擦着粗粝的水泥面,声音划过梁欢的心头,让她举步维艰。

"不能等舟哥回来了我再走吗，我想跟他当面道别。"

何止扔了烟蒂，用脚踩灭，闷闷不乐："我早就跟你说了，那白路舟不是你能攀上的人。"

"我没想攀上他啊，但喜欢他是我的自由、我的人权，不犯法。"

何止耐心尽失："行了，我赶时间呢，没工夫跟你磨嘴皮子。要么赶紧上车我送你走，要么你自己打车走。"

梁欢踮着脚又向远处看了一眼："你说，要是我比春见先认识舟哥，那他喜欢的人会不会就是我？"

何止回答不了她这个问题，一墙之隔的姜予是摇了摇头。

陈随一把游戏正好结束，抬了眼皮，问："你觉得不会？"

"是觉得那么问没有意义。"

陈随问："那什么是有意义的？"

"现在，在他、在我、在我们身边的人，才是意义。"姜予是的目光透过玻璃镜片，落在陈随的脸上。

陈随还想问什么，办公室的门"吱嘎"一声被推开，闻页换了新发型，人也瘦了很多。

她进门一眼就看向姜予是，但对方没等她开口就起身收拾东西准备出去，并把陈随叫上。

"至于？"闻页问。

"嗯。"姜予是回。

闻页冷笑："原因？"

"为了我自己喜欢的人避嫌，可以？"

陈随在心里"哇哦"了一声，顺便很好奇，姜予是喜欢的人是谁。

忽然，闻页想起来春见之前跟她说的那些话——姜予是不喜欢莺莺燕燕，不代表他不喜欢花花草草。

春见不属于莺莺燕燕，而她闻页也不在花花草草的范畴里。

一瞬间,她仿佛什么都看开了。

陈随从来没有像现在这样沉默过,比起白路舟他不够果敢,比起唐胤他少了点儿计谋,比起姜予是很明显他没有那么聪明。

"想什么?"姜予是开车的时候很专注,会用两只手规规矩矩地抚着方向盘,严格遵守交通法则,红灯停绿灯行黄灯亮了等一等。

陈随坐在他边上的时候例外。

他腾出了一只手拍了拍陈随的头。

陈随眼神瞟过来,眼角是红的:"你要谈恋爱了?"

"谁说的?"

"你说的啊,你有喜欢的人了。"

"搪塞闻页的话,你还有没有智商了?"

陈随松了一口气:"还好不是真的,别我小舟舟刚才让我有了白嫂,你就马上把姜嫂提上日程。"

姜予是浅笑:"你呀,什么时候才能长大?"

"长大多没劲儿,你们一个两个都变成我不认识的样子。我这个人懒不想和你们从叫什么开始重新认识,就不能让我省省心?"陈随望着窗外,也是感慨万千。

姜予是宽慰:"放心,我行不改名坐不改姓,再过一百年,我还叫姜予是。"

"真的?"陈随问。

"真的。"

"就算你以后结婚了,你也是姜予是?"

"嗯。"

"永远的姜兄弟?"

"嗯。"

"姜予是？"

"嗯。"

陈随眉头飞扬，眼睛里闪着光，忽然冲着车窗外大声喊："白路舟，唐胤……"

就像那个时候，日头悬挂在青空上，他们在操场上奔跑，似乎永远不知道疲倦，好像生活永远那么阳光灿烂，不管什么时候去回忆十七八岁，都美好得不像话。

白路舟没追上春见，一个小时后回到工厂。

那时天已经黑了，院子里的照明灯顺着窗口将光送进厂房内，窗子上拇指粗的钢筋倒映在会议室巨大的办公桌上，一杯已经凉透的白开水放在闻页的手边。

她坐在暗处，室内没有开灯。

"啪！"

白路舟将墙上的开关按下，光从他斜上方照下来，把他的影子拉得很长。

"你都知道了？怎么知道的？"闻页说话的时候并没有看他。

白路舟走过去，把车钥匙扔到桌子上，人也坐到上面，点了点头："有几个客户是唐生的艺人。他们起诉我，用的路线勘测报告是春见发给你的，你根本就是毫无避讳地在帮他，还好意思问我怎么知道的，我在你眼里就那么蠢？"给出方案，"你引咎辞职吧。"

"好。"闻页没挣扎。

白路舟眉头一拧，心里不是滋味："唐胤给了你什么好处是我给不了的？"

"没有什么好处，就是想整你。"

"原因呢？"

"为了我姐姐,闻书。"闻页这时才抬头,目光笔直地戳进他的眼中。

白路舟疑惑:"闻书?当年未婚先孕,六个月小产没挺过来的那个?"

"难为你还记得。"闻页嘲讽一笑。

"我记得,但和我有什么关系?你别告诉我,她到死都没有说她怀孕是因为唐胤。她当时求我,说我好坏还有个白京帮忙挡着,你们家不敢动我,但唐胤一无所有就不一定了……"越回忆越不对劲,白路舟后知后觉,心中震怒,"哦,我明白了,我当年被送去九方山原来是因为这件事?"

"你说什么?"闻页双眼瞪得浑圆,一副没听明白的模样。

白路舟抓起车钥匙,临走时剜了她一眼,怒气从眼中喷洒而出:"行,你们可真行!"

唐胤在 HOLD 俱乐部租的别墅外面被白路舟拎着暴揍了一顿。

白路舟一句话没说,唐胤也受着。

隔着落地窗,春生敲键盘的手越来越慢,最后干脆停了下来。

最后,白路舟揪着唐胤的衬衣领子将他摁在墙上。

唐胤脸憋得通红,喘着粗气问:"解气了?"

"你是问哪一件?"白路舟居高临下地看着他,明显没解气。

唐胤破罐子破摔一般地笑了:"那看来还远远不够,你继续,我绝不还手。"

白路舟咬牙切齿:"什么意思,啊?现在给我逞英雄,早干吗去了?我告诉你,我还不打你了,你不是能耐吗?一周之内,我要你把之前在网上散布的关于我的那些不实言论全部给我解释清楚,否则,法庭上见。"

白路舟野马脱缰地浪了十多年,突然有一天被白京打到灵魂抽离,然后惨兮兮地被丢到了一个原始森林里当兵,一待就是三年。

这三年里,吃的苦受的伤都不算什么。

回来之后，自己的公司被自己兄弟野心架空他也认了。

甚至对方出于内心不平衡给他使绊子，他原本都没有打算去追究。

可是，这个不明不白的锅让他背了这么久，算什么事？

窝不窝囊，丧不丧气？

尊严呢？脸面呢？

不要了？

要，他当然要！

休息室里，春生接了一杯热水，正准备往外走，有队员走过来低声问："队长，我听说 ATM 那边秋季招新……"

春生没等他说完，粗暴打断："关你屁事？今天的直播时长够了？"

人家委屈："我也没说别的，陈述事实都不让了？"

春生认真跟他掰扯："你没说别的，是因为我没给你机会让你说出来。我告诉你啊，你别给我扰乱军心，HOLD 一天没说解散，咱们就要维护一天它的荣誉。你要敢临阵倒戈，以后遇上了我一定打得让你出城的机会都没有。"

队员嘿嘿一笑："开什么玩笑，就算 HOLD 解散了，那我对队长你也是绝无二心，你去哪儿我就跟哪儿的呀。"

春生从休息室里出来，下了楼，来到花园，唐胤躺在草坪上，衣冠不整，满脸是血。

听到脚步声，唐胤睁开眼睛，看到春生，勾着嘴笑了："你可以找下家了。"

"你给不起工资的时候，我会看着办的。"春生喝着水，说得随意。

"那你现在是来干什么，瞻仰我的丑态？"

"实话实说，是来关心你。"

唐胤强撑着坐起来："为什么？"

"我姐教我的,她说这个世界上有很多人我们都无法忍受甚至讨厌,可是如果他落井了,那我们实在没有必要继续下石。"

春生向他伸出手:"何况是曾经有恩于你的人。尽管你可能只是出于商业需要,但你帮我在网上辟谣是事实,我应该感谢你。"

有恩于你的人。

唐胤在心里把这句话默默念了很多遍。

那白路舟算是有恩于他的人吗?

如果无数次在不伤害他自尊的前提下偷偷往他饭卡里充钱算的话;如果背着他帮他处理掉高年级经常欺负他的混混算的话;如果不动声色地把他拉进他们的圈子抬高他的眼界算的话;如果潜移默化地帮他褪去他身上原本的自卑让他变得耀眼算的话……

那么,白路舟是的,是有恩于他的存在。

八月的第一个星期。

烈日还同往日一样挂着,芭蕉树挨着墙根往上生长,叶片遮住了树下蹲着的小人儿,小人儿手中拿着画笔,每在纸上涂一下就回头不放心地望一眼春来。

看到春来点头,白辛就继续;春来皱眉,她就停下来。

两条阿拉斯加被她画完的时候,春来已经热出了一身汗,起身准备进屋泡杯茶。从窗口望进去,暗渡项目办公室里,三四个二十岁出头的青年正据理力争着什么。

白路舟衬衣袖子挽在肘间,露出结实有力的手臂,下巴上冒出胡楂,一双眼睛锋利无比。

"起州攀岩的项目一点问题都没有,但是我也不准备放弃阳山,之前的那段路不能走的话,我们换备用公路。"

姜予是把眼镜取下拿在手中擦拭:"我看了春见的勘测报告,你的备用方案是可靠的，但现在的问题是找谁去领队？"

陈随插话："娱乐圈那边我能给你们找人，要流量派还是实力派？"

白路舟摇头："我希望是之前的会员，毕竟他们体验过更有说服力。"

姜予是说："他们不起诉你都是花了大价钱摆平的，还指望他们来帮你？"

"有钱为什么不能？"白路舟说。

陈随撇了撇嘴，扫了一眼白路舟放车的那间厂房："车都被你卖完了，你还有个屁钱啊？"

白路舟朝院子里抬了抬下巴："那不是还有辆路虎吗？"

"我去，"陈随不敢相信，"你这是要釜底抽薪啊？那万一失败了怎么办，到时候你可是连老婆都娶不起了。"

"那我请你和我姐结婚。"推门进来的少年，明亮高挑，阳光灿烂。

"师父。"陈随看到春生眉眼一弯，赶紧跑过去，"你来也不说一声，应该我亲自去接你的啊。"

春生讪讪一笑："好说好说。我这不是听说我姐夫要破产了来支援他的嘛。"

白路舟听到春生这么大的口气，抬头露齿一笑："你支援我？"

"对啊，"春生伸手将裤子口袋里的卡掏出来往桌子上一甩，"拿去，随便花。"

见状，陈随十分狗腿地跑过去，双手抱拳："师父，求包养。"

姜予是脸一黑，伸手把陈随给拎了回去："有点出息。"

陈随："……"

"知道你们得了亚洲杯冠军，但有钱也不是你这么个花法，"白路舟笑着把银行卡给春生推了过去，"再说，我现在缺的根本不是钱。"

春生问："是唐胤吗？"

看到屋里人听到这个名字一个个都黑了脸，春生把另一个裤兜里印着暗渡户外秋季征集令的海报掏了出来:"唐胤说了,解铃还须系铃人,是他带头黑了暗渡,就由他带头去把它洗白。他还会在活动开始当天公布他与闻页小姐策划如何整你的详细过程。"

陈随小心翼翼地问:"我小唐总这玩的是心跳,还是……"

春生说完最后一句话:"唐胤说他玩不动了,他要把一切都还给你们。他感谢你们。"

春生转述:感谢你们,在风华正茂的年纪里,带着原本寂寂无名的他一起上路,让他经历了这世界上最雄伟的河山、最灿烂的烟火、最繁华的街灯,最肆意潇洒的人生。然后,他要趁着还算年轻,去寻找真正属于他自己的生活。

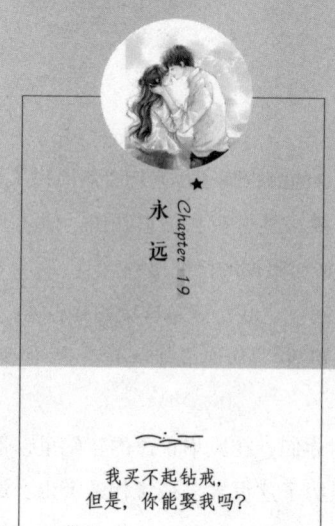

Chapter 19 永远

我买不起钻戒，
但是，你能娶我吗？

暗渡正式上线并且头一周会员就破万的庆功宴，应何止要求地点选在建京最豪华的娱乐会所。

还没开始，他就给白路舟提了三个不准——

不准打断他唱歌的兴致；不准让他不喝酒；不准命令他守门。

毕竟之前在河浊的经历太痛苦，他不想有第二次。

白路舟一口应下，酒喝到一半，厚着脸皮给冷了他一周的春见打电话。

为了赶实验数据的进度，春见又一次搬进了实验室。电话振动的头几次，她正在记录样品数据，没注意。

最后一次刚准备接，手机就"扑通"一声掉进了实验台上的水池里。

白路舟的名字在水中闪了几下，接着屏幕一黑，手机进水了。

春见心上像被烧了一下似的，马上关掉仪器走出实验楼，在校园里问同学借了手机给他回了过去。

接电话的是个女人，声音很媚："白哥跳舞去了，您哪位？"

春见声音很冷："你们在哪儿？"

那女人不明就里，报了会所的地址。

春见挂了电话，大步跑出校园，拦了出租车就往那里奔。

一路紧赶出了一身汗，最重要的是，春见身上实验穿的白大褂都没来得及脱，就那么闯进会所大厅，没出意外地被门口的保安拦住："请问，您找……"

春见一把推开他，电梯都没坐，直奔五楼白路舟的庆功现场。

玻璃门内五颜六色的射灯天旋地转，扫过每一双迷离不清的眼，每一张纵情肆意的脸，每一具夸张扭动的身体。

人潮正中央站着白路舟，精悍的身体裹在剪裁适当的黑色衬衣中，那张能够迷倒万千少女的脸上，有一双鱼一般灵动瞳孔的眼。

那个人是除了小时候看到的玻璃橱窗中的裙子外，至今为止让她产生过占有欲的唯一存在。

可是，和喜欢自己相比，他是不是更喜欢眼前的风流和激荡，她以前没想过，现在想了，她得不到答案。

一路追上来的保安在她身后喊："你找谁？"

以脚后跟为原点，春见脚掌划过180度，往前走了几步，房间里传出声音，有人在让白路舟喝酒，和别的女人一起喝交杯。

春见猛地扭头，一把推开玻璃门，大步上前，在所有人都还没有反应过来，她一巴掌拍下去，打翻了白路舟手中500ml玻璃杯中的啤酒。

啤酒接触地面，翻涌出巨大的泡沫，没产生泡沫的顺着地板流得到处都是。

下一秒，喧嚣变得沉寂，涌动得到平息。

整个房间只剩下射灯还在华丽地到处乱窜。

所有人的目光都望向白路舟和他面前那个神经质一般的女人。

白路舟会打她吗？

会骂她吗？

还是叫保安进来把她请走？

猜疑到达峰值。

白路舟勾起嘴角，大手一伸将人搂进怀里，俯身吻住她。

气息纠缠，火热又激烈。

众人哗然——

我去！

闪瞎了眼！

夭寿啦！

……

一路惊喘着奔向楼上酒店的房间，春见的手心里全是汗，刚进门，白路舟就把她抵在门上，双手迫不及待地寻找发泄的出口。

"宝贝儿，你可真够劲儿。"白路舟低笑，一把扯掉她外面的白大褂，几颗扣子被大力绷掉落在地上，他的声音里带着浓浓的欲望，"明天要是上了头条，别哭啊。"

"白路舟，"春见仰着头不让他吻，"你是在玩我吗？"

白路舟火热游走在她身上的双手在攀上高峰的时候止步了。

春见眼眶一热，鼻头微红，丰盈的双唇微微张着呼吸："要是玩的话，我也不是玩不起，就是没那个工夫。"

闻页挑拨的时候，她没有动摇过；网上他的绯闻铺天盖地的时候，她没动摇过；唯独现在，他站在人群中耀眼得不像话的时候，她不自信了。

她这个样子，让白路舟心口发烫闷疼。

"蠢蛋,"他停止了手上的一切动作,低下头鼻尖蹭着她的,"是我做得不够好,是不是?"

"……"

"是我喜欢你表现得不够明显,对不对?"

"……"

白路舟捧住她的脸:"说话。"

"你不理我。"春见眼眶一热,情绪极度委屈。

白路舟瞳孔缩了缩:"撒娇?"

"不行吗?"

"行,多撒点儿,我很喜欢。"

"没了。"

"那不行,你冤枉了我,不能就这么糊弄过去。"

"我冤枉你?"

"明明是你不理我,打电话也不接,居然敢反咬一口还说我玩你?"白路舟使劲往她身上一压,"跟谁学的?这种词,跟谁学的?嗯!"

"没谁……"

"无师自通?对,你这么聪明,是不用别人教的,"他继续贴紧,"那你肯定也知道,我现在有多想你吧?"

"我不是在这里,你……"

白路舟继续之前被打断的动作,双手在她宽松的衣服里上下滑动,听到她猫一样细软的惊喘。

她只能挂在他身上,任他索取。

"春见。"

"嗯?"

"春见。"

"嗯。"

"给我一个家,好不好?"

"好。"

春见的实验进入尾声时,习铮他们的毕业论文已经交了初稿。

研究院的招聘工作提前展开,毫无意外地,连初稿都交不出来的春见失去了资格。

一个专业前前后后学了将近十年,原本可以属于自己的位置近在眼前的时候,被人用不光明正大的手段捷足先登了。

搁谁身上都不可能一笑而过。

何况,春见并不觉得自己是个软柿子,可以随便让人捏。

春见第一次进博士生宿舍楼,格局和本科生的没太大区别,不过就是宿舍里面两人一间,比较宽敞。

为了省钱,她从没住进去过的宿舍,刘玥是她名义上的室友。

宿舍靠近走廊尽头的阳台,半开着,正对着门的床头放着一台笔记本电脑,里面正在播放《熊出没》,计算机前面端端正正地坐着一个两三岁大的小姑娘,挨着小姑娘身旁的是一个满头银发的老奶奶,坐在轮椅上,两眼混浊。

听到有人推门,老奶奶开口问:"找玥儿的吗,她去买饭了。"

春见回退了一步。

不算宽敞的宿舍里塞满了各种生活用品,药盒居多。天花板下交错的线绳上挂满了老老少少的春夏秋冬的衣服,宿舍外面米把长的阳台上能看到锅碗瓢盆的影子。

"你找我家儿媳,有什么事吗?"老奶奶看春见不说话,又问。

春见有些无措:"哦,没有,我走错了。"

"啊,没事儿进来坐坐?"

"不了，"她又试探地问，"您是住在这里？"

老奶奶看不太清，但脑子不糊涂："我儿媳租的房子，我儿子去世后她一个人养我和囡囡不容易，是有点挤。不过她说她很快就能找到好工作，到时候我们就能住大房子了。"

小姑娘这时也跟着回头，很自豪地说："妈妈说她要去很厉害的地方工作，就会给我买漂亮的衣服和糖。"

春见没再多留，转身下楼。

大门口处，远远地看到刘玥手中提着盒饭着急忙慌地朝回赶。春见紧握的拳头慢慢松开，低头往反方向跑开。

几天后，同门师哥给春见介绍了个私活，春见不想接。

师哥在电话里批评她："你现在哪里有挑剔的资格，我都听张教授说了，研究院那边你是没戏了。你打算下个月毕业后喝西北风去？你总不能一辈子靠东给人家写篇文章西给别人写个脚本过吧？咱们地质人就要有地质人该有的……"

"好了，我去……哎呀妈呀！化颜你干什么啊，吓死我了。"

春见刚挂完电话，化颜就从她身后跳出来。

"当当当！"化颜兴高采烈地把藏在身后的奖杯递到春见面前，"我的作品获奖了。"

春见跟着乐了："太好了，这是不是意味着以后你拍的作品我就用不起了？"

化颜一脸骄傲："那是当然了，我现在啊身价正在噌噌噌往上涨，各大主流杂志约拍不断，"她冲春见挤了挤眼睛，"你颜姐我现在大小也是个名人了，怎么样，要不要签名？"

"说你胖你还喘上了。走，去你家吃个粉……"春见脱口而出，又戛然而止。

化颜抬手扫了一把春见的额头:"想啥呢,吃粉去啊,你化叔叔煮不了了,这不还有我嘛。"

春见扯了扯嘴角:"你行不行啊,煮得不好我可不吃。"

"我青出于蓝好吗!"

春见对视上化颜,突然说不出来话了。两人沉默了一会儿,化颜吸了吸鼻子,指着手中的奖杯:"你看,结果也不坏嘛,至少以后养我爸是没问题了。"

那就好。

春见会心一笑。

小区安静下来还真让人不习惯。

吵架声从二楼传上来,春见正准备出门见客户。

楼下赵阿姨的声音尖细:"你看我们就随口说说开玩笑嘛,你那么当真干什么?"

王草枝的声音粗且厚:"你说我可以,说我闺女就是不行。我闺女就算今年博士毕不了业,那她也是博士,她就是这个小区最聪明最优秀的孩子。你们也不看看自己都是些什么玩意儿,我闺女也是你们能嘲笑的?你们有什么脸嘲笑她?"

"你怎么说话呢?"

"我就这么说话的,你们背后嚼舌根可以,我当面锣,对面鼓就不行了?"

王草枝边吵边上楼,一步跨到春见面前的时候嘴里还在嘀咕着:"什么玩意儿。"

她那张饱经风霜的脸有着岁月之后特殊的坚韧,她隐忍的眼角里藏着的都是无法宣之于口的故事。

春见在红眼之前从裤子口袋里掏出银行卡塞进她手里:"这个月的

生活费，不够给我打电话。"

王草枝在她身后喊："你去哪儿？你真的不能毕业了？你怎么搞的？"

越走越远之后，春见还能听到她的抱怨，说的还是那句："哎呀，你读个博士有什么用。"

春见无奈摇头笑了，一如以往，以后大概也会如此。

京行地产项目部。

秘书端了一杯浓茶，敲了敲白京办公室的门。

"进。"

秘书把茶放在他手够得到但又不碍事的地方："我们找的地质工程师到了。"

"让人进来。"

秘书有些为难："白董，您要不要考虑一下，那位工程师……"

白京端起茶喝了一口："怎么了？"

"是小舟的女朋友。"

白京眼皮一抬，放下茶杯，笑："哦？那更要见见了。"

春见被人带到白京的办公室，隔着一张实木办公桌，感觉到对方似乎很有兴致地在打量自己。

她冲白京微微点了点头，自我介绍："您好，我是……"

对方温和地笑了："春见，建京大学地科系，地质学博士在读，马上要毕业了吧？"

春见低头，扫了一眼白京的办公桌，右上角玻璃相框里年轻的白京身边站着个少年，少年目光里是不加掩饰的叛逆和不羁，与现在不同，但能重合，那是白路舟。

春见笑了:"没想到,居然用这种方式与您见面了。"

白京起身亲自把她引到会客区:"坐。"

"请问,现在我们是用哪一种身份交谈呢?"春见问。

白京哈哈一笑:"你真是和传闻中的一样啊。喝点儿什么?"

"不用了。"

"喜欢我儿子?"

"喜欢。"

"他那么混不羁的,喜欢他什么?"

春见直视着他,目光坦然:"就是喜欢他的混不羁。"

"哦?说说看?"

"您是他父亲,我相信您爱他的程度远在我之上,所以我没什么好说的。"

"哈哈!"白京大笑,笑完之后特认真地感叹,"我儿子配不上你啊。"

"您错了,您儿子配得上任何人。您爱他,知道他的一切行踪,却未必了解他。他看似浪荡,表面上脾气暴躁,好像很荒唐,可实际上他内心纯良有信仰有信念。您以为他喜欢外面灯红酒绿的生活,却不知道他有多渴望能每天回家吃饭……"春见发现白京脸色不对,马上住嘴,"对不起,我说多了。"

白京脸上的笑容渐渐消失。

倒映在玻璃茶几上的灯光细细长长的,和许多年前妻子冲到马路中间推开张莉时那辆来不及刹车的车照过来的光一样刺眼惊心。

他的妻子找到他给张莉买的房子时,张莉已经身怀六甲,她歇斯底里,她面目可憎;而张莉温婉动人,楚楚可怜。

男人的出格让她崩溃到了绝望的边缘,她拉着张莉要与张莉同归于尽，却在车子撞向她们的最后瞬间，她推开了张莉。

她永远地闭上了眼睛，张莉失去了孩子并且永远不能生育。

张莉对白路舟好，拿他当自己的亲儿子养，白京便以为那样就够了，确实从未仔细想过，那孩子当时在那么幼小的年龄，是用什么样的心情接受的张莉、接受了自己的荒唐？

他不敢再看春见的眼睛，匆匆结束了这次见面。

九月开学季。

戒赌后的春来梳洗一番后和白路舟还有春见一起，送白辛去建京一小报到。

校门口贴满了各大兴趣培训班的招生启事。

春来撕了一张拿在手上看。

白路舟开玩笑说："咱家白辛有您教她画画，不用报兴趣班。"

春来感叹："我是琢磨着我能不能去应个聘啥的，闲了大半辈子了，最后一点余热不发出来有点憋得慌。"

"只要你不去教人家小朋友打牌，我觉得试试也可以。"春见说。

"那我打电话过去了啊。"春来向春见投去询问的目光。

春见笑："打吧，我就站你旁边，不会说的话我来说。"

春来咽了咽口水，紧张地掏出手机开始拨号。

短短的十一位数，拨出去好像用了很久，对方接听也用了很久，久到他总觉得是从读大学开始到现在这么长的光景。

接通后，对方一开始以为是学生家长报名，兴致勃勃地聊了好一会儿才知道原来是应聘老师的，当下就挂了电话。

春见安慰他："没关系，这家不行就找下家。工作嘛，慢慢找，不着急。"

受到了鼓舞，春来也不陪白辛报名了，跑到围墙边开始挨个给兴趣培训班打电话。

白路舟一手牵一个融进报名大军,快到他们的时候,右边裤兜里的手机一振,他松开了左边的白辛,别扭着掏出手机,来电显示是白京,他诧异地抬眼与春见对视。

春见笑:"接啊,你看我干吗?"

白路舟清了清嗓子,接通:"那什么,谢谢啊,我是说白辛上学的事。"

白京腔调如旧:"那是你自己努力换来的,用不着谢我。"

尴尬了一会儿,白京非常别扭地开口:"今天晚上回家吃饭。"

以为白路舟会拒绝,没想到他坦然接受了:"行啊,我带上我闺女和我媳妇儿。"

通话期间,白路舟一直抓着春见的手,力道越来越重,似乎把所有情绪都传递给春见,他不是无所谓,不是不在乎。

春见翻手与他十指交握,用眼神告诉他,她就站在这里,陪着他不会走。

十月,春见抓住了毕业大军的尾巴,连续熬了好几个通宵赶上了那一批次的博士毕业。

毕业典礼,刘玥和习铮作为研究院特招的优秀毕业生上台致辞。

刘玥的致辞稿里被人改了好几个专业术语,单独拎出来都说得通,组合成一句话却是漏洞百出,笑料不断。

刘玥站在台上急得满脸通红,一下子方寸大乱,根本记不住自己原稿的内容,只好硬着头皮照着演讲稿念完。

念到最后,一行手写英文笔迹突兀地映入眼帘:Deal with a man as he deal with you(以其人之道,还治其人之身)。

刘玥惊慌地抬头,越过半个学术报告厅,如同有指引一般一眼就看到了人潮当中的春见。

还是如同刘玥第一次见到她时的那样,置身人群却与人群不同。

她们目光相撞。

刘玥:原来你知道是我。

春见:早就知道了。

春见毕业就失业,厚着脸皮在家里待了三个月,终于被王草枝叨得受不了准备随便找个端盘子的事先凑合做。

建京下第一场雪的那天恰好是学校放寒假的第一天。

白路舟约她一起去接白辛回家。

春见吸溜着鼻子下楼,单元门口一对少男少女站在那里,春见下意识地往后退了退。

男孩子不耐烦:"你怎么又来了?谁让你去现场看比赛的?耽误你考清华北大,我可不负责啊。"

女孩子赌气似的:"我没让你负责任,再说了,我去看比赛就是看你啊?"

男孩子有了情绪:"你不是看我,你看谁啊?"

女孩子来劲:"谁愿意让我看我就看谁呗。"

男孩子霸道:"以后不许去了听到没?"

女孩子试探:"为什么啊?"

男孩子特傲娇地来了句:"你想看谁我不管,但是你只能让我一个人看。"

女孩子得逗地窃笑,故意傲娇地说:"你什么意思啊,我没理解过来,你用文言文给我翻译一遍。"

男孩子一把揪住她的胳膊往外拖:"你走不走,等下让我姐看到了,还以为我早恋呢。"

春见一脸嫌弃地下楼,站在门口看着春生一边烦着人家女生一边又把自己的帽子围巾都摘下来扔给别人,完了嫌对方笨手笨脚又耐着心亲自给人戴上。

真是傲娇的少年。

春见小心地躲着他们边往外走边想,要是当初和白路舟同级一定会非常有意思,一个学霸一个学渣,那画面光想想就是火光四溅的。

想着想着,好像下雪天也不冷了。

在楼下奶茶店买了一杯热饮抱在手上,等白路舟的时间里接了个电话。

电话刚挂,白路舟的车就到了面前,春见跳进去,把奶茶递给白路舟。

"你喝过吗?"白路舟问。

春见摇头。

"那你先喝了我再喝。"

"为什么啊?"

"你喝过的甜些。"

"你五岁吗?"

"嗯?'五岁'不是你吗?春五岁。"

春见系好安全带,偏过头盯着他看了一会儿:"我找到工作了。"

白路舟问:"什么工作?"

春见把手伸出窗外接了一掌心雪:"上次阳山发生泥石流灾害,我给过意见,这事不是被报道了吗,有个国际地质研究机构给我发了个offer。"

白路舟预感不好:"那你这次是要去哪儿?"

"南极。"

"嘎吱！"

"嘭——"

白路舟手脚双抖，车子偏离车道滑了长长一段后撞在了路边的垃圾桶上。

刹车踩死后，他试探："再说一遍，去哪儿？"

春见伸手想拉他："南极。"

被他气恼地瞬间甩开："你怎么不上天呢？"

"也不是不可能。"

十多分钟的沉默之后，白路舟问："什么时候走？"

春见抿了抿嘴，像做错事的孩子般小心翼翼地回："年后，初一。"

白路舟两手一摊："那咱俩怎么办？"

"你不相信我？"

白路舟要疯了："你要去的是南极不是南京，不是老子想你的时候一趟飞机就能到的地方！我相信你有个屁用啊！"

春见："……"

春见预料到了白路舟会不高兴，但没想到他能闹那么大的情绪，甚至直接掉头把她给送了回去，接下来两天没理她。

暗渡年会结束。

何止准备带自己爸妈回九方山过年，临走时看白路舟闷闷不乐的就安慰他："行了，你也别郁闷了。那春博士心里住着山川河流，上至九万米下至地球核心。往时间上扯，短则上下五千年，长能长到盘古开天辟地时。你一凡间渺小的尘埃，你往她心里钻你不自己找虐嘛。要我说啊，你就应该悬崖勒马，及时止损，别被人玩弄到连骨头渣子都不剩，到那个时候，你哭都没用，我不是吓唬你。"

"滚滚滚,你怎么那么欠呢你?在家里待够了你再来。"白路舟做样子踹了他一脚,然后推门出去。

风雪漫天的院子里,春见站在落完叶子的白桦树下,浑身上下裹得严严实实只有一双眼露在外面。白路舟望过去,心情一如很多年前在学校橱窗里第一次看到她照片时那样。

好似年华从未变过,刹那光阴里的偶然瞥见,在时间长河里却定格成了永远。

春见冲他张开手臂:"我冷。"

他朝她狂奔而去,不忆从前,不想将来,只把她紧紧抱在怀里。

春见掏出一块黄色石头递给他:"我有个习惯,每次出野外,走的时候都会找一块矿石。前三块都给了你,第一块是在九方山,你救了我,我塞给了你一块红色的,代表我不会忘记你。

"第二块是在起州,我给了你一块绿色的,那也是当初你问的那个问题的答案,我选了 C。C 是说,我喜欢你现在就承认。

"第三块是我第一次在你家过夜之后,我给你留了一块蓝色的,从那天起我就想一直和你在一起。而现在,我想说,我买不起钻戒,但是,你能娶我吗?"

不合时宜地,白路舟脑子里跳出何止拿着他的作训服问他石头还要不要的画面,然后心里一慌,回头冲还没走的何止喊:"何止,你先别走,把老子的石头给我留下。"

春见把他头扳过去:"问你话呢?"

"嗯?"白路舟回过神之后,头点得跟不想要了一般,语无伦次,"娶,现在就娶。你买不起我买,你看我们是先领证还是先办酒,婚纱照你想要拍婉约的还是豪放的,是去海岛还是……"

精悍俊朗的男人现在像个智障一样喋喋不休,春见心头一烫,踮起脚吻住他。

好像一瞬间，雪停了。

耳边风声往来，仿佛是他越过了万里高山，披荆斩棘来见她，终于看到了大海和鲜花。

番外
Fan wai

撒糖日常

（一）

来南极，吃了半年的薯条、沙拉和汉堡之后，春见的中国胃抗议了好几次。

这件事不知道怎么就传到了白路舟耳朵里，某天早上，春见刚准备起床，对方就打来了越洋电话。

"给你点了一份化颜家的米粉，快点出来，趁热吃。"

想了想自己是在南极不是南京，春见当他开玩笑，边穿衣服边笑："是不是还加了两个虎皮蛋？"

"你怎么知道的？"

说得还挺一本正经。

春见没当回事，下床出门。

门外风声呼啸，一望无际的苍茫大地上，是冰，是雪，是海洋，还有萌蠢的帝企鹅，摇摇晃晃。

他站在国际科考站迎风飘扬的旗帜下，正一脸笑意地看着她，手中似乎真的有一碗热气腾腾的米粉。

她揉了揉眼睛,不敢相信,内心汹涌澎湃。

他朝她奔过去,一把抱住:"早安。"并解释自己为什么会来,"当我知道你开始想念中国味道的时候,就自作多情地觉得,你应该也开始想我了,我没来迟吧?"

春见摇头:"不是的。"

"嗯?"他的语气略带失落。

"想你是从离开你的那天开始的。"

(二)

春见回国之后,白路舟开始策划结婚的事情。

选婚礼地点,要请的亲朋好友,还有一些琐碎的事,整个人忙得晕头转向。反观春见,一言不合就往实验室里跑,一跑就找不到人,整件事好像跟自己没有关系一样。

这要是按照他以前的性格,绝对是要撂挑子不干的。

但谁都没想到,人家不仅没罢工,还乐在其中。有人都看不下去了,伸张正义:"结婚这么大的事,怎么都是你一个人在张罗,新娘子也太不上心了吧?"

白路舟一副"不爱搭理你"的表情,并没有解释什么。

春见听说后,心里有些愧疚,停了实验,跑过去问:"有什么是需要让我做的吗?"

白路舟说:"当然有了,你要做的事都留在晚上,关灯后。"

"流氓。"

白路舟笑,然后一本正经:"你只需要对我上心就可以了,除了我这个人以外的事,都不是事。不是事的事,我来做;你的事,你来。"然后抓着春见就往房间里扛。

"你干吗？"春见挣扎。

"明知故问，你'闲了'一周，该'干活'了。"

（三）

白路舟婚后就不再出去和陈随他们一起浪了。

陈随告状告到春见那里，说她管得太严。

春见表示很冤枉，当天晚上把白辛哄睡着之后，跟他打商量："要不，以后每周你还是出去和陈随他们聚聚？"

"跟他们有什么好聚的？"白路舟不解，并马上联想，"你是不是烦我了，你是不是变心了？谁？是谁？"

"什么谁谁谁的，"春见跟他闹着玩，"要不要把心扒出来给你看看？"

"你可别后悔。"

眼瞅着白路舟的"魔爪"已经伸进了她的衣服里，春见抬手打过去制止："你干什么？"

"你说的啊，要给我看你的心。"

"可是我没说……唔……"

（四）

白辛在春来那里学画画的时候随手比画了一个："我妈最近胃口不好。"

春来脑子一转，回头就跟王草枝说："春见可能是有了，你抽空去看看。"

恰巧遇到春生回家，听了一耳朵，后来带陈随打游戏的时候，非常坚定地说自己要当舅舅了。

这话传到白路舟耳朵里，让他有一种挫败感。

这天，晚饭过后，春见在厨房里收拾锅碗，白路舟突然从后面抱住她，手放到她小腹上，平的。

他嘟囔："看来还是我不够努力。"

"嗯？什么你不够努力？"

"没能让白辛有个弟弟或妹妹。"

春见洗碗的手蓦然停住，然后覆在他的手上，声音很轻："有了。"

"什么？有什么了？"白路舟激动得语无伦次，比画着，"可……可是你这里，你这里还是平的啊，你……你……不应该……不应该这么大吗？"

春见笑得眼泪都要出来了，笑着笑着，忽然就严肃起来："老公。"

"嗯？"

"谢谢你。"

"谢什么？"

谢你同我走出前半生的铁马冰河，谢你让我与你今后岁月共荣枯。

图书在版编目（CIP）数据

他来时惊涛骇浪 / 闻人可轻著. —石家庄：花山文艺出版社，2019.3（2021.4重印）
ISBN 978-7-5511-1967-2

Ⅰ．①他… Ⅱ．①闻… Ⅲ．①长篇小说－中国－当代 Ⅳ．①I247.5

中国版本图书馆CIP数据核字（2019）第035184号

书　　名：	他来时惊涛骇浪
著　　者：	闻人可轻
统筹策划：	张采鑫
特约编辑：	欧雅婷　杨吉晨
责任编辑：	郝卫国　张凤奇
美术编辑：	胡彤亮
责任校对：	齐　欣
装帧设计：	刘　艳　西　楼
封面绘制：	小黑牙
出版发行：	花山文艺出版社（邮政编码：050061）
	（河北省石家庄市友谊北大街330号）
销售热线：	0311-88643221/29/35/26
传　　真：	0311-88643225
印　　刷：	北京时尚印佳彩色印刷有限公司
经　　销：	新华书店
开　　本：	880×1230　1/32
印　　张：	9.125
字　　数：	237千字
版　　次：	2019年3月第1版
	2021年4月第2次印刷
书　　号：	ISBN 978-7-5511-1967-2
定　　价：	46.80元

（版权所有　翻印必究·印装有误　负责调换）